Pink Plot
Argument Verlag

Das Projekt *Pink Plot* im Argument Verlag:
Bei Argument/Ariadne werden Romane veröffentlicht, die gesellschaftliche Anliegen haben, inhaltlich zur freigeistig-linken Tradition des Verlages passen und packend geschrieben sind. Dabei spielt die so genannte Nischenliteratur um schwule und lesbische Themen eine zentrale Rolle. So erscheint seit 1997 in der Reihe *Pink Plot* offen schwule Suspense-Literatur, also Krimis und Thriller im weitesten Sinn, ausgewählt und herausgegeben von Tjark Kunstreich und Else Laudan. Um zu unseren Ansprüchen zu passen, müssen die Romane vor allem spannend, aber auch intelligent und sozialkritisch sein – auf literarisch hohem Niveau. *Pink Plot* umfasst bereits mehrere Generationen von schwulen Krimiautoren: Michael Navas siebenbändiger Zyklus um Anwalt Henry Rios prangert in spannend-elegischen Thrillern heutige Bigotterie und soziale Ungleichheit an. Joseph Hansen, Grandseigneur und Gründervater der anspruchsvollen schwulen Kriminalliteratur, schenkt uns in den Dave Brandstetter-Romanen spannende Rückblicke auf die schwulen Lebenswelten vergangener Dekaden. Hinzu kommen spritzig-bissige Komödien, elegante Mordrätsel und düstere Milieukrimis von schwulen Schriftstellern aus England, USA, Deutschland und Österreich. Auch künftig sollen jedes Jahr zwei bis drei neue *Pink Plot*-Romane erscheinen.

Zu diesem Buch
Der selbstständige Fernfahrer Paul Myers kommt bei einem Lkw-Unglück zu Tode. Da der Mann erst kürzlich eine Lebensversicherung abgeschlossen hat, setzt die Firma Dave Brandstetter auf den Fall an. Seine Ermittlungen ergeben, dass Myers und der unter mysteriösen Umständen verstorbene Trucker Ossie Bishop neben ihren Tagfuhren zusätzlich nächtliche Transporte durchführten. Die Familien der beiden Toten sind vollkommen verängstigt und weigern sich, mit Brandstetter über diese Nachtarbeit zu reden. Und auch Dave selbst gerät in die Schusslinie, als er der einen oder anderen Chemiefirma mit seinen Fragen zu illegalen Giftmülltransporten zu Leibe rückt …

Joseph Hansen (1923–2004), Grandseigneur des Genres, schrieb knapp 30 Romane, Dutzende von Storys und zahllose Gedichte. Seine berühmte Dave-Brandstetter-Serie reicht von den 70ern bis in die 90er Jahre und umfasst 12 Kriminalromane.

Joseph Hansen

Nachtarbeit

Dave Brandstetters siebter Fall

Aus dem Amerikanischen von
Friedrich A. Hofschuster und Robert Schekulin

Pink Plot 2079
Argument Verlag

Pink Plot
Herausgegeben von Tjark Kunstreich und Else Laudan
www.pinkplot.de

Titel der US-Originalausgabe: Nightwork

Die Übersetzung von Friedrich A. Hofschuster *(Mondschein-Trucker,* Goldmann 1987) wurde von Robert Schekulin nach der 2001 bei No Exit Press (GB) erschienenen Ausgabe vollständig überarbeitet und ergänzt.

Von Joseph Hansen bereits erschienen:
Fade Out – Dave Brandstetters erster Fall *(Pink Plot 2051)*
Totengeld – Dave Brandstetters zweiter Fall *(Pink Plot 2062)*
Feindschaftsdienst – Dave Brandstetters dritter Fall *(Pink Plot 2067)*
Tyrannenmord – Dave Brandstetters vierter Fall *(Pink Plot 2071)*
Nabelschau – Dave Brandstetters fünfter Fall *(Pink Plot 2077)*
Schattenreich – Dave Brandstetters sechster Fall *(Pink Plot 2078)*
Nachtarbeit – Dave Brandstetters siebter Fall *(Pink Plot 2079)*

Überarbeitete und vervollständigte Neuausgabe

Glashüttenstraße 28, 20357 Hamburg
Telefon 040/4018000 – Fax 040/40180020
www.argument.de
Die deutsche Erstausgabe erschien beim
Wilhelm Goldmann Verlag, München.

Für die vorliegende Ausgabe wurde die deutsche Übersetzung
von Robert Schekulin überarbeitet.
Umschlaggestaltung: Martin Grundmann,
www.herstellungsbuero-hamburg.de
Lektorat & Satz: Iris Konopik
Druck: Alfa Druck, Göttingen
Gedruckt auf säure- und chlorfreiem Papier
ISBN 3-88619-979-7
Erste Auflage 2005

Für Bobker Ben Ali

1

Das Flussbett des Creeks war mit Betonplatten gepflastert und bis in eine Höhe von drei Metern mit senkrechten Betonplatten begradigt. Aus den Ritzen zwischen den Platten wucherte Gras; offenbar sickerte darunter noch Wasser, obwohl die Platten knochentrocken waren, knochenweiß die helle Morgensonne reflektierten. Nur die Einheimischen wussten, dass zu Regenzeiten das Wasser schlammig, tief und tückisch unter der Betonplattenbrücke dahinbrauste.

Bevor man hier im Jahr 1946 einige Hektar mit billigen, verputzten Holzhäusern verbaut hatte, war der Creek ein flacher, seichter Flusslauf gewesen, voller Geröll und Felsbrocken von den weit entfernten Bergen, gesäumt von Buschwerk und von Schatten spendenden Kalifornia-Eichen. So war es hier, wie er sich erinnerte, noch Ende der 30er Jahre gewesen. Damals hatte es nur ein einziges Haus auf einer Anhöhe gegeben. Vom Fahrersitz seines Jaguars aus schaute er sich danach um. Und da stand es auch noch, zwischen hohen Bäumen: ein weißes viktorianisches Ungetüm mit Kuppeltürmchen, mit Wellenmuster formenden Zierschindeln und mit reichlich Holzschnitzereien an den langen Veranden. Das Anwesen der Giffords. Schon damals waren diese Flächen am Creek das einzige Überbleibsel vom einst riesigen Weideland der Gifford-Ranch gewesen.

Los Angeles war schon vor dem Zweiten Weltkrieg aus allen Nähten geplatzt. Die höher gelegenen Gebiete der Ranch waren nach und nach verkauft worden und verwandelten sich in nette Vorort-Siedlungen. Während der Weltwirtschaftskrise konnten sich nur die Vermögenden Land kaufen und bebauen. Aber dann brachten die Flugzeugwerke und Schiffswerften Arbeit für alle. Zugleich gab es immer weniger zu kaufen. Die Leute sparten. Während des Krieges stagnierte der Wohnungsbau. Danach konnten die Häuser gar nicht schnell genug hochgezogen werden. Die Käufer standen Schlange. Dave lächelte wehmütig. Diese Grundstücke hier hatte man sicher im Sommer bebaut, als der Creek ausgetrocknet war, und im ebenfalls trockenen Herbst an den Mann gebracht.

Mit dem Winter setzten die Regenfälle ein. Der Creek trat über die Ufer, wie er das seit Urzeiten getan hatte. Und die hübschen neuen Häuschen standen bis zum Fenstersims in der tosenden Flut. Matratzen, Sofas und Sessel, die noch frisch nach Versandhaus rochen, verwandelten sich über Nacht in voll gesaugte Schwämme. Die brandneuen Philco-Radios gaben knisternd ihren Geist auf. Und die neuen Fords, Chevrolets und Plymouths, auf deren Kauf die stolzen Besitzer jahrelang hatten warten müssen, versanken in der dunklen Brühe hinter den von der Nässe verzogenen Garagentüren. Es war ein Skandal, der Schlagzeilen machte. Der jeden Winter wieder Schlagzeilen machte, bis die Verwaltung des Countys endlich, viel zu spät, das Bett des Creeks ausbaggern und mit Betonplatten einfassen ließ.

Dave fuhr den Jaguar von der Brücke in eine Straße, die parallel zum Creek verlief. Das Pflaster war geflickt und von Schlaglöchern übersät. Leere Dosen, Flaschen und sonstiger Verpackungsmüll verstopften den staubigen Rinnstein. Die schlichten verputzten Gebäude einer Ladenzeile säumten die Straße. Viele der Ladenschilder waren bereits alt, von der Sonne ausgebleicht, verwittert. Einige wenige waren neu, flache Blechkästen für Leuchtstoffröhren hinter weißen Plastikblenden mit gestochen scharfer Beschriftung. Diese Schilder allerdings – WASCHSALON, HAUSHALTSGERÄTE-DISCOUNT, BEIM FREUNDLICHEN LEO – waren teilweise mit Steinen oder Flaschen eingeschmissen worden. Dave hatte keine Ahnung, was der freundliche Leo verkaufte. Seine verschmutzten Schaufenster waren leer.

Das hohe weiße Schild ALKOHOLISCHE GETRÄNKE war noch intakt. Darunter saßen braunhäutige Männer in zerlumpter Kleidung auf dem mit Abfall übersäten Gehsteig, ihre Rücken gegen die Ladenfront gelehnt, in deren Schaufenster Pyramiden von Weinflaschen, Bier- und anderen Getränkedosen in der Sonne funkelten. Die braunhäutigen Männer hatten die Krempen ihrer Strohhüte tief ins Gesicht gezogen, um ihre Augen vor der Sonne zu schützen. Sie hielten zerknitterte braune Papiertüten umklammert, die wohl Bierdosen und Weinflaschen enthielten. Einige rauchten. Gelegentlich sprachen sie ein paar Worte, aber keiner lächelte. Sie wirkten trostlos, ziel- und kraftlos.

Um die Ecke, auf einem holprigen ungepflasterten Parkplatz, wo jetzt vor acht Uhr morgens noch kein einziger Wagen stand, warfen ein paar junge Burschen, Teenager, die Köpfe in den Nacken und kippten Erfrischungsgetränke aus glänzenden Dosen in ihre Kehlen, schubsten sich herum, rangelten scherzhaft miteinander oder lehnten sich neben ihren Fahrrädern an die Hauswand des Getränkeladens, die großflächig mit Graffiti besprüht war. Es waren Chicanos. Manche trugen grüne Jacken mit der Aufschrift GIFFORD GARDENS am Rücken. Dave hielt den Jaguar vor einem zerbeulten Stoppschild an. Die Jungs drehten sich nach ihm um, pufften sich in die Seiten und starrten auf den Wagen.

Dave fuhr weiter und verfluchte seine eigene Dummheit, hier mit dem Jaguar herzufahren. Er warf einen düsteren Blick auf das Blaupunkt-Autoradio im Echtholz des Armaturenbretts. Den Jaguar würden sie vielleicht nicht auseinander nehmen. Wo sollten sie die Einzelteile verhökern? Ein Blaupunkt jedoch würden sie mit Sicherheit klauen. Er konnte den Verlust verschmerzen, aber darum ging es nicht. Die Vorstellung, dass der Wagen aufgebrochen, gewaltsam in ihn eingedrungen würde, war ihm zuwider. Als ob jemand eine Amati zertrümmerte. An der nächsten Ecke mit Stoppschild warf er einen Blick in den Außenspiegel. Mehrere Jungs in grünen Jacken folgten ihm auf Fahrrädern. Er wartete, bis ein schmutzig weißer Lieferwagen, rot beschriftet mit dem Namen einer Klempnerfirma, aus der Seitenstraße eingebogen war, dann fuhr er weiter. Er gab Gas. Die Tachometernadel kletterte in die Höhe, die kraftvolle Maschine gehorchte ohne größere Motorengeräusche.

Aber sie folgten ihm auch jetzt noch, geduldig wie ein Rudel Wölfe. Vielleicht zehn Blocks weit. Dann, als er wieder in den Rückspiegel schaute, waren sie plötzlich verschwunden. An der nächsten Ecke, hinter einem durchgesackten Maschendrahtzaun, gähnte schwarz eine rostige Wellblechgarage. Davor standen alte Mustangs herum, die auf ihre Reparatur warteten. Und neben einer altmodischen roten Eisbox mit dem zerkratzten weißen Schriftzug der Marke Coca-Cola hingen acht oder zehn schwarze Jugendliche herum, einige Teenager, einige schon etwas älter, und zeigten beim Lachen ihre sehr weißen Zähne. Als sie den Jaguar sahen, erlosch das Lachen. Nachdenklich neigten sie die Köpfe. Ihre schwarzen Jacken trugen die Aufschrift THE EDGE.

Dave fuhr stirnrunzelnd weiter. Hätte er vielleicht doch Cecil Harris mitnehmen sollen? Cecil war ein junger Schwarzer, der bei Dave wohnte und das Bett mit ihm teilte. Und die Gefahren, in die sich Dave begab. Cecil war vor kurzem erst aus dem Krankenhaus entlassen worden, wo er sich in langen, quälend langsam verstreichenden Monaten von seinen Schussverletzungen erholt hatte. Er war immer noch mager und schwach auf den Beinen und ermüdete rasch. So ein Tag würde ihn umhauen, ihn völlig auslaugen. Der Junge hatte gebettelt, mitfahren zu dürfen, aber Dave hatte ihn doch in seinem weitläufigen Haus im halbwegs kühlen Schatten des baumbestandenen Canyons zurückgelassen. Außerdem bezweifelte Dave, dass Cecils Anwesenheit neben ihm im Jaguar viel am Verhalten der Jugendlichen von Gifford Gardens ändern würde. Er fuhr weiter und spähte dabei in den Rückspiegeln nach den Jungs von *The Edge*.

Aber er sah nichts Auffälliges, bis er die Lemon Street erreichte. An der Straßenecke umrahmten klotzige Flachdach-Betonbauten einen Hof mit einem großen Gummibaum. KILGORE-SCHULE stand auf einem Schild. Die Schule wurde von einer Ziegelmauer umschlossen, aus der blanke viereckige Eisenstangen herausragten. Vor dem Hoftor standen kleine Kinder in Trägerhemdchen und kurzen Hosen, gelb, grün, knallrot, und hielten ihre Bücher und Pausenbrote fest. Weiße Kinder. Auch zwei oder drei Orientalen. Keine mit schwarzer oder brauner Hautfarbe. Durch eine Glastür am Ende des

Schulhofes schauten zwei graue Tigerkatzen erwartungsvoll nach draußen. Dave bog von der Straße ab, die am Creek entlangführte, und passierte eine Reihe eng stehender, gleichförmiger Siedlungshäuser auf schmalen Parzellen. Um die Ecke folgte ihm ein 1973er Mustang, dessen Lack bis auf das blanke Blech abgeschleift war und an dem vorne statt der Scheinwerfer zwei schwarze Löcher gähnten.

Der Mustang blieb gegenüber der Schule stehen, und Dave vergaß ihn, bis er, fünf oder sechs Blocks weiter oben, vor dem Haus der Familie Myers anhielt und ihn beim Aussteigen wieder im Seitenspiegel erblickte. Ein paar Haustüren hinter dem Jaguar rollte der Mustang langsam am Straßenrand aus. Dave schaute nur kurz hin, nahm sein Jackett vom Rücksitz und streifte es über. Niemand stieg aus dem Mustang. Die Windschutzscheibe war verdreckt, aber Dave glaubte, zwei Insassen gesehen zu haben. Er verschloss den Jaguar und ging über geborstene Betonplatten zwischen Streifen sonnenverbrannten Grases hoch zum Haus. Im Gras lag ein schweres altes Skateboard aus Holz, dem zwei Räder fehlten, wie ein toter Käfer auf dem Rücken. Noch zwei kurze Stufen, und Dave drückte auf einen Klingelknopf. Er drehte sich noch einmal nach dem Mustang um, der dastand wie ein stählerner Sarg, den man am Straßenrand abgestellt hatte.

Die Haustür öffnete sich. In der Tür erschien ein junger Mann, der nur eine Unterhose trug, das Haar ungekämmt, dunkle Bartstoppeln im Gesicht. Er zuckte zusammen, als er in das helle Licht des Vormittags blickte. Seine Augen waren trübe und blutunterlaufen. Er leckte sich über die aufgesprungenen, trockenen Lippen und krächzte: »Wer, zum Teufel, sind Sie?«

»Brandstetter.« Dave hatte seine Visitenkarte parat und hielt sie gegen die geschlossene Fliegengittertür. »Ich komme von der Pinnacle Versicherung. Auszahlung von Prämien im Todesfall. Es geht um Paul Myers. Ich muss mit Angela Myers sprechen, bitte.«

Der junge Mann brummte, griff nach dem Riegel der Fliegengittertür, stieß sie ein Stückchen auf, nahm die Karte und musterte sie eingehend. »Ist was nicht in Ordnung mit der Versicherung?«

»Es ist was nicht in Ordnung mit den Umständen seines Todes«, sagte Dave. »Ist Angela Myers da? Wer sind Sie?«

»Gene Molloy. Ich bin ihr Bruder.« Er drehte sich um und rief ins Haus: »Angie? Jemand für dich, von der Versicherung.« Er blickte Dave durch das Drahtgitter stirnrunzelnd an. »Es war ein Unfall. Er hat die Kontrolle über seinen Sattelschlepper verloren. Er ist in einer Kurve im Torcido Canyon von der Straße abgekommen, und alles ist explodiert und ausgebrannt.« Er trat einen Schritt zurück und rief lauter: »Angie!« Eine schrille, gereizte Frauenstimme erwiderte etwas. Dave konnte den Wortlaut nicht verstehen. Wagentüren wurden zugeschlagen. Zwei schwarze Jugendliche waren aus dem Mustang gestiegen, der eine muskulös, der andere feist, und beide trugen Jacken mit der Aufschrift THE EDGE. Sie schlenderten den Gehsteig entlang und ließen ihre Blicke schweifen, ohne den Jaguar zu beachten. »Verdammter Mist«, brummte Molloy, als er sie sah.

»Sie sind mir nachgefahren«, sagte Dave. »Mein Wagen gefällt ihnen.«

»Ach du Scheiße.« Molloy stieß die Fliegengittertür auf. »Kommen Sie rein.« Er packte Dave am Arm.

Dave machte sich wieder frei. »Ich will nicht, dass sie ihn auseinander nehmen.«

»Besser den Wagen als Sie«, meinte Molloy. »Los, kommen Sie rein.«

Dave trat ein. Innen war es schummerig, die Luft abgestanden, und es roch nach verschwitztem Bettzeug und abgestandenem Zigarettenrauch. Das Sofa war als Bett benutzt worden. Das zerknitterte Laken wölbte sich, als ob es eine Leiche bedeckte. Auf einem billigen Couchtisch beim Sofa standen leere Bierdosen, daneben thronte ein rosafarbener Porzellan-Aschenbecher voller Zigarettenstummel auf einem Stapel Zeitschriften. *Scientific American*? Am Fußende des Sofas, auf einem Teewagen aus Stahlrohr, flimmerte ein kleiner Fernseher mit schlechtem Bild, ohne Ton. »Wo ist das Telefon?«, fragte Dave.

»Sie brauchen kein Telefon, sondern ein Schießeisen.« Molloy ließ die Fliegengittertür zuschnappen, schloss die Holztür und hängte die ziemlich dünne Sperrkette ein. »Die Bullen brauchen den ganzen Tag, um herzukommen. Sie wollen sich nicht mit den Banden anlegen. Die schießen nämlich oder stechen dich ab – man kann dabei draufgehn. Zwei haben dies Jahr schon dran glauben müssen.«

»Genau die richtige Gegend zum Wegziehen.« Dave drückte zwei Lamellen der Jalousie auseinander und spähte hinaus. Die *Edge*-Jungs schlichen um den Jaguar herum und wiegten bewundernd die Köpfe. Ihre Hände hielten sie noch in den Hosentaschen vergraben. »Warum ziehen Sie nicht woandershin?«

»Paul und ich haben das Haus gekauft«, hörte Dave die gereizte Stimme von vorhin sagen. Er ließ die Jalousie los, die leise klapperte. »Wenn wir's nur gemietet hätten, wär das was anderes. Aber jeder weiß doch Bescheid über Gifford Gardens. Wer würde das hier kaufen? Wer wäre blöd genug, hierher zu ziehen? Also sitzen wir hier fest. Das heißt, ich sitze hier fest.« Sie drehte sich in der Tür um und rief nach hinten: »Wenn ihr zwei euch nicht auf die Socken macht, kommt ihr zu spät.«

Laute Kinderstimmen antworteten, überschrien sich gegenseitig. Grenzte es nicht an grobe Fahrlässigkeit, seine Kinder hier aufwachsen zu lassen? Aber als die beiden dann auftauchten, wirkten sie gesund und munter – strahlende Augen, rosige Backen, ihre Bücher und Pausenbrote unterm Arm.

»Geht hinten raus«, sagte Molloy zu ihnen, »über das leere Grundstück. Und dann die Lime Street runter.«

»Was ist denn?« Angela Myers starrte ihren Bruder an.

»Draußen sind welche von *The Edge«,* erwiderte Molloy. »Zwei davon. Die sind Mister« – er hatte Daves Visitenkarte in seiner Faust zerknüllt, glättete sie jetzt und las dann ab – »Mister Brandstetter hierher gefolgt. Er hat 'n tollen ausländischen Wagen.«

»Brian. Ruth Ann.« Angela Myers nickte entschieden. Den Jungen, dem die hellblonden Haare wie einem Hirtenhund in die Augen fielen, schätzte Dave auf neun, das dunkelhaarige

Mädchen auf ungefähr elf. Die beiden machten kehrt und verschwanden. Eine Tür fiel ins Schloss. Leichtfüßige Schritte trappelten eilig durch die Morgenstille. »Wenigstens sind es nicht die GGs«, sagte Angela Myers zu Molloy.

Dave nahm sie genauer in Augenschein. Sie trug eine gestärkte sandfarbene Uniform mit weißem Besatz und auf dem Kopf ein kleines gestärktes Käppchen. Dazu plumpe Schuhe mit dicken Kreppsohlen. Mit ihrem Gesicht stimmte etwas nicht – mit den Gesichtswölbungen. Da schlechtes Licht war, zog Dave an der ausgefransten Schnur neben der Jalousie und ließ durchbrochenes Tageslicht herein. Ihr Gesicht war geschwollen, als wäre sie geschlagen worden. Zwar hatte sie dick Make-up aufgelegt, doch konnte Dave die Blutergüsse darunter ahnen. Ein Auge war immer noch nicht ganz offen.

»Was ist Ihnen passiert?«, fragte er.

»Mein Mann ist gestorben«, sagte sie. »Er war noch jung, er hat auch noch nachts gearbeitet, hat versucht, was dazuzuverdienen, um meine Eltern zu unterstützen, und das hat ihn das Leben gekostet. Kein Mensch kann den ganzen Tag und dann noch die ganze Nacht fahren. Irgendwann muss man schlafen. Das hab ich ihm immer und immer wieder gesagt. Und was ist passiert? Er ist am Steuer eingeschlafen und von der Straße abgekommen, und jetzt ist er tot. Und was nützt das jetzt irgendjemand?«

»Haben Sie den Scheck dabei?«, wandte sich Molloy an Dave.

Draußen splitterte Glas. Dave wandte sich zum Fenster. Durch einen Schlitz in der Jalousie sah er, wie der feiste Bursche, das Skateboard in der Hand, vom Jaguar zurücktrat und Schmiere stand, während der Muskulöse durch das eingeschlagene Fenster langte und die Wagentür öffnete. »Verdammt!«, sagte Dave und sprang zur Haustür. Er schob den Riegel zurück und riss die Tür auf, die jedoch ruckartig an der Sperrkette hängen blieb.

»Gehen Sie nicht da raus.« Molloy packte ihn von hinten an den Armen.

»Hört mal!« Angela Myers rannte zum Fenster.

Eine Sirene heulte auf, nicht weit entfernt. Dave befreite sich aus Molloys Griff. Er stieß die Tür zu, hakte die Sperrkette aus, öffnete die Tür weit, wurde aber dann von der Fliegengittertür aufgehalten, fummelte an deren kleinem Haken herum. Die beiden *Edge*-Jungs spurteten zu ihrem Mustang zurück. Der Dicke hielt noch immer das Skateboard in der Hand. Hatte der Muskulöse das Radio? Nein, unmöglich. Dafür war die Zeit zu knapp gewesen. Sie warfen sich in den Mustang und schlugen die Türen zu. Dave trat aus dem Haus. Der Motor hinter den blinden Augenhöhlen heulte auf, die Reifen kreischten, und der Mustang raste, wild hin und her schlingernd, die Straße hinauf. Dave lief den Fußweg hinunter. Aus der anderen Richtung kam ein Streifenwagen vom Sheriff-Büro angefahren, weiß und goldfarben, mit flackerndem gelbem Blinklicht auf dem Dach. Schaukelnd stoppte der Wagen neben dem Jaguar.

»Sie sind die Straße hochgefahren«, sagte Dave.

2

Aber der Streifenwagen fuhr nicht die Straße hoch. Zwei Uniformierte, ein Latino und ein Schwarzer, beide mit Sonnenbrillen, stiegen aus. Sie waren noch jung. Der Schwarze war ein Schwergewicht. Er beäugte den Jaguar und richtete dann seine von der Sonnenbrille verdeckten Augen auf Dave. Dazu schüttelte er den Kopf und lächelte bedauernd. »Das Ihrer?«, sagte er, und nach Daves Nicken: »Nicht die beste Idee. Gehört eher nach Beverly Hills.« Vorsichtig berührte er einen Glassplitter, der noch im Fensterrahmen steckte. »Irgendwas geklaut?«

Dave bückte sich und schaute durch das Loch hinein. Das Blaupunkt war noch in der Konsole. »Ich glaube nicht. Wahrscheinlich wollten sie das Radio.«

Der braunhäutige Deputy kratzte sich an der Brust und schaute die verlassene Straße entlang, wo sich jetzt nichts mehr regte. »Die nehmen, was sie kriegen. Wissen Sie, wie hoch die Arbeitslosigkeit bei den schwarzen Jugendlichen hier in der Gegend ist? Sechzig Prozent. Haben Sie die beiden genau gesehen? Wären Sie bereit, vor Gericht auszusagen, wenn wir sie schnappen?«

»Nein, ist er nicht«, warf Angela Myers von der Haustür her ein. »Sie wissen doch genau, wie die einem dann das Leben zur Hölle machen.« Auf ihren weichen Sohlen kam sie rasch den Fußweg heruntergelaufen. »Telefonterror die ganze Nacht. Und die Fensterscheiben haben sie uns eingeschmissen, und unseren Hund umgebracht, und die Kinder so verängstigt, dass sie gar nicht mehr rauskonnten zum Spielen.«

Der schwarze Deputy sagte: »Er wohnt ja nicht hier.«

»Die finden ihn«, sagte Angela Myers. »Das wissen Sie genau.« Dann blickte sie Dave an. »Paul, mein Mann – er hat gegen Silencio Ruiz ausgesagt. Wegen einem Überfall auf einen

Supermarkt. Andere haben es auch gesehn, aber Paul hatte als Einziger genug Mut, vor Gericht gegen ihn auszusagen.«

»Schön blöd«, meinte Molloy, der sich eine ausgebleichte Bluejeans übergezogen hatte. In seinem Mundwinkel hing eine brennende Zigarette, die beim Sprechen auf und ab hüpfte. »Was hat er denn erwartet? Dass die Gifford-Gardens-Bande ihm einen Orden verleiht?«

»Er hat richtig gehandelt«, sagte der schwarze Deputy.

»Was hat Sie veranlasst herzukommen?«, fragte Dave.

»Ein Anruf von Mr. Gifford.« Der Latino deutete auf die Anhöhe. Das Herrenhaus der Giffords leuchtete weiß hinter den hohen Bäumen, und seine Fenster glitzerten in der Sonne. »De Witt Gifford. Er wohnt da oben.«

Der schwarze Deputy kicherte. »Dem entgeht so leicht nichts, dem alten De Witt. Kümmert sich um jeden Dreck. Als wär er unser König im großen Schloss. Hält Wache im Turm da oben, mit einem Fernglas. Hat sonst nix zu tun.«

Dave sah zu dem Kuppeltürmchen hoch. Vielleicht bildete er es sich nur ein, aber er glaubte, einen Moment lang ein Aufblitzen gesehen zu haben, etwas, was das Sonnenlicht schärfer reflektierte als die Glasscheibe des Fensters. Die Linsen eines Bausch & Lombs?

»Er hat der Zentrale gemeldet, dass sich ein paar Burschen an Ihrem Wagen zu schaffen machen.«

»Dann werde ich hochgehen und mich bei ihm bedanken müssen«, sagte Dave.

»Das wird nicht ganz einfach sein.« Der Latino ging um den Streifenwagen herum und blieb auf der Fahrerseite stehen. »Der hat mehr Ketten und Schlösser und Alarmanlagen, als man zählen kann. Außerdem Wachhunde. Da kommt keiner rein.« Über das Dach des Wagens hinweg, auf dem immer noch das gelbe Blinklicht zuckte, sagte er: »Diese Burschen sind jetzt wahrscheinlich wieder bei der Mustang-Werkstatt. Wollen Sie mitkommen und sie für uns identifizieren?«

»Lieber nicht«, sagte Angela Myers.

»Keine Bange«, sagte der schwarze Deputy. »Ich geh da eh nicht rein. Nie im Leben.«

»Ich fordere Verstärkung an.« Sein Partner ließ sich in den Streifenwagen fallen und langte nach dem Mikrofon des Funkgeräts.

»Ruf am besten gleich die Marines«, entgegnete der Schwarze.

»Es ist ja nur eine eingeschlagene Scheibe«, sagte Dave. »Nicht wert, dass man Leib und Leben dafür riskiert. Vergessen wir's. Ich hab noch einiges zu erledigen in dieser Gegend.«

»Besorgen Sie sich einen andern Wagen«, riet ihm der schwarze Deputy. »Für das, was der hier kostet, können Sie sich 'n ganzen Wagenpark anschaffen.« Sanft strich er über den dunkelbraun schimmernden Lack. »Sie brauchen einen, bei dem's nix ausmacht, wenn mal das eine oder andere Teil abmontiert wird.« Mit einem Grunzen ließ er sich auf den Sitz des Streifenwagens sinken. Dann zog er die Tür zu. »Ich mein's ernst.«

»Ich nehme jeden Mann ernst, der eine große Kanone bei sich trägt«, meinte Dave. »Danke, dass Sie gekommen sind. Danke für Ihre Ratschläge.«

»Mrs. Myers?« Der braunhäutige Deputy blickte sie an, quer über seinen schwarzen Partner gebeugt. »Silencio. Ruiz. Er hat Ihnen doch in letzter Zeit keinen Ärger gemacht, oder?«

»Wie meinen Sie das? Er sitzt in San Quentin.«

»Ich meine, wegen Ihrem Gesicht. Sieht so aus, als hätte Sie jemand verprügelt. Das war doch nicht er, oder?«

»Ich bin hingefallen.« Sie berührte ihr geschwollenes Auge. »Im Restaurant, wo ich arbeite.«

»Er ist auf Bewährung entlassen worden«, sagte der Deputy. »Schon vor einer Woche. Deshalb frage ich. Ihr Mann – hat Ruiz ihn vielleicht belästigt?«

»Mein Mann ist tot«, sagte sie.

»Das tut mir leid. Jedenfalls, wenn Silencio Ihnen Ärger macht, verstößt er damit gegen seine Bewährungsauflagen. Lassen Sie sich nicht von ihm einschüchtern. Rufen Sie uns sofort an, ja?« Er lächelte kurz und hob eine Hand zum Gruß, und schon rollte der Streifenwagen vom Sheriff-Büro wieder die morgendlich leere Straße hinunter. Das gelbe Blinklicht blinkte nicht mehr.

»Ich muss zur Arbeit.« Angela Myers eilte auf das Haus zu. »Ich kann nicht noch mehr Tage fehlen.«

Gene Molloy ging über das braune Gras auf zwei schmale rissige Betonstreifen zu, die als Zufahrt dienten. »Ich fahr dich hin.«

»Damit du dann mit dem Auto von Bar zu Bar fahren kannst und Benzin verschwenden?« Sie riss die Fliegengittertür auf. »Kommt nicht in Frage.« Dave war direkt hinter ihr. Sie ging in den hinteren Teil des Hauses, und er folgte ihr. In der Küche, wo es nach verbranntem Toast roch und wo auf einem Stahltisch mit gelber Resopalplatte noch die Löffel in den Cornflakes-Schüsseln lagen, schnappte sie sich eine weiche Lederhandtasche von der gelben Resopal-Arbeitsplatte neben der Edelstahlspüle und ging damit zur Hintertür.

»Bitte warten Sie«, sagte Dave. Sie fuhr heftig herum, überrascht und verärgert, dass er immer noch da war. »Ich habe schlechte Nachrichten für Sie«, sagte er. »Bitte rufen Sie Ihren Bruder und setzen Sie sich, ja?« Er zog einen Stuhl mit Stahlbeinen und gelber Plastikpolsterung unter dem Tisch hervor. Auf dem Sitz lagen Krümel. Er wischte sie mit der Hand weg. Sie rührte sich nicht vom Fleck, starrte ihn nur düster an. »Ihr Mann wurde nicht vom Schlaf überwältigt. Was ihm passiert ist, war kein Unfall. Ebenso wenig wie das, was Ihrem Gesicht passiert ist.«

»Hören Sie, ich weiß nicht, was Sie –«

Da tauchte Molloy an der hinteren Fliegengittertür auf. »Was ist denn hier los?« Er kam herein, warf einen Blick auf die wütende Angela und wandte sich dann drohend an Dave. »Passen Sie auf, Freundchen, sie ist meine Schwester.«

»Bitte setzen Sie sich hin.« Dave zog mit dem Fuß einen weiteren Stuhl am Stuhlbein unter dem Küchentisch hervor. »Die Experten vom Sheriff-Büro haben das Wrack von Paul Myers' Sattelschlepper untersucht. Es hat eine ganze Woche gedauert, aber jetzt sind sie sicher. Es war kein Unfall. Jemand hat eine Sprengladung unter dem Fahrerhaus angebracht und sie gezündet.«

»Nein!« Angela ergriff Molloys Arm, als würden ihre Beine

nachgeben. Sie war nicht nur überrascht, sondern zeigte auch Furcht. Sie blickte in Molloys unrasiertes und doch jungenhaftes Schmollmundgesicht, als könne der etwas an der schrecklichen Wahrheit ändern. »Das würden sie doch nicht tun. Warum auch? Er war übermüdet. Er ist mit seinem Truck von der Straße abgekommen.«

Molloy wandte sich an Dave. »Sind Sie da sicher?«

»Die Labortechniker sind sicher. Die Explosion wurde per Fernzündung ausgelöst. Jemand muss ihm gefolgt sein, und genau in dieser einen Kurve wurde er dann in die Luft gejagt. Damit es wie ein Unfall aussah. In der Kurve hat es nämlich zuvor schon einige Lastwagen erwischt.«

»Silencio«, sagte Molloy. Er half Angela zu einem Stuhl. Sie ließ sich darauf fallen, am ganzen Körper zitternd. »Ich ruf die Polizei«, sagte Molloy und bewegte sich zur Küchentür.

»Sparen Sie sich den Anruf«, hielt Dave ihn auf. »Die ist schon unterwegs. Lieutenant Jaime Salazar, Mordkommission, Sheriff-Büro.« Er warf einen Blick auf seine Armbanduhr. »Eigentlich wollten wir uns hier treffen. Haben Sie einen Whiskey?«

»Hä?« Molloy glotzte ihn an. Dave nickte zu Angela hin. Molloy schien zu kapieren. »Ja, klar.« Er stieg auf einen Stuhl und holte eine Dreiviertelliterflasche mit rotem SONDERPREIS-Etikett von einem hohen Schrank herunter. Er schraubte die Kappe ab, goss etwas aus der Flasche in ein Glas mit Orangensaft und schob das Glas Angela hin. »Hier. Das wird dir gut tun.«

»Ich kann doch nicht mit einer Alkoholfahne zur Arbeit gehn.«

»Du kannst sowieso nicht zur Arbeit gehn. Du musst ihnen erzählen, was Ruiz im Gerichtssaal gebrüllt hat, als der Richter ihn verurteilt hat. Dass er Paul umbringen würde. Hast du das nicht Mama erzählt? Dass er Paul umbringen würde, sobald er wieder raus wär?«

Sie lehnte sich zurück, seufzte auf, schloss die Augen. »Mexikaner – die regen sich schnell auf und sagen dummes Zeug.«

»Angie, er muss es getan haben. Es ist genau nach seiner

Entlassung passiert. Du hast es doch gehört, von diesem Deputy vorhin.« Er nahm ihre Hand, legte ihre Finger um das Glas. »Trink das, ja? Du siehst aus, als ob du mir gleich umkippst.« Sie schlug die Augen auf, trank, verzog das Gesicht, schüttelte sich. Zu Dave sagte Molloy: »Wer soll's denn sonst gewesen sein, verdammt? Es kann doch nur er gewesen sein, oder?«

»Es war technisch ein kompliziertes Ding«, erwiderte Dave. »Soviel ich weiß, ist Ruiz nur ein Herumtreiber.«

»Im Gefängnis gibt es Weiterbildung«, sagte Molloy.

Dave setzte sich. Angela saß mit geschlossenen Augen da und schien den Whiskey in ihrer Hand vergessen zu haben. Dave streckte seine Hand nach ihr aus und berührte sanft ihren Arm. Sie öffnete die Augen.

»Mrs. Myers, wer hat Sie verprügelt?«

Einer ihrer Mundwinkel zuckte. »Wer verprügelt denn Frauen? Die Ehemänner. Das müssten Sie in Ihrem Alter eigentlich wissen.«

Dave schaute zu Molloy auf, der überrascht wirkte, und fragte ihn: »Haben Sie nichts dagegen unternommen?«

»Ich? Ich war ja nicht hier. Glauben Sie, er hätte mich hier wohnen lassen? Nein, nichts zu machen. Die ganzen Jahre nicht.«

»Er wollte nur nicht, dass du ihm auf der Tasche liegst«, sagte Angela tonlos.

Molloy wandte sich wieder an Dave. »Ich bin hergekommen, nachdem er tot war. Es gehört schließlich ein Mann ins Haus. Grad hier, in Gifford Gardens, das kann ich Ihnen sagen. Außerdem wollte Angie schon immer, dass ich hier wohne. Nur Paul konnte mich nicht ausstehen.«

Angela tastete nach Molloys Hand und lächelte ihn ein wenig vorwurfsvoll an. »Das stimmt nicht. Er wollte nur, dass du auf eigenen Füßen stehst. Das hättest du nie geschafft, solange du bei uns gewohnt hättest, immer was zu essen, keine Miete und noch Taschengeld. Er hat es nur gut mit dir gemeint. Genau wie Daddy und Mama.«

»Oje!« Molloy lachte verächtlich und fragte Dave: »Können Sie sich das vorstellen? Grad von der Highschool geflogen, werfen dich deine Alten raus. Und dein Schwager gibt dir auch 'nen Arschtritt. Kein Job, kein Geld, kein Dach überm Kopf. Und das alles angeblich aus lauter Liebe zu mir.«

»Vieles wird angeblich aus Liebe getan«, sagte Dave, »aber manchmal steckt, wo man's am wenigsten vermutet, doch echte Liebe dahinter.«

Molloy schnaubte. Auf dem Tisch lag eine Packung Zigaretten. Er zog einen dritten Stuhl hervor, setzte sich, schüttelte eine Zigarette aus dem Päckchen und zündete sie mit einem Streichholz an, auf dessen Briefchen für einen Highschool-Abschluss per Heimstudium geworben wurde. Er blies die Flamme mit ausgeatmetem Rauch aus und fragte Dave: »Spielt es für die Versicherung eine Rolle, ob es Mord war oder ein Unfall?«

»Möglicherweise. Aber man hätte mich auf jeden Fall hergeschickt.«

»Wozu?«, fragte Angela. »Ich hab der Polizei schon alles gesagt, was ich weiß. Ich weiß überhaupt nichts. Gene hat Recht. Es muss Silencio gewesen sein, nicht wahr? Ruiz?«

»Manchmal«, sagte Dave, »wissen wir etwas, ohne zu wissen, dass wir es wissen. Paul Myers hatte jahrelang keine Lebensversicherung. Dann plötzlich, vor einem Monat, hat er bei uns eine über hunderttausend Dollar abgeschlossen.« Dave musterte die schäbige Küche, das verblichene Gelb der Wände, den abgewetzten Vinylboden, die schiefen Schranktüren. »Das kostet. Was hat ihn dazu veranlasst?«

Sie zuckte mit den Schultern. »Ossie Bishop ist gestorben. Das hat Paul Angst gemacht. Es kam so plötzlich, so unerwartet. Er wollte mich, die Kinder und meine Familie nicht ohne alles zurücklassen.«

»Ossie Bishop!« Molloy sprang auf und stieß dabei den Stuhl zurück, der laut über den Boden schabte. Er ging zum Herd, wo auf kleiner Flamme eine gläserne Kaffeekanne stand, die halb voll war. Er drehte das Gas weiter auf, und die heftige Drehung seines Handgelenks verriet seinen Ärger. »Diesen Typen hat er hier im Haus geduldet. Aber mich nicht – den Bruder seiner eigenen Frau!«

»Ossie war Pauls bester Freund«, erklärte Angela Dave. »Ich wollte eigentlich keinen seiner Freunde im Haus haben, aber auf Ossie ließ Paul nichts kommen. Und dann noch Louella, Ossies Frau, diese große, fette Schwarze. Die tat immer so freundschaftlich, ich sollte doch mit ihr in diese Niggerkirche gehn, und unsere Kinder sollten doch zusammen spielen. Paul fand nichts dabei, aber ich seh das anders. Ich bin anders erzogen worden.«

»Das hier ist eine gemischte Gegend«, bemerkte Dave. »In der Schule werden die Kinder bestimmt –«

»Ich schick sie nicht auf die staatliche Schule. In der staatlichen Schule von Gifford Gardens werden die weißen Kinder bloß ausgeraubt und abgestochen und vergewaltigt. Deshalb arbeite ich als Kellnerin. Damit ich das Geld für die Kilgore-Schule aufbringen kann.«

»War Ossie Bishop auch selbstständiger Trucker?«

Sie nickte. »Er hat Paul den Nachtjob verschafft. Ossie hat es gemacht, weil er das Geld für einen zweiten Truck zusammensparen wollte, damit sein ältester Sohn den fahren kann, wenn er mit der Schule fertig ist.«

Molloy knallte Kaffeebecher auf den Tisch, dass die Löffel in den Cornflakes-Schüsseln klirrten. »Mein Gott, hast du das eigentlich mal Dad erzählt? Dass sogar die Nigger für ihr eigen Fleisch und Blut sorgen? Ich glaub, das muss ich dem alten Arsch mal klar machen.«

»Gene«, sagte sie müde, »das ist doch alles Schnee von gestern. Nützt doch nichts, wenn du dich schwarz ärgerst über was, was du doch nicht ändern kannst. Außerdem ist er krank. Lass ihn in Ruhe. Du wolltest ja nie Lastwagenfahrer werden.«

»Zimmermann erst recht nicht.« Molloy brachte die Kaffeekanne und füllte die Becher. »Und schon gar nicht umsonst. Verdammt noch mal, die andern Lehrlinge hat er bezahlt. Aber ich war ja sein Sohn, also bekam ich keinen Lohn. Wunderbar.« Er stellte die Glaskanne zurück auf den Herd.

Dave fragte Angela: »Was ist mit Bishop passiert? Ein Unfall mit dem Truck?«

»Er ist krank geworden. War ein paar Tage zu Hause. Dann ist er gestorben. Mitten in der Nacht. Hat einfach keine Luft mehr gekriegt. Louella hat einen Arzt gerufen, aber da war's schon zu spät. Ein kräftiger, gesunder Mann, und noch jung. Das hat Paul Angst gemacht.«

Dave probierte den Kaffee. Heiß, aber dünn. Er zündete sich eine Zigarette an. »Wann wurde Silencio Ruiz eingesperrt?«

Angela runzelte die Stirn. »Vor zwei Jahren? Achtzehn Monaten?« Sie lachte bitter. »Er war zu fünf Jahren verurteilt worden. Aber das will ja nichts heißen, oder?«

»Nicht allzu viel«, sagte Dave. »Und Ossie Bishop ist vor einem Monat gestorben?« Er langte über den Tisch nach dem Aschenbecher. »Ich glaube nicht, dass Silencio Ruiz Ihren Mann umgebracht hat.«

3

Molloy fixierte Dave über den Rand seines erhobenen Kaffeebechers hinweg. »Was, zum Teufel, wollen Sie damit sagen? Was hat denn Ossie damit zu tun?«

»Ossie ist einfach krank geworden«, sagte Angela.

»Vielleicht hat ihn jemand krank gemacht«, meinte Dave.

»Aber warum?« Molloy drückte seine Zigarette aus. »Paul hat Silencio drangekriegt wegen diesem Überfall. Deshalb hat Silencio ihn umgebracht. Was hat das alles mit Ossie zu tun?«

»Er hat Paul den Nachtjob verschafft.« Dave wandte sich an Angela. »Was hat er dort gemacht, oben im Torcido Canyon, um drei Uhr nachts? Was hat er transportiert? Für wen hat er gearbeitet?«

»Er … hat es mir nie gesagt.« Mit einem dumpfen Geräusch fiel ihr die Tasche vom Schoß auf den Boden. Sie hob sie rasch wieder auf, kramte darin herum, brachte einen Taschenspiegel zum Vorschein. Dann betastete sie die Schwellungen in ihrem Gesicht. »Ich seh furchtbar aus.«

»Wollten Sie denn nicht wissen, was er machte? Sie waren doch besorgt, weil er immer so übermüdet war.«

»Die Bezahlung war gut. Sonst hat er nichts dazu gesagt. Er wollte meinen Eltern helfen.« Sie warf einen Blick auf Molloy. »Unsern Eltern. Dad hatte einen Schlaganfall. Er war immer stark wie ein Pferd, also hat er natürlich nie 'ne Krankenversicherung abgeschlossen. Ihr Erspartes ging praktisch über Nacht drauf, für die Ärzte, fürs Krankenhaus. Er ist Zimmermann, und Sie wissen ja, wie's da in letzter Zeit aussieht. Sie hatten schon fast nix mehr, bevor er krank wurde.«

»Und von der Gewerkschaft?«, fragte Dave.

Molloy lachte bitter auf. »Er hält nichts von Gewerkschaften. Er dachte nicht daran, jeden Monat Beiträge zu zahlen, nur damit irgendein fetter korrupter Itaker den Funktionär spielt, den ganzen Tag die Füße auf den Schreibtisch legt und Bier trinkt, während er für den Scheißkerl den Lebensunterhalt verdient.«

Dave beobachtete, wie Angela frischen Lippenstift auflegte. Ihre Hand zitterte. »Nicht jeder Mann fühlt sich seinen Schwiegereltern so verpflichtet.«

Molloy brummte verächtlich. »Dad hat Pauls ersten Schlepper finanziert, damit er als selbstständiger Trucker fahren konnte. Glauben Sie, er hätt' das Gleiche für mich getan, als ich dann alt genug war? Ja, von wegen!«

»War Paul ihm noch Geld schuldig für den Truck?«, fragte Dave.

»Den hatte er längst abbezahlt.« Angela schraubte den Lippenstift zu und ließ ihn in die Handtasche fallen. »Nein. Dad hatte ihm geholfen, als er Hilfe brauchte. Das hat Paul ihm nicht vergessen. Nun brauchte Dad Hilfe, und Paul hat getan, was er konnte.«

»Klingt nicht nach einem Mann, der seine Frau schlägt«, bemerkte Dave.

»Er war müde und erschöpft. Er hat Tabletten geschluckt, um wach zu bleiben. Amphetamine. Die Fahrer haben immer welche dabei. Verteilen sie untereinander auf den Rastplätzen.« Sie hatte den Taschenspiegel gegen ihren Kaffeebecher gelehnt. Jetzt nahm sie ihn und ließ ihn ebenfalls in die Tasche fallen, zog dann den Reißverschluss zu. »Er war nicht gewalttätig. Es war einfach zu viel Stress. Er war überreizt, und ich hab ihn genervt, er soll doch diesen Nachtjob wieder aufgeben. Davor war er ein ruhiger, lieber Mann gewesen.« Sie weinte, wischte sich die Tränen aus den Augen. »Fragen Sie die Kinder.«

»Amphetamine können einen Mann unberechenbar machen«, sagte Dave.

»Verdammt, wo bleibt eigentlich Ihr Freund vom Sheriff-Büro?« Molloy sah auf seine billige Digitaluhr. »Inzwischen ist Silencio bestimmt schon in Mexiko. Oder in Argentinien.« Er legte seine Zigarette auf dem Rand des Aschenbechers ab und griff nach seinem Kaffeebecher. »Wie heißt dieser Deputy noch mal?«

»Salazar«, antwortete Dave.

»Herrgott, noch so 'n Brauner.« Molloy verschluckte sich an seinem Kaffee. »Werden denn gar keine Weißen mehr eingestellt? Was soll einer, der Salazar heißt, schon groß unternehmen gegen einen, der Ruiz heißt?«

»Alles Notwendige«, sagte Dave.

Angela erhob sich und nahm ihre Tasche. »Ich muss jetzt zur Arbeit.«

»Melden Sie sich lieber krank«, sagte Dave.

»Ich hab schon eine Woche gefehlt. Die stellen sonst jemand anders für mich ein. Ich brauch diesen Job.« Sie öffnete den Reißverschluss wieder und nahm einen Schlüsselbund aus der Tasche. »Die Kinder brauchen was zu essen, und die Rechnungen müssen bezahlt werden.«

»Ich will ja nicht gefühllos klingen oder so«, warf Molloy ein, »aber immerhin kriegst du einen dicken Scheck von der Versicherung.«

»Ach.« Sie blickte bedrückt zu Dave. »Stimmt das?«

Dave lächelte halbherzig. »Möglicherweise. Verraten Sie mir Louella Bishops Adresse.«

»Weiß ich nicht. Sie ist weggezogen.« Angela stieß die hintere Fliegengittertür auf. »Ist mir auch egal. Ich bin grad froh, dass sie weg ist.«

»Lieutenant Salazar wird mit Ihnen sprechen wollen.«

»Paul ist tot«, erwiderte sie, »und Sie behaupten, jemand hat ihn umgebracht. Mehr weiß ich auch nicht. Es gibt nichts, was ich ihm sagen könnte.« Die Gittertür fiel hinter ihr ins Schloss. Dave ging zur Tür. Hinter dem Haus gab es Wäscheleinen, fleckenweise Gras und einen kümmerlichen Zitronenbaum. Angela zog ein knarrendes Garagentor hoch. »Richten Sie ihm aus, dass ich nicht länger warten konnte.« Sie ging in die Garage, dann wurde eine Autotür zugeschlagen, ein Motor sprang an, erstarb, wurde wieder angelassen. Der Motor wurde kurz hochgejagt, und Rauch quoll aus dem Garagentor.

»In welchem Restaurant arbeitet sie?«, fragte Dave Molloy.

»Im *Cappuccino*«, antwortete Molloy. »Denen wär's bestimmt nicht recht, wenn die Bullen dort aufkreuzen, um mit ihr zu reden.« Er wollte an Dave vorbei hinausgehen, um seine Schwester aufzuhalten. Doch da stieß ein zerbeulter, zehn Jahre alter Toyota-Kombi, der eine Wagenwäsche nötig hatte, rückwärts aus der Garage und rollte rasch seitlich am Haus vorbei außer Sicht. Geräuschvoll setzte er über den Rinnstein vor dem Haus. Molloy rannte barfuß nach vorn. Die vordere Gittertür klapperte. »Angie, warte!«, rief er, aber schon hörte Dave den Wagen die Straße hinauf davonfahren.

Er begann, die Küchenschubladen zu durchsuchen. Eine enthielt Papiere: Kassenbons vom Supermarkt, Quittungen für Gas, Wasser, Strom, Telefon; Durchschläge von eingelösten Schecks, in Umschlägen der Bank; alte Formulare zur Einkommensteuer, zur Grundsteuer; die Kraftfahrzeugbriefe für einen '73er Toyota und einen Sechsachser-Sattelschlepper; und Unterlagen zu einer Hypothek, Lemon Street, Hausnummer 12589. Keine handbeschriebenen Zettel mit Adressen. Er steckte einen der Schecks und ein Sparbuch ein.

Molloy kam herein. »Verdammt, was machen Sie da?«

»Louella Bishops Adresse suchen. Ihre Schwester hat zu viel Angst, mir etwas über Pauls Nachtjob zu erzählen. Vielleicht ist Louella Bishop gesprächiger.«

»Angst? Ach was.« Molloy öffnete die Kühlschranktür, die mit Wasserfarben-Bildern der Kinder gepflastert war, und nahm eine Dose Bier heraus. Die Bilder flatterten, als er die Tür wieder zuwarf. »Wenn dein Alter dir die Fresse poliert, stellst du ihm keine Fragen mehr. Sie weiß nichts. Warum sollte sie Sie anlügen?«

»Dass Paul sie verprügelt hat, glauben Sie doch selbst nicht«, sagte Dave. »Sie waren ja völlig überrascht, als Ihre Schwester das behauptet hat. Sie haben ihn nie gemocht, aber Sie wissen, dass er nicht der Typ war, der seine Frau verprügelt.«

Molloy zog mit einem Finger den Verschluss der Bierdose auf. »Dann muss es wohl Silencio gewesen sein, oder?«

Dave schüttelte den Kopf. »Bis vorhin hat sie gar nicht gewusst, dass er wieder aus dem Gefängnis raus ist. Abgesehen davon, was hätte das für einen Sinn?«

Molloy saß am Tisch und genehmigte sich einen großen

Schluck aus der Bierdose. Dann wischte er sich mit dem Handrücken den Mund ab und rülpste. »Wahrscheinlich war er wegen Paul da, und weil Paul nicht da war, hat er eben Angie verprügelt, nur so zum Aufwärmen, und sie traut sich jetzt nicht, es zuzugeben, weil er immer noch frei rumläuft.« Wieder schaute er auf seine Uhr. »Und so, wie Ihr Freund in der Sache ermittelt, wird er wohl ewig frei rumlaufen. Äh, 'tschuldigung. Wollen Sie 'n Bier?« Er machte Anstalten, wieder aufzustehen.

»Ein bisschen früh für mich.« Dave schätzte Molloy auf fünfundzwanzig. Um die Mitte hatte er bereits Fett angesetzt. Wenn er weiter jeden Tag seine Bierchen trank, würde er in wenigen Jahren einen richtigen Wanst bekommen. »Wo ist das Telefon?«

Der Apparat stand in der Diele auf einem spiralgebundenen Telefonregister mit Kunstledereinband. Dave schlug es an der Stelle auf, wo seitlich der Buchstabe B herausragte, aber die angegebene Adresse von Ossie Bishop war hier in der Gegend. Er blätterte ein paar Seiten vor und zurück. Nichts. Also hob er das Telefon hoch und legte das Register wieder darunter.

Anschließend öffnete er eine Tür – und erblickte ein zweistöckiges Bett, Stofftiere, Spielzeuglastwagen, ein Poster von den Dukes of Hazzard. Er zog die Tür wieder zu und öffnete ein paar Schritte weiter die nächste. Das Bett dahinter war ungemacht. Die Kleidungsstücke einer Frau lagen verstreut umher: Röcke, Blusen, Jeans, eine zerknüllte Strumpfhose. Eine Frisierkommode war mit Schmink-Utensilien und zerknüllten Papiertüchern übersät. Er schob die Schranktüren auf. Auf einem Holzbügel hing ein einzelner blauer Polyester-Anzug, der nach chemischer Reinigung roch. Wollte sie ihn etwa darin beerdigen lassen? Daneben hingen zwei beigefarbene Anoraks, eine Kordjacke, eine braune Hose und einige dicke karierte Wollhemden.

»Dazu brauchen Sie unsere Erlaubnis«, sagte Molloy.

Dave gab keine Antwort, ging einfach weiter die Taschen von Myers' Kleidungsstücken durch, fand schließlich ein kleines Adressbuch. Da klopfte es an der vorderen Fliegengittertür, und gleich darauf ertönte die Türklingel. »Herrgott, was ist denn?«, sagte Molloy und ließ Dave wieder allein. In dem Büchlein befand sich keine neue Adresse der weggezogenen Bishops. Dave steckte es trotzdem ein und schob die Schranktüren wieder zu. Wo waren Myers' geschäftliche Aufzeichnungen? In den Kommodenschubladen? Nur Kleidungsstücke. Auch unter den Schranktüren gab es noch Schubladen. Er ging in die Hocke und öffnete eine. Bettlaken, Handtücher, Decken. Er schob sie wieder zu und öffnete die andere. Papiere: einzelne Blätter, dünne Durchschläge, blasse Kopien, rosa, blau, grün. Er packte eine Hand voll und stopfte sie in die Innentasche seines Jacketts, drückte die Schublade mit dem Fuß wieder zu und ging hinaus, Molloy hinterher.

Jaime Salazar sagte gerade: »Dann brauche ich Ihre Schwester nicht bei der Arbeit zu behelligen. Sie können's ihr ausrichten.« Er war schlank und wirkte gepflegt, trug einen leichten Anzug aus blauem Jeansstoff, ein kastanienbraunes Hemd und ebensolche Socken, dazu eine blaue Strickkrawatte. Obwohl sich in dem kleinen Wohnzimmer allmählich die Hitze staute, strahlte Salazar Kühle aus. Seine glatte Haut war von einem hellen Braun. Über seinem sauber gestutzten Schnurrbart trug er eine Sonnenbrille. »Da sind Sie ja«, sagte er zu Dave.

»Was hat Sie aufgehalten?«, fragte Dave.

»Die Suche nach einem entlassenen Sträfling namens Silencio Ruiz. Dank Paul Myers' Zeugenaussage konnte er vorletztes Jahr wegen bewaffneten Raubüberfalls verurteilt werden. Er hat gedroht, Myers umzubringen, wenn er rauskommt. Er ist gerade mal zwei Tage draußen – und peng, Myers wird umgebracht.«

Molloy grinste Dave an. »Was hab ich Ihnen gesagt?«

»Die Bombe war nicht das Werk eines Amateurs«, meinte Dave.

»Vielleicht hat er jemanden dafür bezahlt.«

»Warum sollte er?«, entgegnete Dave. »Silencio gehörte zu einer Straßenbande. Sind die Schnappmesser aus der Mode gekommen?«

»Er ist untergetaucht. Gestern sollte er sich bei seinem Bewährungshelfer melden. Bei seinen Eltern hat er nur die erste

Nacht geschlafen. Seither haben sie ihn nicht mehr gesehen. Seine Bande hängt bei einem Schnapsladen unten am Creek herum. Die haben ihn auch nicht mehr gesehen – seit Myers' sogenannter Unfall in den Morgen-Nachrichten kam.«

»Warum sollte er davonlaufen«, sagte Dave, »wenn alle Welt davon ausgeht, dass es ein Unfall war?«

»Das können wir ihn fragen, sobald wir ihn geschnappt haben.« Salazar spähte durch die Jalousienschlitze. »Ist das mit Ihrem Wagen hier passiert, heute Morgen?«

»Gifford Gardens hat mir nicht gerade den roten Teppich ausgerollt«, sagte Dave.

»Möchten Sie ein Bier, Lieutenant?«, fragte Molloy.

»Vielleicht Orangensaft?«, lehnte Salazar bedauernd ab.

»Mal sehn. Kann sein, dass sie welchen für die Kinder dahat.« Selbstzufrieden pfeifend ging Molloy davon.

Salazar neigte seinen schönen Kopf näher zu Dave. »Sie glauben das nicht? Glauben Sie, die Frau hat's getan, wegen der Versicherung?«

»Sie sagt, er hätte sie geschlagen. Nicht besonders schlau, mir so was zu sagen. Außerdem stimmt es nicht. Sie hat eine Riesenangst vor demjenigen, der sie geschlagen hat. Da er tot ist, wäre das völlig sinnlos. Ich glaube, wer auch immer sie geschlagen hat, hat auch ihn ermordet. Warum, ist mir allerdings schleierhaft. Aber wenn man sie am Reden hindern wollte, dann hat es funktioniert.«

»Wenn sie ihn nicht umgebracht hat, was haben Sie dann noch damit zu tun?«

»Mit Lebensversicherungen ist das so eine Sache. Haben Sie schon mal was von einer Zwei-Jahre-Rückzugsklausel gehört? Danach ist der Versicherungsvertrag nichtig, falls der Klient die Versicherungsgesellschaft belogen hat. Paul Myers hat der Pinnacle gegenüber die Ladungen angegeben, die er transportierte. Nichts Außergewöhnliches, Maschinenteile, Möbelteile, Kleidung und Stoffe, das Übliche eben. Nichts, weswegen ihn jemand in die Luft sprengen würde. Aber vielleicht hat er ja gelogen.«

»Und wenn – bekommt sie dann nichts?«

»Etwas. Aber nicht die Hunderttausend.«

Molloy kam herein und hielt eine eiskalte lila Dose in der Hand. Salazar trat einen Schritt zurück und faltete die Hände auf dem Rücken. »Traubensaft?«

»Sonst ist leider nichts da«, sagte Molloy.

»Nein, danke«, erwiderte Salazar. »Vielen Dank.«

»Ich muss gehen«, sagte Dave und ging.

4

In der Guava Street gab es keine Gehsteige. Auch vom Straßenbelag war nicht mehr viel übrig – ausgebleichte, aufgerissene Asphaltinseln, die zentimeterhoch aus dem sandigen Untergrund herausragten. Schaukelnd und rumpelnd passierte der Jaguar die sonnenverbrannten Unkrautbüschel, die am Straßenrand wucherten. Hier und da gab es Zäune aus Maschendraht, Latten oder Pflanzpflöcken. Die Häuser auf ihren schmalen Parzellen waren kleiner hier, ihr Verputz gelegentlich abgebröckelt, darunter wurden Stückchen von Drahtnetz und Teerpappe sichtbar. Ungetrimmt hochgeschossene Pfefferbäume überragten mit ihren hängenden Zweigen die Schindeldächer, die bereits ihre grüne oder silbergraue Schutzschicht verloren. Einige Dächer waren durchgesackt.

In staubigen Höfen, zwischen pickenden Hühnern oder Sonnenblumen und wildem Wein, krabbelten, tapsten, kreischten und hüpften kleine schwarze Kinder in Papierwindeln, Strampelanzügen, Jeans oder ganz ohne. In anderen Höfen rosteten Autowracks vor sich hin. An einem Ast schaukelte ein Seil mit einem Autoreifen. Räudige Hunde lagen hechelnd im Schatten. Katzen sonnten oder putzten sich auf Treppen und Dächern. Außer den Kindern sah Dave nur gelegentlich eine Frau – entweder eine junge Schwangere in billigen bunten Baumwollkleidern, Lockenwickler im Haar, oder eine knochige Alte, oder eine fette Alte. Aber keine jungen Burschen.

Wären da nicht der Kirchturm und die Lage in einem Walnusshain gewesen, hätte man die *Mount Olivet Full Gospel Church* ebenso gut für ein Lagerhaus halten können. Sie war aus verputzten Schlackensteinen errichtet, und durch die frische gelbe Farbschicht schimmerten noch schattenhaft Graffiti in spanischer Sprache. Die spärlichen Fenster waren schmal; kein prächtiges Buntglas, sondern Schutzlamellen vor bernsteingelben Milchglasscheiben. Seitlich führte ein sauberer betonierter Fahrstreifen an der Kirche entlang, dem Dave in seinem Jaguar bis zu einem für Gifford Gardens typischen Haus hinter der Kirche folgte. Er stieg die Eingangstreppe hinauf und drückte auf einen Klingelknopf. LUTHER PRENTICE, D.D. war darunter auf einer vergilbten, mit Reißnägeln befestigten Visitenkarte zu lesen.

Doch ihm öffnete eine ranke, eher butter- als kaffeebraune Frau mit umgebundener Schürze. Küchendüfte drangen durch die Fliegengittertür. Die Frau wischte sich die Hände an der Schürze ab. Ihr üppiges Haar war weich und weiß. Sie schenkte ihm ein fragendes Lächeln, blinzelte dabei und neigte den Kopf ein wenig zur Seite. »Ja? Guten Morgen.« Dann sah sie den Jaguar hinter ihm, und der Blick aus ihren sanften braunen Augen verweilte kurz darauf. »Wie kann ich Ihnen helfen?« Er stellte sich vor und reichte ihr seine Visitenkarte. Wie zuvor Gene Molloy, nahm sie sie vorsichtig durch den Spalt zwischen Gittertür und Türrahmen entgegen. Nachdem sie sie gelesen hatte, sagte sie: »Tut mir leid, aber wir haben alle Versicherungen, die wir brauchen.«

»Ich verkaufe auch keine«, antwortete Dave. »Ich bin Ermittler bei Schadensregelungen im Todesfall. Ich untersuche den Tod von Paul Myers.«

Sie runzelte leicht die Stirn. »War er ein Mitglied unserer Gemeinde? Sein Name kommt mir nicht bekannt vor.«

»Er war ein guter Freund eines Mitglieds Ihrer Gemeinde.« Hinter ihr bemerkte Dave eine Bewegung in dem Raum, der gegen das blendend helle Sonnenlicht draußen völlig dunkel schien. »Ossie Bishop. Er soll ebenfalls kürzlich gestorben sein. Ich würde mich gern mit seiner Frau Louella unterhalten, aber sie ist wohl weggezogen.«

Ein großer, hagerer alter Mann, tiefschwarz, mit einem weißen Haarkranz um die Glatze, tauchte neben der Frau auf. Er nahm seine Hornbrille ab und fixierte Dave. »Sie ist mit ihren Kindern gleich nach der Beerdigung weggezogen. Wenn Sie mich fragen, sind sie nicht einfach umgezogen. Sie sind geflüchtet.«

»Ihr Männer könnt miteinander reden«, sagte die Frau. »Ich muss noch Hähnchen und einen ganzen Haufen Rippchen grillen.« Sie verschwand, und ihr hochgewachsener alter Ehemann mit der aufrechten Haltung stieß die Gittertür auf und sagte: »Kommen Sie rein, setzen Sie sich. Vielleicht möchten Sie ein Glas Eistee?« Als Dave an ihm vorbei ins Haus trat, spähte der Mann mit zusammengekniffenen Augen hinaus ins Licht des hellen Vormittags. Auch sein Blick ruhte kurz auf dem Jaguar. Dann schloss er die Gittertür und hakte sie ein. »Hoffentlich ist das mit Ihrem Wagen nicht hier passiert.«

»Es war meine eigene Schuld.« Dave wartete zwischen Klappstühlen in einem unvermutet großen Raum. Offenbar waren einige Wände herausgebrochen worden, und das Gebäude diente sowohl als Gemeindesaal wie auch als Pfarrhaus. Hier duftete es intensiv aus der Küche. An einer Seitenwand lehnten zwei lange Klapptische; weitere hatte Dave aufgestellt zwischen den Nussbäumen gesehen. Anscheinend wurde heute Nachmittag oder heute Abend ein Picknick veranstaltet. Luther Prentice, D.D., schloss die Haustür aus Holz und erklärte: »Wir haben heute um sechs ein Kirchen-Picknick.« Er lächelte. »Sie sind herzlich eingeladen.« Er bewegte seine große schmale Hand mit den langen rosafarbenen Fingernägeln und der blassen Handfläche. »Bitte, setzen Sie sich. Die Stühle sind zwar nicht bequem, aber andere haben wir nicht, und wir sind dankbar für alles, was wir haben.«

»Vielen Dank für die Picknickeinladung.« Dave setzte sich. Der Stuhl war aus Stahlrohr, mit einem dünnen Sitzkissen. Das Metall am Rücken fühlte sich kalt an unter seinen Schulterblättern, wo Jackett und Hemd vom Schweiß feucht geworden waren. »Aber die Männer vom Sheriff-Büro haben mir geraten, nicht mehr mit diesem Wagen hier herumzufahren. Sie machen die hohe Arbeitslosigkeit in Gifford Gardens für die Häufigkeit der Diebstähle verantwortlich.«

»Ein schöner Wagen.« Luther Prentice lächelte flüchtig, als er sich setzte. Er trug eine dunkle Anzughose und dazu ein schmuckes kariertes Baumwollhemd, zugeknöpft bis unter den großen Adamsapfel, der seine Stimme so tief klingen ließ.

»Schönheit führt die Menschen so oft ins Verderben. Der Sheriff hat Recht. Bedauerlich, dass man Sie nicht warnen konnte, bevor der Schaden entstanden ist.«

»Vielleicht hätte ich die Warnung nicht ernst genommen. Reverend Prentice, wissen Sie, wohin Louella Bishop geflüchtet ist? Ich muss dringend mit ihr sprechen.«

»Ich gebe Ihnen die Adresse«, sagte Prentice. »Aber ich weiß nicht, ob es Ihnen etwas nützt, mit ihr zu sprechen. Sie ist eine verängstigte Frau. Der Tod ihres Mannes hat ihr Angst gemacht. Ach, ich hab den Eistee ganz vergessen.« Er erhob sich, ging steif wie auf Stelzen durch den großen Raum und stieß am Ende eine Schwingtür auf. Dave erhob sich ebenfalls und öffnete die Haustür, um den Jaguar im Auge zu behalten. Er konnte nicht wissen, wer in welchem der Häuser ihn beim Herfahren beobachtet hatte. Im Moment war niemand zu sehen. Weit im Westen reflektierte das Bogenfenster von Giffords Türmchen über die dortigen Baumwipfel hinweg funkelnd das Sonnenlicht. Dave hörte Prentice zurückkommen. »Tut mir leid«, sagte er. »Anscheinend gibt es heute Zitronenlimonade.«

»Nehme ich auch gerne.« Dave lächelte und nahm das eiskalte Glas entgegen.

»Hier ist die Adresse von Louella Bishop.« Prentice hatte sie in einer eckigen altmodischen Handschrift auf einem kleinen Zettel notiert. Dave warf einen Blick darauf und steckte ihn dann ein. Halcon. Eine Kleinstadt in einem Tal zwischen den mit Felsbrocken übersäten Hügeln landeinwärts hinter Escondido. Avocado-Plantagen, erinnerte er sich vage. Und Zitrusbäume, unter einem sehr blauen Himmel. »Bei einer Familie, für die sie mal gearbeitet hat. Bitte, setzen Sie sich doch.«

»Danke.« Dave nahm wieder Platz. Ebenso der große Alte. »Paul Myers ist mit seinem Truck tödlich verunglückt. Seine Frau sagte mir, er wäre ein guter Freund von Ossie Bishop gewesen. Als Bishop so plötzlich starb, hat Paul eine Lebensversicherung abgeschlossen. Haben Sie Bishop näher gekannt? Sie haben das Begräbnis vorgenommen, nehme ich an?« Prentice nickte. »Können Sie mir sagen, woran er gestorben ist?«

»Kaum. Nur, dass es sehr plötzlich kam. Am Sonntag war er noch hier in der Kirche mit ihr. Am Freitag drauf war er tot. Vor dem Morgengrauen. Ich weiß von ihr, wie schwer er gearbeitet hat. Tag und Nacht. Aber er war ein robuster Mann. Sie sagte mir, es sei ein Herzinfarkt gewesen, durch Überarbeitung verursacht. Das ist durchaus möglich.«

Nachdenklich hielt er inne, runzelte die Stirn, nippte an der Zitronenlimonade. Dave kostete die seine. Nicht aus Tiefkühlkonzentrat, sondern richtige, und nicht zu süß.

»Manchmal«, fuhr Prentice fort, »sind gerade die scheinbar Stärksten doch anfällig. Wenn man als Schwarzer in dieser Welt überleben will, muss man sehr früh im Leben mit Arbeiten beginnen, und manche sind dann früh ausgebrannt.« Kummervoll schüttelte er sein glänzendes kahles Haupt. »Allerdings wollte sie nicht über das sprechen, was an diesem Donnerstagabend geschehen ist. Das sah ihr gar nicht ähnlich. Sonst war sie immer sehr gesprächig, offen und mitteilsam.« Er lächelte in sich hinein. »Sie brachte uns immer zum Lachen, über alles Mögliche. Hier in der Kirche war sie eine große Hilfe, und sie hat unsere Herzen geöffnet durch ihre ansteckende Fröhlichkeit. Schon jetzt vermissen wir sie sehr. Jedenfalls, normalerweise war sie eher ein bedächtiger Mensch, aber als sie aus Gifford Gardens wegzog, sobald Ossie unter der Erde war, da konnte es ihr nicht schnell genug gehen, als ob der Teufel hinter ihr her wäre. Das Begräbnis war am Montag, vormittags. Noch vor Sonnenuntergang war sie mit den Kindern und mit Sack und Pack unterwegs Richtung Süden.«

»Dann hat sie nicht viel Zeit gehabt, ihr Haus zu verkaufen«, bemerkte Dave. »Oder war es nur gemietet? Was ist aus seinem Sattelschlepper geworden?«

»Das mit dem Haus war kein Problem. Die Leute hier tun alles für ein Dach über dem Kopf, das sie sich irgendwie leisten können.« Tiefe Furchen erschienen auf der Stirn des alten Mannes. »Und der Truck, den fährt jetzt wahrscheinlich sein

Ältester, Melvil. Sein Vater wollte, dass auch er Trucker wird, sobald er mit der Highschool fertig ist. Die Familie könnte sich damit den Lebensunterhalt verdienen, jetzt, wo der Vater nicht mehr da ist, oder? Die Anschaffungskosten für so einen großen Sattelschlepper müssen beträchtlich sein.«

»Um die hunderttausend Dollar heutzutage«, meinte Dave.

»Zu Melvil fällt mir noch was ein.« Prentice nahm den letzten Schluck aus seinem Glas. »Am Grab hat er etwas zu seiner Mutter gesagt. Dass sie den falschen Arzt gerufen hätte. Er schien wütend auf sie zu sein, obwohl er nur leise sprach.«

»Und wer wäre der richtige Arzt gewesen?«

»Die meisten von uns gehen zu Doktor Hobart. Er ist ein Mitglied unserer Gemeinde. Der beste Christ, den ich kenne.«

»Hat Melvil den Namen des Arztes erwähnt, den seine Mutter gerufen hatte?«

»Er hatte was mit der Transportfirma zu tun.« Prentice nahm seine Brille ab und polierte sie mit einem weißen, scharf gebügelten Taschentuch. »Sonst hat Melvil nichts gesagt. Nur, dass es ein Weißer war. Das hat Melvil gar nicht gefallen.« Mit sorgenvoller Miene setzte Prentice die Brille wieder auf und steckte das Taschentuch ein. »Ich finde es sehr bedauerlich, wenn die Jungen so empfinden, aber viele von ihnen sind heute so. *Ein neues Gebot gebe ich euch: Liebet einander!* So sprach unser Herr, Jesus Christus. Und das ist es, was ich predige: Liebe. Aber die jungen Männer kommen nicht mehr.« Verloren schaute er an Dave vorbei zu der offenen Haustür. »Es kommen nur die, die meine Predigten nicht nötig haben. Aber die jungen Männer kommen nicht.« Er seufzte. »Deshalb veranstalten wir heute dieses Grillfest. Keine Predigten, nur etwas zu essen. Hunger haben sie nämlich, die meisten von ihnen.« Er schüttelte den Kopf. »Und der verwandelt sich in Hass. Feindschaft zwischen den Rassen – das hat noch nie was gebracht, nur Kummer und Leid, und dass alle noch mehr verlieren. Trotzdem ist ihr Hass heute größer denn je. Diese Straßenbanden – schwarze Haut gegen braune Haut. Wo soll das nur hinführen. Hier, wo wir jetzt sitzen, sind wir mittendrin. Einen Block weiter« – er hielt seinen langen schwarzen

Daumen in die Luft – »hört man nur noch Spanisch. Nachts kommen sie her und schmieren ihre Parolen auf alle Wände. Und schweinische Wörter. Aber das ist nicht das Schlimmste.« Er blickte Dave trostlos an. »Sie töten einander. Sie töten. Auch die Unschuldigen. Kinder. Sie fahren durch die Gegend und schießen, so dass jeder getroffen werden kann. Die Polizei versucht, dem ein Ende zu bereiten, aber die erwischt es genauso. All das kommt mir vor wie die letzten Tage der Menschheit.«

Dave stellte sein Glas ab. »Wer war der Bestatter?«

»Wrightwood.« Prentice erhob sich mit Dave. »Dieser Paul Myers – warum untersuchen Sie seinen Tod?«

Dave berichtete ihm, und die Augen des Geistlichen weiteten sich; er sagte: »Dann hatte ich also Recht, Louella Bishop hatte wirklich Angst.«

»Ich weiß nicht.« Dave ging auf die sonnendurchflutete Tür zu. »Paul Myers ist ermordet worden, also ist es wohl normal, wenn seine Witwe Angst hat. Aber wovor sollte Louella Bishop Angst haben? Wenn ihr Mann eines natürlichen Todes gestorben ist, warum ist sie dann so überstürzt weggezogen, und so weit weg?« Er streckte seine Hand aus. »Danke für die Adresse.«

»Gern geschehen.« Prentice schüttelte Daves Hand. Plötzlich veränderte sich sein Gesichtsausdruck. Er machte einen Satz an Dave vorbei und riss die Gittertür auf. »Macht, dass ihr wegkommt!« Er lief die Treppe hinunter. »Habt ihr gehört? Lasst das fallen!«

Zwei schwarze Jugendliche rannten die Auffahrt hinunter, mit blitzenden Radkappen in den Händen. Prentice verfolgte sie mit dem Tempo eines alten Mannes. Dave lief an ihm vorbei. Der Wagen, in den die Jungs sich drängten, war wieder ein Mustang. Bei diesem hier war das Heck eingedrückt, und der verzogene Kofferraumdeckel klappte hoch, als sie durch die Guava Street davonrasten; in einer noch offenen Wagentür strampelte ein Paar Beine, und lautes Gelächter drang heraus. Dave blieb auf dem Rasen vor der Kirche stehen. Schnaufend kam Prentice heran.

»Woher haben sie eigentlich ihren Namen, *The Edge?*«, fragte Dave.

Prentice wischte sich das Gesicht mit seinem glatten Taschentuch ab. »Aus einem Lied – *Don't push me, 'cause I'm close to the edge, trying not to lose my head.*« Bedrückt schaute er die Straße hinauf. Dann sagte er zu Dave: »Das Ganze tut mir furchtbar leid.«

»Es ist ja nicht Ihre Schuld«, sagte Dave.

5

Die hohe Mauer, die den Gifford-Besitz umgab, war kaum noch zu sehen unter den dicht wuchernden Geißblattranken. Das galt auch für die Säulen, die das hohe Eisentor trugen. Man brauchte Zeit, um die Sprechanlage zwischen all dem Blattwerk zu entdecken. Das Kästchen sah neu aus. Wahrscheinlich musste das Gerät oft ersetzt werden. Dave drückte auf eine rechteckige weiße Plastiktaste. Wegen der hohen, dichten Bäume konnte er von hier aus das Kuppeltürmchen nicht sehen, in dem er De Witt Giffords Hochsitz vermutete. Der Garten hinter dem Tor war verwildert. Baumhoch aufgeschossene Oleanderbüsche drängten sich an der Zufahrt und warfen ihre letzten weißen oder rosafarbenen Blütenblätter ab. Vernachlässigte Rosen blühten, gestützt von langen Bambusrohren, in Blumenbeeten zwischen wildem Hafer und Schwalbenwurz. Dunkler Efeu bedeckte den Boden und erklomm die Baumstämme. Im Lautsprecher knackte es.

»Ich bin beschäftigt.« Die brüchige Stimme eines alten Mannes. »Wer sind Sie? Was wollen Sie?« Dave sagte es ihm. Die Stimme klang nun weniger barsch. »Oh ja, natürlich. Wie überaus ... höflich von Ihnen, hierher zu kommen. Bitte warten Sie.«

Das Warten dauerte. Dave blieb die Zeit über im Wagen sitzen. Auf diese Weise konnte er ihn am besten bewachen. Die Sonne brannte vom Himmel. Dave zündete sich eine Zigarette an, doch sie schmeckte trocken, also drückte er sie wieder aus. Er sehnte sich nach einem weiteren kühlen Glas von Mrs. Prentices Zitronenlimonade. Er blickte hinab auf die Dächer von Gifford Gardens – tristes Grau, tristes Grün, tristes Rot, unter einem trist bräunlichen Himmel. Er konnte den großen Gummibaum erkennen, der im Hof der Kilgore-Schule stand, den Walnusshain mit dem Kirchturm mittendrin, und die Pfefferbäume an der Guava Street. Ansonsten gab es in Gifford Gardens kaum Bäume. Die Baulöwen von 1946 hatten die Eichen mit Bulldozern niedergemacht. Plötzlich hörte er Hundegebell – große Hunde, so wie es sich anhörte. Dave stieg aus dem Wagen.

Ein motorisierter Rollstuhl kam die Auffahrt herunter. Die Speichen seiner Räder blitzten im Sonnenlicht, das die Oleanderbüsche durchbrach. Im Rollstuhl saß ein betagtes Individuum mit einem Florentinerhut auf dem Kopf. Quer über den zugedeckten Beinen lag ein Gewehr. Der Florentiner war ein Damenhut in verblasstem Lila, mit Wachstrauben und seidenen Weinblättern dekoriert, aber die Person im Rollstuhl trug außer dem langen weißen Haar auch einen langen weißen Bart.

»Mr. Brandstetter?« Er ließ beim Lächeln ein weißes Gebiss hinter den Barthaaren sehen. »Tut mir leid, dass ich Sie warten lassen musste.« Er hielt den Rollstuhl an, schaute ängstlich durchs Tor, die Straße hinauf und hinunter, legte dann das Gewehr beiseite und begann mit rasselnden Schlüsseln die Vorhängeschlösser zu öffnen, die die beiden Torflügel mit dicken Stahlketten zusammenhielten. »Ich habe niemanden mehr, der mir zur Hand geht. Im Fernsehen heißt es ständig, dass die Arbeitslosigkeit katastrophale Ausmaße angenommen hat, und dennoch scheint niemand mehr arbeiten zu wollen.«

»Wie viel wollen Sie denn bezahlen?«, fragte Dave.

»Aha! Da haben Sie den Finger auf die Wunde gelegt, wie?« Rasselnd fiel die letzte Kette und hing dann lose am Gittertor. »Die glauben, ich bin reich.« Jetzt kratzte er mit dem Schlüssel am Schloss des Tors herum. Die zitternde Hand, die den Schlüssel hielt, schien aus nichts als Knochen unter trockener, altersfleckiger Haut zu bestehen. »Die verlangen ja heutzutage schon zehn Dollar die Stunde. Und wenn's keine zehn Dollar einbringt, dann gehen sie lieber Stehlen, nee, danke.« Gifford drehte den Schlüssel im Schloss. »Damit meine ich natürlich die Schwarzen. Die Latinos haben sich Jobs besorgt. Die wissen, was Hunger ist. In Mexiko gibt's keine Sozialhilfe.« Gifford bewegte den Rollstuhl ein Stück zur Seite. Keuchend machte er sich an etwas hinter dem Tor zu schaffen. Ein Riegel. Massiv und schwer, dem Geräusch nach. »Na also.« Gifford nahm das Gewehr wieder auf und fuhr seinen Rollstuhl rückwärts aus dem Weg. »Drücken Sie einfach dagegen.«

Dave drückte. Eine Sirene begann zu heulen. Eine Alarmglocke läutete. Der Alte mit dem Weintraubenhut grinste und rief etwas. Dave konnte ihn nicht verstehen. Da deutete Gifford mit knochigem Finger auf den Jaguar, und sein dünner Arm vollführte eine einholende Geste. Dave lief hinaus zum Wagen, stieg ein, fummelte den Schlüssel ins Zündschloss. Sobald Gifford beiseite gerollt war, an den Rand der Auffahrt, steuerte er den Jaguar durchs Tor, sprang aus dem Wagen und rannte zurück, um die Torflügel zu schließen. Das Sirenengeheul und das Schrillen der Glocke endeten abrupt, hallten nur in seinem Kopf noch etwas nach. Oben im Haus tobten die großen Hunde. Dave ließ die Vorhängeschlösser an den Ketten nacheinander einschnappen, schob den Eisenriegel wieder vor, und Gifford kam herangerollt und sperrte auch das Torschloss wieder ab.

»Ich bin nicht reich«, sagte er. »Ich könnte einem Hausangestellten unmöglich achtzig Dollar am Tag bezahlen. Ich kann von Glück sagen, dass ich noch ein Dach über dem Kopf habe.« Er steckte seinen dicken Schlüsselbund in die Tasche einer verschlissenen braunen Strickjacke und drehte sich mit dem Stuhl dann Dave zu. »Meine Mutter hat mich immer gewarnt, dass ich meine ausschweifende Jugend eines Tages noch bereuen würde. Und ich bereue auch – aber nicht so, wie sie es gemeint hat. Die Ausschweifungen bereue ich absolut nicht.« Mit wimmerndem Motor trug ihn der Rollstuhl über die Auffahrt zum Haus empor, das hoch und weiß zwischen den Bäumen aufragte. »Ich bereue höchstens die Tage, an denen es mir an Phantasie zu etwas Ausschweifendem mangelte.« Er hielt an und drehte sich mit dem Stuhl halb um. »Kommen Sie. Ich bin entzückt, einen Besucher empfangen zu können.«

»Es war gut, dass Sie die Polizei gerufen haben, um mir zu helfen.«

»Ich konnte doch nicht zulassen, dass sich jemand an einem solchen Wagen vergreift. Mein Freund Ramon und ich haben für Jaguars geschwärmt, damals.« Giffords kleine, tief eingesunkene Augen strahlten. »Ramon Novarro, wissen Sie? Schockiert es Sie, wenn ich Ihnen sage, dass er mein Liebhaber war?« Er betrachtete Dave von oben bis unten. »Das ist von Brooks Brothers, nicht wahr?« Es war eine Feststellung, keine Frage. Und er hatte Recht damit. Er nickte. »Ja. Steht Ihnen. Sie haben eine gute Figur. Als ich Sie unten in der Lemon Street aussteigen sah, habe ich Sie jünger eingeschätzt. Es liegt an Ihrer Haltung, Sie bewegen sich wie ein junger Mann, hab ich Recht?« Abrupt drehte er den Rollstuhl wieder um und karrte weiter die Auffahrt empor. »Was wollten Sie im Haus der Myers? In der letzten Zeit sind dort viele Fremde ein und aus gegangen.«

»Paul Myers ist plötzlich gestorben.« Dave ging neben dem Rollstuhl her. »Das bringt zwangsläufig Besuche ins Haus. Ich arbeite für die Gesellschaft, bei der er eine Lebensversicherung abgeschlossen hatte. – Kennen Sie alle Leute in Gifford Gardens mit Namen?«

»Paul Myers hat vor zwei Jahren in einem Prozess um einen Supermarkt-Überfall als Zeuge ausgesagt.« Giffords Stuhl rollte über eine lange, schwach ansteigende Holzrampe auf eine Veranda mit kunstvoll gedrechseltem Geländer. Dave nahm die Treppe. Er machte sich Gedanken wegen der großen Hunde, die im Haus bellten. »Es kam in den Fernsehnachrichten. So wurde ich auf ihn aufmerksam«, erklärte Gifford. Der Eingang zum Haus war eine Doppeltür mit hohen, schmalen Zierglasscheiben, in die Lotosblüten nach Art der Präraphaeliten eingeritzt waren. Gifford stieß die Türen auf. Die Hunde stürmten nicht heraus, sondern hörten auf zu bellen.

Gifford rollte seinen Stuhl in eine weitläufige, zwei Stockwerke hohe Eingangshalle, von der aus eine breite, steingemeißelte Treppe nach oben führte und sich auf einem Absatz unter einem Buntglasfenster nach rechts und links teilte. Die Hunde kratzten, schnüffelten und knurrten hinter geschlossenen Schiebetüren. Dave folgte dem Alten mit dem Traubenschlapphut in einen Korridor neben der großen Treppe. Er erhaschte einen Blick in einen großen verdunkelten Raum mit abgedeckten Möbeln. »Ich hatte früher häufig Gäste«, sagte Gifford, »besonders, wenn Mutter in Europa weilte. Sie hatte nichts übrig für meine Freunde.« Er stieß eine Schwingtür auf; dahinter führte ein Gang in eine ehemalige Speisekammer. »Nun ist sie tot und aus dem Weg, aber meine Freunde auch.« Er stieß ein kurzes ironisches Lachen aus. »Meine Güte – das Leben ist wirklich ein Witz.«

Er drückte auf einen schwarzen Knopf inmitten einer Wandkachel aus Messing. Eine weiß emaillierte Metalltür mit langen senkrechten Kratzern glitt auf. »Dies war mal ein Speiseaufzug. Unter uns liegt die Küche. Als kleines Mädchen bin ich damit liebend gern rauf- und runtergefahren.« Er schob ein Metallgitter zur Seite. »Als ich meine Beine nicht mehr bewegen konnte, hab ich das Ding umbauen lassen.« Er gestikulierte mit der Ungeduld eines alten Mannes, der sich über seine Behinderung ärgert. »Einsteigen, einsteigen.« Dave betrat die enge Kabine, und Gifford rollte mit seinem Stuhl rückwärts zu ihm herein und schob das Gitter zu. Dann drückte er einen Knopf, die Stahltür schloss sich, der Aufzug ruckte, polterte, bewegte sich nach oben. Langsam. Zitternd. »Ein hübscher junger Mann, der da zur Zeit bei den Myers wohnt«, sagte Gifford. »Ich hab gesehen, wie Sie mit ihm gesprochen haben. Wer ist das?«

»Mrs. Myers' kleiner Bruder«, antwortete Dave.

»Ich liebe es, wenn sie mit nacktem Oberkörper herumlaufen.«

»Er ist da, um seine Schwester zu beschützen«, sagte Dave. »Jemand hat sie verprügelt. Sie behauptet, es sei ihr Mann gewesen, aber das nehme ich ihr nicht ab. Haben Sie einen oder zwei Tage vor seinem Tod jemanden dort gesehen, irgendwelche Fremden? Als Myers nicht zu Hause war?«

»Er war selten zu Hause.« Mit einem Ruck kam der Aufzug zum Stehen, und Gifford schob das Schutzgitter beiseite. Dann drückte er auf den Knopf, der die Stahltür in Bewegung setzte. Sie öffnete sich, und er rollte aus dem Aufzug. »Er war immer unterwegs in seinem riesigen Sattelschlepper. Manchmal kam er tagelang nicht heim.«

Sie hatten das Dachgeschoss erreicht, das weitläufig, hoch und düster war. Und heiß, obwohl irgendwo außer Sicht eine Klimaanlage summte. Gifford steuerte seinen leise wimmernden Rollstuhl durch einen gewundenen Gang zwischen aufgetürmten Holzkisten, Fässern und Schrankkoffern voller Staub und Spinnweben hindurch. Dave folgte ihm und musste dabei der vorstehenden Ecke eines alten gelben Rettungsfloßes ausweichen.

»Passen Sie auf Ihren Kopf auf«, sagte Gifford. »Ich sollte das Ding weggeben. Ein junger Mann, der nach dem Krieg eine Weile mit mir zusammenlebte, hat auf so einem Rettungsfloß tagelang überlebt, nachdem sein Schiff im Südpazifik gesunken war. Auf dem Weg zum Strand hat er dann einmal dieses Ding vor einem Trödelladen gesehen. Er wurde ganz sentimental und musste es unbedingt haben. Ich hab es ihm gekauft. Zusammen mit den Pressluftflaschen zum Aufblasen. Verrückt. Immerhin konnte er danach ruhiger schlafen.« Gifford schniefte. »Natürlich hat er's hier zurückgelassen, als er sich aus dem Staub machte.«

Er fuhr um einen Kamin aus ausgebleichten rosafarbenen Ziegeln und bröckeligem Mörtel herum und dann in einen freigeräumten Abschnitt des Speichers, wo ein Himmelbett mit hübscher Tagesdecke, eine Schubladenkommode mit teilweise blind gewordenem Spiegel und ein Fernsehapparat standen. An der Wand hing ein vergrößertes Foto von Ramon Novarro mit nacktem ölglänzendem Oberkörper. Von hier ging es hinüber ins Turmzimmer, eingerichtet mit Couch, Couchtisch und Ohrensessel. Und auf einem Fensterbrett stand ein großes, teueres Fernglas. »Eine Frau wird es eines Tages leid, so viel allein gelassen zu werden«, meinte Gifford. Er lehnte das Gewehr gegen die Kommode, den Hut warf er aufs Bett. »Kein Wunder, dass sie sich einen Liebhaber zugelegt hat.«

Dave starrte ihn an. »Sprechen Sie von Angela Myers?«

»Von wem sonst?« Gifford strich sein ungeschnittenes Haar glatt und nickte. »Hinter dieser Wand« – er deutete auf das Kopfende des Betts – »finden Sie eine Küche. Ich wohne jetzt nur noch hier oben. Das ist einfacher und billiger. Außerdem hatte ich hier unterm Dach schon immer den meisten Spaß. Den Großteil meiner erbärmlichen Kindheit habe ich hier oben verbracht – den Teil, der nicht erbärmlich war. Alte Bücher, alte Zeitschriften, alte Schiffskoffer voller Kleider und Hüte.«

»Sind Sie sicher, was den Liebhaber betrifft? Wer ist es?«

»Ich wollte eben sagen« – Gifford hatte Mühe, die Strickjacke auszuziehen – »dass es hier oben heiß ist und dass ein Gin mit Tonic jetzt sehr angenehm wäre. Könnten Sie wohl einen zubereiten, bitte?«

»Aber gerne.« Dave fand die Küche in einer sonnigen Giebelkammer, alles ordentlich und kompakt, Herd, Kühlschrank, Edelstahlspüle, Hängeschränke, der Fußboden gewischt und gewachst. Dave fand die Gläser, dann Gin, Eis und Tonic-Wasser im Kühlschrank. Er bereitete die Drinks zu, während Gifford weitersprach.

»Herrliche, fürchterliche alte Bücher. Ich habe sie alle gelesen, ganz gleich, wie langweilig sie waren. Tonnenweise französische Romane mit gelbem Einband, furchtbar unanständig nach der Moral des Fin de Siècle. Mit einem Wörterbuch habe ich sie dazu benützt, mir selbst Französisch beizubringen. Und wenn das Lesen oder das Verkleiden mal keinen Spaß machte, konnte man immer noch durch diese Fenster schauen. In jenen Tagen lebten wir ziemlich einsam hier draußen, aber es kamen Wanderer vorbei, und manchmal Liebespaare. An warmen Sommertagen habe ich so manches reizende Schäferstündchen unter den Eichen am Creek beobachtet. Nachts habe ich mich hinuntergeschlichen, um mehr zu sehen. So habe ich Anatomie und Physiologie studiert. Sie sehen schon, ich war ein eifriger Autodidakt. Natürlich sah ich auch Dinge, die ich nie hätte sehen dürfen und die mich noch heute verfolgen. Aber das geschieht kleinen Jungs, die anderen hinterherspionieren, ganz recht, oder etwa nicht?«

»Ich habe keine Minze gefunden«, sagte Dave zu Gifford, der sich im Ohrensessel des Turmzimmers niedergelassen hatte und durch das Fernglas hinausschaute, wobei zittrige Finger die Schärfe einstellten. Als er Dave hörte, stellte er das Fernglas wieder auf dem Fensterbrett ab, lehnte sich zurück, lächelte und streckte eine zitternde Hand nach dem Drink aus. »Es gibt leider keine Minze. Im Küchengarten hat es immer welche gegeben. Aber das ist lange her.« Er ließ das Eis in seinem Glas klirren, trank dann einen Schluck, und ein paar Tropfen glänzten in seinem Bart. »Ah, köstlich.« Er deutete zu einer Couch im Empire-Stil, auf der ein spanischer Schal mit Fransen ausgelegt war, der jedoch beinahe so fadenscheinig war wie das Polster darunter. »Setzen Sie sich.«

Dave blieb stehen. »Wissen Sie, wie dieser Mann heißt?«

»Ich habe es mir zur Aufgabe gemacht, die Namen derjenigen Menschen zu erfahren, die von weitem mein Interesse wecken. Bruce Kilgore. Er leitet eine Schule da unten, unter dem Gummibaum.« Gifford machte eine vage Geste. »Ich glaube, man bezeichnet so etwas als *Weiße Fluchtschule.«*

»Stimmt. Aber woher wissen Sie, dass er ihr Liebhaber ist? Es gibt ja keine Eichen mehr da unten am Creek, in deren Schatten sie sich lieben könnten.« Dave trat ans Fenster. Die Scheiben waren blitzsauber geputzt, von innen und von außen. Wie schaffte Gifford das? Der Ausblick war phänomenal, ein weites Panorama bis zum fernen Horizont. »Können Sie von hier in ihr Schlafzimmer sehen? Vergisst sie, die Jalousien runterzulassen?«

»Sie stellen ziemlich viele Fragen für einen Versicherungsvertreter«, sagte Gifford, und seine tief liegenden Augen, neugierig und lebhaft wie bei einem Sechsjährigen, fixierten Dave, während sich die weißen Brauen zusammenzogen. »Aber in Wirklichkeit sind Sie ja auch keiner, oder?«

»Ich bin Ermittler bei Versicherungsansprüchen in Todesfällen«, sagte Dave. »Als es noch so aussah, als sei Myers tödlich verunglückt, machte sich die Versicherung keine großen Gedanken. Als sich dann aber herausstellte, dass jemand seinen Truck mit einer Bombe in die Luft gesprengt hatte, wurde ich auf die Sache angesetzt.«

»Sie sind also gar nicht hergekommen, um mir zu danken«, sagte Gifford, »sondern um mich auszuhorchen.«

Dave schenkte ihm ein kleines Lächeln. »Einer der Deputys, die dank Ihres Anrufs bei meinem Wagen aufgetaucht sind, sagte mir, Sie sehen alles, was in Gifford Gardens vor sich geht. Offenbar sind Sie ein Mensch mit Bürgersinn. Daher nahm ich an, dass Sie mir helfen würden.«

Gifford betrachtete ihn eine Zeit lang, dann räusperte er sich. »Sie hat nicht vergessen, die Jalousien runterzulassen. Aber er kam immer nur spätabends, wenn der Ehemann unterwegs war« – durstig nahm Gifford einen weiteren Schluck – »und die Kinder bestimmt schon schliefen. Was würden Sie daraus schließen?«

»Und in der Nacht, als Myers getötet wurde?«

Auf dem Couchtisch befanden sich ein Hauptbuch, gestapelte Zeitschriften und Bücher, eine Farnpflanze, deren Topf noch in grüne Folie vom Supermarkt eingewickelt war, und ein Aschenbecher, in dem ein Zigarettenstummel lag. Aber kein Päckchen Zigaretten, auch nicht auf dem Nachttisch beim Bett, wo Dave nur eine Lampe, einen Radiowecker, ein Telefon und ein weiteres Foto von Ramon Novarro in einem dunkel angelaufenen Silberrahmen sah. Die Tinte der Widmung darauf war verblasst. Gifford streckte die Hand nach dem Hauptbuch aus, legte es auf seine zugedeckten Knie und blätterte die Seiten um, die eng mit Kugelschreiber beschrieben waren. »Aha. Da haben wir's. Der Abend des neunten.« Gifford strich die Seite glatt. Er saß aufrecht. Auch seine Sehschärfe musste die eines Kindes sein, ungetrübt. »In dieser Nacht war sie weg. Mit den Kindern. Dic ganze Nacht. Kilgore ist nicht aufgetaucht. Um Viertel vor acht am nächsten Morgen kam Mrs. Myers mit den Kindern nach Hause. Die Beamten des Sheriffs standen bereits vor ihrer Tür, um ihr die schlimme Nachricht zu überbringen.« Er klappte das Hauptbuch zu und lächelte verschmitzt. »Ich schreibe alles auf. Das Gedächtnis spielt einem so manchen Streich.«

»Danke.« Dave runzelte die Stirn. »Sie sagten, Kilgore *kam* immer – ist es aus zwischen den beiden? Kommt er nicht mehr?«

»Nicht mehr, seit Myers tot ist.« Gifford zuckte mit den

Schultern. »Schließlich wäre ja jetzt der hübsche Bruder im Weg, nicht wahr? Aber nein, es ist nicht aus zwischen ihnen.«

»Treffen sie sich bei Kilgore, während der Bruder auf die Kinder aufpasst?«

»Kilgore hat eine Lehrerwohnung in der Schule«, sagte Gifford. »Ja, genau so machen sie's. Zwei Mal jedenfalls bisher. Vielleicht öfter.« Hinter dem zerzausten Bart zeigte sich ein Lächeln. »Ich bin ja nicht der hundertäugige Argus, der niemals schläft.« Seine unheimlichen, klaren Kinderaugen blinzelten Dave an. »Es wird Ihnen bestimmt gefallen zu hören, dass Mrs. Myers heute Morgen, nachdem sie das Haus in ihrer Kellnerinnenkluft verlassen hatte, direkt zu Kilgore gefahren ist, während Sie bei dem hübschen Bruder geblieben sind. Wie, sagten Sie, heißt er noch?«

»Ich hab es Ihnen bisher nicht gesagt. Aber wenn Sie's wissen wollen: Er heißt Eugene Molloy.« Dave nickte zu dem Hauptbuch hin. »Also ist am neunten niemand gekommen und hat Mrs. Myers verprügelt. Wann sind sie gekommen? Und wer? Oder haben Sie da gerade geschlafen?«

»Das war zwei Abende davor.« Giffords Hand strich über den groben grauen Stoff des Einbands, als wolle er das Buch wieder aufschlagen, doch er ließ es geschlossen. »Aus gewissen Gründen erinnere ich mich an diesen Abend. Es war schon länger dunkel. Da tauchte eine Frau auf, untersetzt, mittleren Alters, begleitet von zwei Muskelmännern. Sie war auffallend elegant gekleidet. Die Männer, glaube ich, waren Lastwagenfahrer. Sie fuhren in einem Lieferwagen vor, der nicht beschriftet war. Autokennzeichen kann ich nachts nicht erkennen. Sie sind nicht lange geblieben. Fünf oder zehn Minuten. Als sie rauskamen, hat sich einer der Männer die Handknöchel massiert. Am nächsten Tag habe ich Mrs. Myers ganz kurz gesehen, wie sie Wäsche vom Trocknen ins Haus geholt hat; ihr Gesicht bestand nur noch aus Blutergüssen, und sie bewegte sich wie unter Schmerzen.«

»Haben Sie die untersetzte Frau und ihre beiden Schläger vorher noch nie gesehen?«

Gifford schüttelte den Kopf. »Mrs. Myers ist nicht von

ihrem Mann verprügelt worden. Warum hat sie Ihnen das wohl erzählt? Er kam die ganze Nacht nicht nach Hause, und auch am nächsten Tag erst abends. Schwarzarbeit, nehme ich an.« Gifford legte das Hauptbuch zurück auf den Tisch. »Wer war der hübsche Kerl, der heute Vormittag aufgekreuzt ist, als Sie da waren? Spanisch, richtig? *Ein wahrer Augenschmaus*, könnte unsereiner dazu sagen, nicht wahr? Was wollte er denn?«

Dave erklärte dem Alten, wer Jaime Salazar war. »Er wollte die Nachricht überbringen, dass sie einen Verdächtigen haben im Mordfall Paul Myers. Ein eben erst auf Bewährung Entlassener namens Silencio Ruiz.« Gifford hielt die Luft an und versteifte sich in seinem Sessel. »Geht es Ihnen nicht gut?«, fragte Dave.

»Ich lebe ein Leben in Schmerzen«, wehrte Gifford ab. »Wenn Sie erst mal fünfundsiebzig sind, wird's Ihnen genauso gehn.« Seine Stimme war nur noch ein Keuchen; er schluckte schwer und zeigte zur Küche hin. »Wenn Sie so nett wären ... im Bad, Digitalis ...«

Hinter der kleinen Küche befand sich ein kleines Bad. In einem Arzneischränkchen standen ein Dutzend Tablettenröhrchen aus braunem Plastik, eine Dose Rasierschaum und eine Packung Einweg-Rasierer. Dave setzte die Lesebrille auf und suchte das Digitalis. Er schüttelte eine Tablette davon in seine Handfläche. Auf dem Sims über dem Waschbecken stand ein Glas neben einem Päckchen Gebissreiniger. Er füllte das Glas und ging damit zurück ins Turmzimmer. Der alte Mann warf sich zitternd die Tablette in den Mund und schluckte sie mit dem Wasser hinunter. Mit geschlossenen Augen saß er da und holte tief Luft. Dann flüsterte er: »Danke. Ich halte Sie jetzt nicht länger auf. Die Schlüssel fürs Tor stecken in meiner Strickjacke.« Mit schwachen Handbewegungen deutete er zum Bett hin. »Wenn Sie abgeschlossen haben, werfen Sie die Schlüssel so weit wie möglich die Zufahrt hoch. Ich hole sie mir später.«

»Soll ich nicht lieber Ihren Arzt rufen und warten, bis er da ist?«

»Nein, es ist nichts. Das kommt und geht. Sehr nett von Ihnen.« Gifford schlug die Augen auf. Sie waren so kalt wie seine Stimme. »Seien Sie vorsichtig auf dem Weg durchs Haus. Meine Hunde sind darauf dressiert zu töten.« Die Kälte wich dem Lächeln eines Heiligen. »Vielen Dank für Ihren Besuch bei einem langweiligen alten Krüppel. Ich hoffe, ich habe Ihnen irgendwie weitergeholfen.«

»Das haben Sie, vielen Dank.« Dave kramte die Schlüssel aus der Tasche der verschlissenen Strickjacke und machte sich auf den Weg hinaus – ganz vorsichtig.

6

Stämmig, behaart, sonnengebräunt, strampelte Bruce Kilgore auf einem Trainingsrad in einem von drei Apartments hinter den Hauptgebäuden der Kilgore-Schule. Schütteres schwarzes Haar, verschwitzt. Blaue Jogging-Shorts, Laufschuhe. Als wäre er stolz darauf, freihändig zu fahren, saß er kerzengerade auf dem Rad und löffelte ein Joghurt aus einem gelben Pappbecher. Jenseits einer offenen Glasschiebetür kickten die Kinder, die Dave zuvor am Hoftor hatte warten sehen, kreischend einen schwarzweißen Fußball hin und her. Aus der Größe ihres Spielfeldes schloss Dave, dass es früher ein Swimming-Pool gewesen sein musste. War das hier ursprünglich ein Motel gewesen? Die kleinen Bungalows hatten die übliche Größe von Wohneinheiten eines Motels. In den anderen hatte er Schulbänke und -tische gesehen. In diesem hier befanden sich ein großer Schreibtisch, Aktenschränke, Telefone, Bücherschränke, eine Schreibmaschine, ein Heimcomputer, und an den Wänden hingen gerahmte Urkunden. Abgesehen von dem Trainingsrad, war es zweifellos ein Schulbüro. Ebenso zweifellos war es ein Motelzimmer.

»Lieber würd ich ja mit dem Zehngang draußen rumfahren«, meinte Kilgore entschuldigend, »aber die einzigen Zehngangräder, die man in Gifford Gardens sieht, sind die grünen, die den GGs gehören.« Er stieg von dem Gerät und schnappte sich ein Handtuch von einem Stuhl, auf dem Arbeitsbücher, unangebrochene Packen Papier und ein halbes Dutzend Videokassetten in ihren Hüllen gestapelt waren. »Das ist unsere hiesige Chicano-Gang.« Er stellte den Joghurtbecher auf einer Ecke seines mit Papier überhäuften Schreibtischs ab, wo er prompt umkippte, so dass der Löffel herausfiel und klappernd auf dem Boden landete. Kilgore ignorierte es und trocknete sich ab. »Sie vermiesen hier jedem anderen das Radfahren. Und als wären die nicht schon schlimm genug, gibt's auch noch unsere schwarze Gang, *The Edge.*«

»Die kenne ich«, sagte Dave, »die haben schon ein Auge auf mein Autoradio geworfen und meine Radkappen abmontiert.« Er beugte sich aus der Tür, um kurz nach dem Jaguar zu sehen, der am Randstein parkte. Alles in Ordnung. Zumindest im Moment. »Dabei bin ich erst seit ein paar Stunden hier in der Gegend.«

»Im *Edge*-Gebiet.« Kilgore warf sein Handtuch auf das Trimmrad und zog sich eine Trainingshose über, wobei er die elastischen Manschetten nur mit Mühe über seine Laufschuhe bekam. »Wie die ihre Einflussbereiche aufgeteilt haben, dagegen sehen sogar unsere Politiker mit ihrem Geschacher und Gemauschel um die Wahlkreise alt aus. *Turf* nennen sie ihr jeweiliges Machtgebiet, und ihre Macht beruht auf Terror. Dabei weiß man nie ganz sicher, wo man ist. Jedenfalls nicht auf Dauer. Die Grenzen verschieben sich ständig. Es gibt laufend Scharmützel. Wie im Nahen Osten.« Er ging zur Tür, pfiff mit einer Trillerpfeife und rief: »Okay. Pause zu Ende. Zurück in die Klasse. Lasst den Ball nicht draußen. Sonst wird er geklaut.« Er sah geduldig zu, die Trillerpfeife mit ihrem herabhängenden Lederbändchen wieder im Mund, wie die Kleinen sich durch die Schultür zwängten. Der Letzte war Brian Myers, der seinen Kopf mit dem blonden Haarschopf hängen ließ. Die Hände in den Taschen vergraben, schlurfte er dahin. Kilgore rief ihm zu: »Brian? Alles okay?«

Der Junge blieb stehen, drehte sich um, lächelte scheu. »Alles okay, Mr. Kilgore.« Dann ging er weiter, durch eine offene Glasschiebetür ins Schulgebäude hinein. Eine der grau getigerten Katzen strich um seine Beine, blickte zu ihm auf und miaute. Er bückte sich und streichelte das Tier eine Weile. Dann sah er über den leeren Schulhof hinweg noch einmal zu Kilgore zurück, richtete sich wieder auf und schlurfte außer Sicht.

»Armer Junge«, sagte Kilgore mechanisch, kehrte an seinen Schreibtisch zurück, setzte sich dahinter und warf die Trillerpfeife in das Durcheinander vor ihm. »Hat gerade seinen Vater verloren.«

»Paul Myers.« Dave warf einen letzten Blick auf seinen Jaguar, der draußen vor dem Seitentor stand, trat dann ein und schritt zum Schreibtisch. »Seinetwegen bin ich hier.« Er legte seine Visitenkarte vor Kilgore hin. »Mrs. Myers war vorhin bei Ihnen. Sie hat Ihnen bestimmt erzählt, dass ihr Mann keinem Unfall zum Opfer gefallen ist. Sondern dass ihn jemand mit einer Bombe im Truck in die Luft gejagt hat.«

Kilgore war perplex. Sein gebräuntes Gesicht wurde aschfahl. »Silencio Ruiz, aber woher –« Er hatte sich halb erhoben, ließ sich aber wieder sinken, als fehlte ihm die Kraft in seinen muskulösen braunen Beinen. »Wer hat Ihnen gesagt, dass sie hier war?«

»Sie sind eng befreundet«, sagte Dave. »Das ist kein Geheimnis. Sie sind seit einiger Zeit eng befreundet. So eng, dass Sie sich gegenseitig besuchen, wenn der Ehemann spätabends noch unterwegs ist, bei der Arbeit.«

Kilgores Gesicht färbte sich dunkler. An seinem kurzen, kräftigen Hals traten die Venen hervor. »Das ist gelogen. Was Sie da unterstellen, ist gelogen. Ja, ich mache spätabends noch Hausbesuche. Schauen Sie sich das hier an.« Er breitete die Arme, Handflächen nach oben, über der Schreibtischplatte aus. »Glauben Sie vielleicht, mir würde hier irgendjemand helfen? Von wegen. Schulleiter bin ich nur zuallerletzt. Zuerst bin ich mal – was alles? Hausmeister, Buchhaltung, Sekretariat, Spendensammler, Lehrer? Sie können sich's aussuchen. Wann, zum Teufel, soll ich denn sonst Hausbesuche machen, wenn nicht am späten Abend?« Er nahm die Visitenkarte, funkelte sie wütend an und Dave dann ebenso. »Was geht Sie das überhaupt an?«

»Vielleicht gar nichts«, erwiderte Dave. »Das kann ich noch nicht beurteilen. Wenn es aber etwas mit Paul Myers' Tod zu tun hätte, dann wäre es schon von Bedeutung, nicht wahr? Mit dem, was ihm zugestoßen ist, und warum, und wer dahinter steckt.«

»Was meinen Sie damit?« Kilgore leckte sich die Lippen. »Myers war sehr froh darüber, dass ich mich ein bisschen um seine Familie gekümmert habe. Er war viel unterwegs, außerhalb. Er war Fernfahrer. Wenn er Geld verdienen wollte, musste er Frau und Kinder alleine lassen, schutzlos. Und das ist in diesem Fall nicht nur so eine Redensart. Nach seiner Zeugenaussage, die Silencio Ruiz ins Gefängnis gebracht hat, wurde die Familie Tag und Nacht von den GGs drangsaliert. Ruiz war ihr Anführer.«

»Das hat mir Mrs. Myers schon erzählt«, sagte Dave. »Aber sie hat mir nicht erzählt, dass Sie es waren, der die Gang dazu gebracht hat, damit aufzuhören.«

»Ich hab's versucht, zuerst beim Sheriff.« Kilgore wühlte im Chaos auf seinem Schreibtisch, fischte einen Ball zum Trainieren der Handmuskeln daraus hervor und begann, ihn rhythmisch zusammenzudrücken. »Hat wahnsinnig viel gebracht«, schnaubte er. »Nicht mal, nachdem sie die Fenster eingeschmissen, und nicht mal, nachdem sie den Hund erschossen hatten, wollte der Sheriff das Haus von einem seiner Leute bewachen lassen. Nicht genug Personal, hat man mir gesagt.« Er nahm den Ball in die andere Hand und drückte weiter, ließ seine Unterarmmuskeln spielen. »Dann haben sie dieses Programm gestartet, das die Gang-Mitglieder von der Straße locken sollte. Sie brachten Geschäfte, Banken und Kirchen dazu, Basketball-Mannschaften zu gründen, in der Hoffnung, die GGs und *The Edge* hätten mehr Spaß daran, einen Ball in einen Korb zu werfen, als sich gegenseitig mit Pistolen und Messern und Fahrradketten zu massakrieren.« Sein Lachen klang bitter. »Natürlich hat es nichts gebracht. Ich meine, Sie wissen ja, von was wir hier reden – Untermenschen, Primitive, Wilde. Ein Dschungelkrieg. Das liegt ihnen im Blut, oder etwa nicht?«

»Worauf wollen Sie hinaus?«, fragte Dave müde.

»Hier gibt es so einen reichen alten Knacker«, sagte Kilgore. »Vielleicht haben Sie sein Haus gesehen. Auf dem Hügel, das alte Herrenhaus, so verschnörkelt wie ein Pfefferkuchenhaus? De Witt Gifford. Und jetzt wird's interessant: Er hat einer der Basketball-Mannschaften die Trikot-Jacken gestiftet. Und zwar der Gang, die sich *Gifford Gardens* nennt, den Latinos. Das Team gibt es nicht mehr, aber die Jacken tragen sie immer noch.«

»Das habe ich gesehen. Was ist daran so interessant?«

»Da stimmte was nicht. Er hat diesem Viertel noch nie etwas gespendet, keinen Cent. Es ist nach seiner Familie benannt, aber ihn kümmert's einen Dreck, wie es darum steht oder wie es den Menschen hier ergeht. Warum dann die Jacken für die GGs? Ich hab mich ein bisschen umgehört. Was den Prozess gegen Silencio Ruiz betrifft. Tja, normalerweise kriegt einer wie der einen Pflichtverteidiger gestellt, oder? Und normalerweise wäre der nie und nimmer gegen Kaution rausgekommen. Sondern hätte monatelang hinter Gittern gesessen bis zu seiner Verhandlung. Aber nein, von wegen. Er hinterlegt die Kaution. Und leistet sich einen teuren Anwalt als Verteidiger. Zuerst haben sie alle dichtgehalten. Man hatte sie dafür bezahlt. Das dachte ich mir jedenfalls, und ich habe meinerseits ein bisschen Geld springen lassen. Und was, glauben Sie, habe ich herausgefunden?«

»Gifford hat die Kaution gestellt und den Verteidiger bezahlt. Heißt das, Sie haben ihn mit diesem Wissen gezwungen, die GGs dazu zu bringen, von den Myers' abzulassen? Im Ernst? Er hatte Angst davor, dass es bekannt würde? In seinem Alter? In seinem Gesundheitszustand?«

»Todesangst.« Kilgore warf den kleinen Ball quer durch den Raum in einen leeren Abfallkorb aus Metall. »Ich bin eigentlich nur auf Verdacht zu ihm gegangen und war dann total überrascht, dass es so prompt geklappt hat. Er war völlig aus dem Häuschen. Hat mir noch einen Fünfhundert-Dollar-Scheck für die Schule gegeben, nachdem ich ihm versprochen hatte, niemandem zu verraten, dass er Silencio geholfen hat.«

»Aber mir haben Sie's verraten«, bemerkte Dave.

»Das Versprechen gilt nicht mehr«, sagte Kilgore. »Silencio hat Myers umgebracht. Kaum dass er aus dem Gefängnis raus war. Und Gifford hat es nicht verhindert, oder? *Er* hat Ihnen verraten, dass ich spätabends noch bei Mrs. Myers war, oder etwa nicht? Er bespitzelt uns von einem seiner Türme aus. Das weiß jeder. Mich hasst er, weil ich keine Latinos in meine Schule aufnehme. Verrückter alter Scheißkerl. Er trägt Frauenkleider, wussten Sie das?«

»Mrs. Myers hat ja nun ihren Bruder, um sie zu beschützen«, sagte Dave, »trotzdem treffen Sie sich noch spätabends mit ihr. Nur dass sie jetzt zu Ihnen kommt. Weswegen? Wegen der Noten ihrer Kinder?«

»Ich brauche Ihre Fragen nicht zu beantworten.« Diesmal erhob sich Kilgore mühelos. »Machen Sie, dass Sie rauskommen.«

»Paul Myers dürfte es inzwischen egal sein, ob Sie mit seiner Frau schlafen oder nicht. Mir ist es auch egal. Wenn Sie sonst nichts zu verbergen haben, warum beantworten Sie dann nicht meine Fragen?«

»Es ist Ihnen keineswegs egal. Sie wollen andeuten, dass es ein geheimes Einverständnis gibt zwischen uns – zwischen mir und Angie – Mrs. Myers, meine ich.«

Dave zog die Brauen hoch. »Will ich das?« Er ging zur Tür und warf einen Blick auf den Jaguar. Keine Gefahr im Verzug. Er wandte sich wieder Kilgore zu. »Sie meinen, ich verdächtige Sie, Myers umgebracht zu haben, um seine Witwe heiraten und die Lebensversicherung mit ihr teilen zu können?« Mit einer Geste umfasste Dave die Schule und das Büro. »Sie sind knapp bei Kasse. Mit hunderttausend Dollar könnten Sie sich jede Hilfe leisten. Nicht wahr? Sie könnten den ganzen Tag auf Ihrem Heimtrainer sitzen.«

»Silencio Ruiz hat Myers umgebracht«, sagte Kilgore.

»Es gibt Gründe, das zu bezweifeln«, sagte Dave. »Wo waren Sie in der Nacht, als Myers mit dem Truck in die Luft geflogen ist? Angela Myers haben Sie jedenfalls nicht besucht.«

»Sie war bei ihren Eltern«, erklärte Kilgore. »Ihre Mutter brauchte sie. Dem Alten ging es nicht gut. Sie nahm die Kinder mit und ist über Nacht dort geblieben.«

»Und wo waren Sie?«

»Genau hier, verdammt noch mal«, sagte Kilgore. »Und nein, beweisen kann ich es nicht.« Mit geballten Fäusten kam er hinter seinem Schreibtisch hervor. »Ich muss es auch gar nicht beweisen. Schon gar nicht Ihnen. Ich weiß genau, was Sie bezwecken. Sie versuchen, Angie eine Mitschuld an Pauls Tod anzuhängen, damit Ihre Gesellschaft nicht zahlen muss. Und

Sie glauben, dass Sie sie mit unserer Beziehung drankriegen können. Scheren Sie sich zum Teufel, Mann. Hauen Sie einfach ab, ja? Ich warne Sie …«

Dave deutete auf die Wand. »Wie ich sehe, haben Sie an der *California School of Engineering* Ihr Diplom als Ingenieur gemacht. Hat man Ihnen dort auch beigebracht, wie man eine Sprengladung baut? Und sie mit einer Fernbedienung zündet?«

Kilgores Augen wurden zu schmalen Schlitzen. »Tragen Sie eine Waffe?«

»Ich bin dazu berechtigt.« Dave lächelte. »Warum fragen Sie?«

»Weil ich Sie sonst fertig mache, ich prügle Sie windelweich.«

»Nicht besonders schlau«, sagte Dave. »Das würde nur unliebsame Aufmerksamkeit auf Ihre Schule lenken. Und im Büro des Sheriffs würde man sich wundern, dass Sie wegen ein paar harmloser Fragen dermaßen die Beherrschung verlieren. Außerdem« – lächelnd klopfte er sich links auf die Rippen, wo sich ein Pistolenholster befunden hätte, wenn er denn eins besessen hätte, wenn er überhaupt eine Pistole für solch ein Holster besessen hätte – »trage ich ja vielleicht eine Waffe. Was hat Myers in seinem Auflieger nachts dort oben in dem Canyon transportiert?«

Kilgore blickte ihn mürrisch an. »Woher soll ich das wissen, verdammt?«

»Angie Myers weiß es auch nicht.« Dave zündete sich eine Zigarette an. »Sie haben sich beide nicht groß um Paul Myers gekümmert, wie? Sie hatten ja einander, und das genügte.«

»Rauchen Sie nicht hier drin.«

»In einer Minute bin ich weg«, sagte Dave. »Etwa zu der Zeit, als er getötet wurde, hat man Mrs. Myers zusammengeschlagen. Das hat Sie sicher tief getroffen, so wie Sie für sie empfinden. Was ist da passiert? Wer hat sie so zugerichtet?«

Kilgore ging zu seinem Schreibtisch zurück, setzte sich jedoch nicht. »Das wollte sie mir nicht sagen.« Er nahm einen Stapel ungeöffneter Briefe und ging sie stirnrunzelnd durch.

»Warum nicht Paul? Er war schließlich nur ein Lastwagenfahrer, oder?«

»Sie sind auch ganz schön schnell mit den Fäusten dabei.«

»Aber in Ihrem Gesicht sieht man noch nichts davon.« Kilgore ließ die Briefe fallen. »Was bemerkenswert ist, wenn man bedenkt, was Sie einem Wildfremden so alles an den Kopf werfen.«

»Wild müssen Sie ja nicht gleich werden«, sagte Dave.

Von der anderen Seite des Spielfeldes rief eine Stimme: »Mr. Kilgore?« Kilgore brummte unwirsch, ging um den Schreibtisch herum, an Dave vorbei. Eine zarte junge Frau mit einer großen getönten Brille stand vor dem offenen Eingang des Gebäudes unter dem Gummibaum. Die Vorderseite ihres Rocks war mit roter Farbe verschmiert. »Bei mir gibt es einen kleinen Aufstand.« Es hörte sich an, als wäre sie den Tränen nahe. »Können Sie sich bitte darum kümmern?« Kilgore seufzte und spurtete über den sonnenbeschienenen Platz. Dann verschwand er mit ihr im Gebäude.

Dave verließ das Büro. Er drückte die Türklinke des benachbarten kleinen Bungalows hinunter. Die Tür ging auf. An der Rückseite des Raums befand sich eine Kochnische mit Frühstücksbar und zwei Hockern. Vorne standen ein Sessel und ein Zweisitzer-Sofa mit grobem, grün und beige kariertem Bezug. Auf einem niedrigen Tisch lagen Bücher und Zeitschriften, daneben standen zwei leere Kaffeebecher, einer mit Lippenstiftspuren. In Fertigbauregalen waren eine Stereoanlage und Schallplatten untergebracht. Eine offene Tür führte in ein Badezimmer. Dave trat gerade so weit in den großen Raum, dass er eine zweite Tür im Badezimmer erkennen konnte, die ebenfalls halb offen stand. Dahinter fiel ein Strahl Sonnenlicht auf ein ungemachtes Bett und die Ecke eines Fernsehgeräts. Er ging wieder hinaus, zog die Tür zu und verließ in aller Ruhe das Schulgelände.

7

Terence Molloy trug einen neuen Bademantel, der mit festgetrockneten Essensresten verunreinigt war. Er stand hinter der Fliegengittertür, stützte sich auf die funkelnden Chromstangen einer Gehhilfe und hielt sein Gesicht schief in die helle, heiße Mittagssonne. Sein Gesicht war auch in sich schief; der linke Mundwinkel hing herab, ebenso das linke Augenlid. Sein dichtes graues Haar war mit Wasser geglättet, doch im Gesicht standen ihm die Stoppeln eines Dreitagebarts.

»Wer sind Sie?«, krächzte er. »Was wollen Sie?«

Dave stellte sich vor und erklärte sein Anliegen. »Es tut mir leid, dass ich Sie belästigen muss, Mr. Molloy. Ich weiß, dass es Ihnen nicht gut geht. Ist Ihre Frau zu Hause?«

In der Straße mit ihren sauber gestutzten Hecken und Bungalows im spanischen Stil herrschte Ruhe. Dave hörte eine Toilettenspülung im Innern des Hauses, dann eilige Schritte. Faith Molloy kam an die Tür. Eine plumpe Frau in einem ausgebleichten Hauskleid. Ausgetretene Schuhe ließen ihre Füße größer erscheinen, und die Knöchel darüber waren geschwollen. »Draußen steht: Keine Vertreter oder Hausierer.«

»Du weißt doch gar nicht, um was es geht«, sagte ihr Mann. »Es geht um Paul. Du schießt immer gleich drauflos.« Er rückte die Gehhilfe weiter vor und fummelte mit zittriger Hand am Riegel der Fliegengittertür. »Kommen Sie rein.«

»Natürlich«, sagte Faith Molloy, »ich hab ja nix Besseres zu tun, als fremde Leute zu empfangen.«

»Es wird nicht lange dauern.« Dave zog die Gittertür auf und trat ein. »Vielen Dank«, sagte er zu dem alten Mann.

»Ich dreh noch durch, nur mit ihr allein«, sagte Terence Molloy. »Mein vergnügtes Mädel. Schauen Sie sie an. Ein Gesicht wie ein saurer Apfel.«

»Er weiß nicht, was er redet«, meinte Faith Molloy.

»In der Nacht, als Paul starb«, sagte Dave, »war Angela da mit den Kindern hier bei Ihnen?«

»Ich hab sie gebraucht. Der hier hat Schwierigkeiten gemacht. Die zwei Kinder hab ich natürlich auch noch gebraucht. Ein fünfundsechzig Jahre altes hat mir nicht gereicht.« Faith Molloy schnappte sich verstreute Teile der Morgenausgabe der *Los Angeles Times*. Die Sitzmöbel waren dick gepolstert und mit einem gelb und lila geblümten Stoff bezogen. Mit dem Knie drückte die Frau auf den AUS-Knopf des Fernsehers und würgte so eine Quizshow ab. »Setzen Sie sich. Sie wollen bestimmt einen Kaffee?«

»Nicht, wenn es Umstände macht.« Dave setzte sich aufs Sofa.

»Ich wüsste nicht, wie das geht – ohne Umstände.« Sie trug die zerknitterte Zeitung aus dem Zimmer.

Dave wandte sich wieder an den alten Mann. »Paul fuhr auch nachts, um Ihnen finanziell unter die Arme zu greifen. Wissen Sie, was er transportiert hat, wer sein Auftraggeber war?«

»Das hat er nie erzählt.« Der Alte rutschte mit Hilfe seines Gestells zu dem bequemen Sessel gegenüber dem Fernsehapparat. »Und ich wollte ihn nicht aushorchen. Es ging mich nichts an.« Er warf Dave einen warnenden Blick zu. »Unterstehen Sie sich, mir zu helfen, verdammt noch mal. Das schaff ich allein.« Er ruckelte die Gehstütze in die richtige Position und ließ sich dann in die Polster sinken. Mit seinem gesunden Fuß, der in einem Hauspantoffel aus Kunstleder steckte, stieß er das Gestell ungeschickt beiseite. »Paul wird mir fehlen. Er war wie ein richtiger Sohn für mich.«

»Wo war Gene an jenem Abend?«, fragte Dave.

»Er ist jetzt drüben bei ihr, stimmt's? In Angies Haus? Sie kommen vermutlich von dort.« Terence Molloys Blick wanderte zu dem Tischchen neben seinem Sessel. Dort stand eine Lampe aus bemaltem Porzellan mit einem senkrecht geriffelten Schirm. Unter ihr drängelten sich Medizinfläschchen und Tablettenröhrchen. Er runzelte die Stirn. Dann begann er, mit der Hand zwischen der Armlehne des Sessels und dem Sitzpolster zu bohren. Er förderte eine runde Schnupftabaksdose zu Tage, drehte sie auf und stopfte sich eine Portion Tabak in die Backe. Ängstlich blickte er über die Schulter, drehte die Dose wieder zu und warf sie zu Dave herüber. »Verstecken Sie's. Immer heißt es, entspannen Sie sich; aber was einem beim Entspannen hilft – Schnaps, Tabak –, das wird einem weggenommen.«

Dave schob die Dose unters Sofakissen. »Wo war Gene? Hier?«

»Der kommt mir nicht mehr zur Tür rein. Hat sich wahrscheinlich von irgendeiner Frau aushalten lassen. Seine Mutter hat ihn völlig verwöhnt. Angie hatte auch immer eine Schwäche für ihn. Sie werden sehen, er wird ihr sein ganzes nutzloses Leben lang auf der Tasche liegen.«

»Sie scheint mit ihm zurechtzukommen«, sagte Dave.

Terence Molloy schnaubte. »Stimmt's, dass er dort ist? Paul ist noch nicht mal unter der Erde.«

»Es würde sich für ihn gar nicht lohnen, bei ihrem Gehalt als Kellnerin«, sagte Dave. »Das wird kaum für sie und die Kinder reichen.«

Der Alte hatte seine Aufmerksamkeit von ihm abgewandt. Blicklos, mit herabhängendem Unterkiefer, starrte er auf den dunklen Fernsehschirm. Mit seinen ungeschnittenen Fingernägeln kratzte er sich die Bartstoppeln. Falsch und mit bebender Stimme begann er leise ein altes irisches Volkslied zu singen: »*And in all me life I ne'er did see such a foin young girl, upon my soul ...*« Plötzlich sah er Dave wieder scharf an. »Wegen der Versicherungssumme. Daran denken Sie doch, stimmt's? Sie kommen doch von der Versicherung.«

»Eine Menge Geld, falls es ausbezahlt wird. Könnte Gene sich Angies Zuneigung sicher genug sein, um Paul durch einen Unfall aus dem Weg zu räumen und sich dann mit ihr und der Versicherungssumme ein schönes Leben zu machen?«

Der alte Mann starrte ihn mit offenem Mund an. »Wollen Sie damit sagen, dass es kein Unfall gewesen ist?«

Dave schilderte ihm, was geschehen war.

Faith Molloy brachte den Kaffee und bückte sich zu Dave herunter, um Tasse und Untertasse auf dem Tischchen neben seinem Ellbogen abzustellen. »Wer würde so etwas tun?«

»Ich frage mich, ob es Gene gewesen sein könnte«, sagte Dave.

Noch halb über den Tisch gebeugt, das Gesicht dicht am Lampenschirm, erstarrte Faith Molloy. Einen Augenblick lang war ihre Miene ausdruckslos. Dave bemerkte jetzt, von wem Gene sein gutes Aussehen hatte. Auch sie musste eine Schönheit gewesen sein, vor vierzig Jahren. Schließlich fand sie die Stimme wieder und flüsterte: »Gene?«

»Es würde zu ihm passen«, sagte der Alte. »Ein Ende am Galgen.«

Die Frau fuhr wütend zu ihm herum. »Er hat nie jemandem was zu Leide getan. Er ist ein schwacher Mensch, ja. Aber er würde nie jemandem was antun.« Sie blickte Dave an. »Das steckt nicht in ihm.«

»Schwach? Er ist ein Lügner, ein Dieb, ein Spieler, ein Trunkenbold und ein Weiberheld. Ohne Moral. Ohne Skrupel. Ohne jede Selbstachtung. Was hast du denn erwartet, Frau?«

»Halt dein böses altes Maul!«, schrie Faith Molloy. Verzweifelt wandte sie sich an Dave. »Hören Sie nicht auf ihn. Er ist krank. Sein Verstand ist dahin. Die halbe Zeit weiß er nicht mal seinen eigenen Namen.«

»Gene ist jetzt bei Ihrer Tochter«, sagte Dave. »Wo hat er vorher gewohnt?«

»Ich hab es mir aufgeschrieben.« Sie warf ihrem Mann einen vernichtenden Blick zu und ging hinaus; dabei murmelte sie: »Du gemeiner alter Kerl. Dein eigener Sohn. Dein eigen Fleisch und Blut. Der Sohn, der deinen Namen trägt.«

Terence Molloy nahm eine Metallkrücke, die an seinem Sessel lehnte, streckte den Arm aus und drückte mit dem Gummipfropf am Krückenende auf den Einschaltknopf des Fernsehgeräts. Die Quizshow flimmerte wieder über den Bildschirm. Goldene Vorhänge taten sich auf. Ein neues blaues Auto blitzte und funkelte auf einer Drehscheibe. Eine junge Rothaarige in Grün hüpfte vor Freude auf und ab und umarmte den ältlichen Quizmaster, der in gespielter Überraschung die Augenbrauen hochzog. Terence Molloy ließ die Krücke fallen. »Damit würde ich sie verprügeln«, sagte er, »wenn ich die Kraft dazu hätte.

Ich war mal ein starker Mann. Sie hätte damals nicht gewagt, mich so zu schikanieren, wie sie's jetzt tut. Aber alles, was ich ihr heute noch antun kann, ist, beim Essen zu kleckern oder ins Bett zu pissen.«

»Hier hab ich's.« Faith Molloy war mit schnellen Schritten in ihren unförmigen Schuhen zurückgekommen und drückte Dave einen Zettel in die Hand. »Gene hat viele Freunde. Er wird mit ihnen zusammen gewesen sein. Er macht gern einen drauf. Seine Freunde haben ihn bestimmt an dem Abend gesehen. Die können Ihnen Auskunft geben.«

»Danke.« Dave faltete den Zettel, steckte ihn ein und erhob sich aus den Polstern. »Dann brauchen Sie sich ja keine Sorgen zu machen, nicht wahr?«

»Ach, du meine Güte.« Sie schüttelte verzweifelt den Kopf. »Hoffentlich werden Sie nie erfahren müssen, worüber man sich alles Sorgen machen kann.«

»Wenn du still wärst«, sagte ihr Mann, »könnte ich den Fernseher verstehen. Dieser Mann hier interessiert sich nicht für deine Sorgen. Jeder hat seine eigenen.«

Dave ging auf die offene Haustür zu, das Fliegengitter gleißte in der Sonne. Faith Molloy trottete hinter ihm her und zupfte ihn am Ärmel. »Sie werden doch nicht verhindern, dass die Versicherung zahlt, oder?«

»Ich nicht«, antwortete Dave.

»Paul hat uns gesagt, wir bräuchten uns keine Sorgen zu machen, falls ihm etwas zustoßen würde. Er hat eine Versicherung über hunderttausend Dollar abgeschlossen, und die Hälfte davon sollten wir beide bekommen.«

»Hört sich so an, als wäre er ein guter Mensch gewesen«, sagte Dave.

»O ja, das war er. Warum nur leben die Bösen ewig?« Ihr Blick traf ihren Mann. »Warum nimmt unser Herr immer nur die Guten zu sich?«

»Weil niemand auf Erden sie verdient«, schrie der alte Mann über den Ton des Fernsehers hinweg. »Und schon gar keine Frau, so viel steht fest.«

Das Haus war zwei Stockwerke hoch, aus braunen Ziegeln erbaut, und lag an einer Ecke des Hollywood Boulevard gegenüber von zwei Tankstellen und einer Hamburger-Bude mit dem Blechschild BIGGIE'S. Im Parterre befand sich eine Bar namens *Liza's,* deren Fenster mit Karikaturen bemalt waren, stilisierte Zeichnungen einer jungen Frau mit großen Augen, scharlachrotem Mund, langen schwarzen Handschuhen, einem Sektglas in der einen Hand und einer langen Zigarettenspitze in der anderen.

In der Seitenstraße, an der hinteren Ecke des Gebäudes, fand Dave eine Tür, in deren Glasscheibe die Hausnummer eingeätzt war, die Faith Molloy ihm gegeben hatte. Eine enge Treppe mit neuem Teppichboden führte ihn nach oben bis zu einem Korridor mit geschlossenen alten Türen. Die Luft war heiß und roch nach Raumspray. Am anderen Ende des Korridors sah man hinter einem Fenster eine eiserne Feuerleiter – aber die Brandinspektion schien lange nicht mehr kontrolliert zu haben, denn quer vor dem Fenster waren Regalbretter angebracht, auf denen Philodendron wucherte.

Dave klopfte an die Tür mit der Nummer drei. Musik drang aus der Bar im Parterre, aber durch die Tür war kein Geräusch zu hören. Er klopfte noch einmal. Weiter hinten im Korridor öffnete sich eine Tür, und ein großer, gertenschlanker Mann trat heraus. Er trug eine Schürze, eine sehr kurze Hose, Cowboystiefel und in einem Ohrläppchen einen kleinen goldenen Ring. Sein Haar hätte grau sein müssen, aber es war rotblond, glänzend und nach oben frisiert. Mit einem dürren Arm umschlang er eine braune mexikanische Keramikschüssel. Darin war gelber Teig, den er mit einem Holzlöffel schlug.

Er sagte: »Sie kommen zu spät, Darling. Das Vögelchen ist ausgeflogen.«

»Gene Molloy?«, fragte Dave. »Sind Sie einer seiner Freunde?«

Der Mann schüttelte den Kopf. Seine rotblonde Lockenpracht bebte. »Er hat sich nicht mit Männern eingelassen. Nur mit Frauen.« Er ließ den Kochlöffel los, schlug sich den Handrücken an die Stirn und seufzte. »Dabei hab ich's, weiß Gott, versucht. Aber auf meinen alten grünen Taftfummel fällt heute keiner mehr rein.«

Dave grinste. »Ich dachte, er hätte mit jemandem zusammengelebt.«

»Eher *von* jemandem. Liza. Die finden Sie unten. Die, die so mit den Zähnen knirscht. Ich hab sie gewarnt, dass es ihr Versandhaus-Gebiss ruiniert, aber Frauen sind ja so emotional.« Er hob den Löffel hoch und betrachtete kritisch den herunterfließenden Teig. »Hören Sie, das muss in den Ofen. Mein Gott, ist das eine Hitze. Ich lechze nach einem Drink. Und wie steht's mit Ihnen?«

»Ich muss noch etwas länger lechzen, danke. Wissen Sie zufällig, ob er am Abend des neunten hier war?«

Der Mann drehte seinen Kopf ein wenig zur Seite und schaute Dave aus den Augenwinkeln an. »Das war der Abend, als er die Bar auseinander genommen hat. Aber das wissen Sie bestimmt schon, oder?«

»Am frühen Abend oder später?«

»Später – um eins. Es war purer irischer Überschwang, aber Liza ist durchgedreht und hat die Bullen gerufen.«

»Haben sie ihn festgenommen, abgeführt, eingebuchtet?«

»Die ganze Nacht. Aber Liza hat ihn am nächsten Morgen wieder rausgeholt.«

»Er hat den Toten in seinem eigenen Wagen hergebracht«, sagte Cole Wrightwood. Er war ein rundlicher, gepflegter Schwarzer, der einen dunklen Nadelstreifenanzug mit dezenter Krawatte und einen großen Brillantring trug. Die Schreibtischplatte vor ihm war auf Hochglanz poliert. An der vorderen Schreibtischkante wuchs in einer Pflanzschale eine niedrige, gepflegte Hecke Tagetes. Und in den Ecken des holzgetäfelten Raums standen hohe weiße Weidenkörbe mit Gladiolensträußen. Die kühle klimatisierte Luft war erfüllt vom schweren, feuchten Duft der Blüten. Elektronische Orgelmusik – Fauré? Widor? – säuselte aus verborgenen Lautsprechern. »Und hat dann gewartet, bis ich den Totenschein ausgestellt hatte. Wie Sie vermutlich wissen« – Wrightwood hatte ein ernstes, bedauerndes Lächeln aufgesetzt – »füllt der Bestatter den Totenschein aus, also Name, Adresse und so weiter. Der Arzt trägt lediglich noch die Todesursache ein und unterschreibt den Schein.«

»Es muss der behandelnde Arzt sein«, sagte Dave, »einer, der ihn zumindest die letzten zwanzig Tage behandelt hat. Ansonsten ist eine Autopsie erforderlich. Die Aussage eines Notarztes reicht nicht.«

Wrightwood nickte. »Die Frau – die Witwe des Verstorbenen hat den Arzt begleitet. Sie sagte, dass er ihr Hausarzt war.«

»Kam Ihnen das plausibel vor? Ein Weißer, nicht wahr?« Hinter Wrightwoods Rücken befand sich ein Fenster mit rautenförmiger Bleiverglasung wie in einer Kirche. Ein langer glänzender Cadillac-Leichenwagen glitt draußen an dem Fenster vorbei. »Hatten Sie ihn vorher schon mal gesehen?«

»Es war ein Weißer.« Wrightwood lächelte dünn. »Wie die meisten Ärzte. Ich hatte keinen Grund, die Worte der Frau anzuzweifeln. Sie war in Tränen aufgelöst, zutiefst erschüttert und in Trauer. Meiner Erfahrung nach lügen die Menschen in solchen Augenblicken nicht.«

»Kann ich den Totenschein mal sehen?«

Wrightwood regte sich in seinem hohen Ledersessel, stand jedoch nicht auf. »Oswald Bishop war bei dieser Gesellschaft versichert, für die Sie arbeiten, sagen Sie?« Auf dem Schreibtisch lag die Visitenkarte, die Dave ihm gegeben hatte. Er betrachtete sie durch dicke, runde Brillengläser in einem schweren schwarzen Kunststoffgestell. »Pinnacle?«

»Das habe ich nicht behauptet.« Dave nahm das Lederetui mit seiner Privatdetektiv-Lizenz aus der Innentasche seines Jacketts und hielt sie Wrightwood über die Tagetes hinweg vor die Augen. »Pinnacle hat mich gebeten, den Tod eines guten Freundes von Ossie Bishop zu untersuchen.« Er klappte das Etui wieder zu und steckte es in sein Jackett zurück. »Ebenfalls ein Trucker, der Schwarzfuhren gemacht hat. Paul Myers.«

Wrightwood zog die Augenbrauen hoch. »Das kam in den Nachrichten. Ein Unfall. Er ist in einem Canyon von der Straße abgekommen.«

»Nein.« Dave berichtete ihm, was man im Labor des Sheriffs

»Sie machte eben den Eindruck. In diesem Geschäft entwickelt man ein Gefühl für Menschen. Sie hatte diese selbstsichere Art an sich. Sie kommandieren ihre Chefs herum.« Mittlerweile befanden sie sich in einem stillen Empfangsraum. Wrightwood grinste eine schlanke, hellhäutige Schwarze in den Vierzigern an, die am Schreibtisch saß. »Nicht wahr?«

Sie blickte mit großen Augen zu ihm auf und strich über ihr schön gelegtes Haar. »Ich habe keine Ahnung, wovon Sie sprechen.« Sie lachte leise und trocken.

Dave lächelte sie an und bewegte sich auf die Doppeltür zu, hinter der ihn ein stiller Korridor erwartete, in dem Ampeln mit Farnpflanzen und Käfige mit Kanarienvögeln von der Decke hingen, ein Korridor, der ihn an den Räumen vorbeiführen würde, wo die einbalsamierten Toten in ihren Särgen ruhten, an Räumen, wo Familien mit tränennassen Augen auf zierlichen Stühlchen saßen, und vorbei an der Kapelle. Auf diesem Weg war er hereingekommen. In der offenen Tür drehte er sich noch einmal um. »Können Sie mir die Frau beschreiben? Untersetzt, mittleren Alters, elegant gekleidet?«

Wrightwood neigte den Kopf zur Seite. »Sie kennen sie?«

»Noch nicht«, sagte Dave. »Aber bald. Danke für Ihre Hilfe.«

8

Das Anwesen, in dem er wohnte, war ursprünglich, so vermutete er, ein Reitstall gewesen. Er stellte den Jaguar neben Cecils Kastenwagen ab, ging an der Rückseite des mit Holzschindeln verkleideten Vordergebäudes entlang und überquerte das holprige Ziegelsteinpflaster eines Innenhofs, den eine alte Eiche überschattete. Im Küchenhäuschen wickelte er die Pastrami-Sandwiches aus, die er auf der Fairfax Avenue gekauft hatte, legte sie auf Teller, mixte zwei Bloody Marys und trug alles zusammen auf einem Holztablett hinüber zu dem langen, ebenfalls schindelverkleideten hinteren Gebäude. Die unpraktische Anordnung der verschiedenen Bauten empfand Dave eher als skurril denn als störend. Amanda, die letzte der neun schönen Ehefrauen seines verstorbenen Vaters, hatte die Innenräume geschmackvoll und wohnlich gestaltet. Und wenn man während der kurzen Winterwochen auf dem Weg von einem Gebäude ins andere vom Regen durchnässt oder vom kalten Wind durchgeschüttelt wurde, so hatte auch das seinen Reiz. Hier wurde einem nie langweilig.

Im Innern des Hinterhauses waren die Wände mit astreichem, roh belassenem Kiefernholz getäfelt, und es gab einen großen offenen Kamin. Die Verstrebungen des Giebeldachs und die Dachsparren waren ebenfalls unbehandelt und unverkleidet. Unter dem Giebel hatte Amanda einen Dachraum zum Schlafen eingerichtet. Beim Aufstieg zu dieser Galerie über eine Kiefernholztreppe wurde die Luft immer heißer. Der Duft sonnendurchwärmten Holzes überlagerte den alten, fast vergessenen Geruch nach Pferden und Heu, der diesen Gebäuden ewig anhaften würde. Cecil saß nackt auf dem breiten Bett, sein Schwarz gegen das Weiß der Kissen gelehnt, ein Laken über die langen, schlanken Beine gezogen. Seine Haut glänzte vor Schweiß. Schlüsselbein und Rippen traten deutlich hervor.

Dave war ständig bemüht, ihn etwas hochzupäppeln, bisher aber ohne sichtbaren Erfolg.

»He.« Cecil warf die neueste Ausgabe von *Newsweek* beiseite und lächelte. »Wie war's in Gifford Gardens?«

»Mir fehlen die Worte.« Dave stellte das Tablett auf einer breiten Kommode aus rohem Kiefernholz ab, ging mit den Gläsern in der Hand zu Cecil hinüber, beugte sich über ihn und küsste ihn auf den Mund. »Wie geht's dir?«

»Ich hab mich ausgeruht, so wie du's wolltest«, antwortete Cecil. »Das macht mich allmählich verrückt.« Mit einem etwas traurigen Lächeln nahm er sein Glas in Empfang. »Cheers«, sagte er matt und trank.

Dave probierte von seinem Drink, dann brachte er auch das Tablett mit den Sandwiches und Servietten hinüber und setzte sich auf die Bettkante. »Ein paar kleinere Rassenprobleme haben sie da. Iss das. Und Straßenbanden.« Er biss in sein Sandwich. Es stammte vom besten Delikatessengeschäft in ganz Los Angeles. Nachdem er den Bissen mit einem Schluck Bloody Mary heruntergespült hatte, sagte er: »Kann ich mir morgen deinen Kastenwagen ausleihen?«

»Ist dem Jaguar was passiert?«, fragte Cecil beunruhigt.

Dave erzählte ihm, was dem Jaguar passiert war.

»Ach, nein! Scheiße! Meine Schuld. Ich wusste doch, was das für eine Gegend ist; bei meiner Arbeit für die Nachrichten von Kanal Drei hab ich davon gehört.« Verärgert schüttelte Cecil langsam den Kopf. »Ich hätte dich warnen müssen.«

»Ich hätte dich nicht ernst genommen.« Dave stellte seinen Teller aufs Bett, zog dann sein Jackett aus und legte es ebenfalls aufs Bett. »Die Gegend ist wirklich schlimm. Nächstes Mal fahre ich in einer Rostlaube hin.«

»Nächstes Mal fährst du gar nicht mehr hin«, sagte Cecil. »Ein Wunder, dass du überhaupt noch mit irgend 'nem Wagen zurückgekommen bist. Ein Wunder, dass du überhaupt lebend da rausgekommen bist. Ein einziges Schlachtfeld. Es trifft Omas, kleine Kinder, Polizisten.« Cecil streckte einen langen, dürren Arm aus, um sich das Zigarettenpäckchen aus Daves Jackett zu angeln. »Ich hätte dich begleiten sollen.«

»Du sollst nicht rauchen«, erwiderte Dave. In einer todbringenden Regennacht des vergangenen Winters, als im hintersten Winkel des Yucca Canyon eine Holzhütte in Flammen aufgegangen war, hatten Kugeln die Lungen des Jungen durchlöchert. Cecil tat, als hätte er nicht gehört. Er zündete sich die Zigarette mit Daves Feuerzeug an, hustete dann den Rauch aus; er krümmte sich, so heftig schüttelte es ihn. »Verdammt.« Mit den Fingerknöcheln wischte er sich die Tränen aus den Augen. »Verdammt.«

Dave nahm ihm die Zigarette weg und drückte sie im Aschenbecher auf dem Nachttisch aus. »Das kommt davon.«

Für einen Augenblick gelang es Cecil, das Husten zu unterdrücken. Mit feuchten Augen und pfeifendem Atem fragte er: »Wo fährst du morgen hin? Wo willst du mit meinem Wagen hin?«

»San Diego County«, antwortete Dave. »Nein, du kannst nicht mit. Es ist zu weit. Bitte iss was, ja?«

Cecil hustete erneut, die Faust vor den Mund gepresst. Als es vorüber war, griff er nach dem Sandwich. Widerwillig gehorchend biss er hinein und sagte mit vollem Mund: »Wenn du schon meinen Wagen nimmst, wär's nur fair, wenn du mich auch mitnimmst.« Er trank einen Schluck Bloody Mary, wischte sich mit der Serviette über die Lippen. »Dave, ich kann das nicht aufessen. Ich hab keinen Hunger.« Er legte das Sandwich auf den Teller und sah Dave flehend an. »Tut mir leid. Vielleicht später.«

»Gut.« Dave spürte, dass sein Lächeln steif, mechanisch, unaufrichtig war. Allmählich verlor er den Mut. Und bekam es mit der Angst zu tun. »Ich pack's in Plastikfolie und leg's in den Kühlschrank. Aber vergiss es nicht, ja?« Cecil nickte stumm und reichte ihm den Teller, als wäre es ihm schon zu viel, das Essen auch nur anzusehen. Dave stand auf, stellte den Teller auf das Tablett zurück, drehte sich wieder zu Cecil um. »Ich nehm dich morgen mit, wenn du mir eins versprichst.«

Der Laderaum des Kastenwagens war komplett mit Teppich ausgelegt – Boden, Wände und Decke – in einem Stahlblau, das zu den Flammenfarben der Sonderlackierung in schönem Kontrast stand. Panoramafenster, eine eingebaute Bar, ein Kühlschrank, ein Ausklapptisch. Ein stahlblauer Polstersessel. Eine stahlblaue Eckcouch. »Du legst dich hinten rein, und zwar während der ganzen Fahrt.«

Cecil verzog das Gesicht. Mürrisch stocherte er mit einem Finger nach den Eiswürfeln in seinem Glas. Leckte den Finger ab, versuchte zu lächeln, nicht ganz überzeugend. »Also gut. Ich versprech's.« Er wurde ein wenig munterer. »Warum fahren wir dorthin?«

»Aus immer mehr Gründen.« Dave setzte sich wieder aufs Bett, und während er sich sein Sandwich und seinen Drink einverleibte, berichtete er Cecil, was sich im Lauf des Vormittags ereignet hatte. Er schloss mit den Worten: »Also wollte ich Dr. Ford Kretschmer einen Besuch abstatten. Aber hinter seiner Adresse verbirgt sich ein Lagerhof für galvanisierte Rohre. Und das Telefon ist abgemeldet.«

Cecil starrte ihn an. »Er war also gar kein Arzt?«

»Vielleicht.« Als er seine Mahlzeit beendet hatte, wischte Dave sich Finger und Mund mit der Serviette ab, nahm seinen Teller und ihre beiden leeren Gläser und brachte alles hinüber zum Tablett auf der Kommode. »Was auch immer er war, diese Frau jedenfalls war keine Arzthelferin. Es war dieselbe, die drei Wochen später mit ihren Schlägertypen bei den Myers aufgekreuzt ist.«

»Die, die sie verprügelt haben?«

»Ja, genau.« Dave nahm sein Jackett vom Bett und streifte es über. »Ich muss den Jaguar in die Werkstatt bringen und das Fenster reparieren lassen.« Er nahm die zerknüllten Durchschläge aus der Jackentasche, die er aus der unteren Schublade von Paul Myers' Schlafzimmerschrank hatte mitgehen lassen. Zögernd sagte er: »Willst du dich ausruhen, während ich weg bin, oder möchtest du was für mich erledigen?«

Cecil streckte die Hand nach den Durchschlägen aus. »Arbeitende Hände sind glückliche Hände.« Er begann, die Blätter auseinander zu falten, und studierte sie skeptisch. »Was ist das? Was soll ich damit machen?«

»Ruf all diese Firmen an. Lass dich jeweils mit denen verbinden, die für den Transport zuständig sind. Versuch, wenn möglich, aus ihnen rauszukriegen, ob Myers außer dem, was in den Frachtpapieren steht, vielleicht noch was anderes transportiert hat. Was hielten sie von Myers? Kannte ihn jemand persönlich? Falls ja, wusste vielleicht jemand, für wen er noch schwarz gefahren ist und was er dabei transportiert hat? Alles und jedes, was dir einfällt.«

»Soll ich mich wieder für dich ausgeben?«, fragte Cecil.

Dave grinste. »Wenn es deine natürliche Weiblichkeit nicht allzu sehr strapaziert.«

Cecil warf ihm ein Kissen an den Kopf.

Dave lachte und trug das Tablett die Treppe hinunter.

Auf sonnenverbrannten Parkflächen, wo Gräser den rissigen Asphalt durchdrangen und über seinem Kopf ausgebleichte Plastikfähnchen an durchgesackten Drähten flatterten, schaute er sich nach ramponierten Wagen um, die noch nicht ganz schrottreif waren. Zwei oder drei testete er bei Probefahrten. Sie ruckelten und spotzten durch vermüllte Straßenzüge mit öden Holzhandlungen, Lagerhallen und schäbigen Motels, während die Verkäufer in ihren Polyester-Anzügen neben ihm Mundspraygeruch ausströmten und ihn mit irgendwelchen Angaben zu Kilometerstand, Lebensdauer der Batterie oder kürzlich erfolgter Generalüberholung belogen. Schließlich entkam er aus Culver City in einem zweitürigen Valiant von 1969. Eine Seite war vom Kühler bis zum Heck eingedellt. Den brüchigen Plastikpolstern fehlte ein Teil ihrer Füllung. Aber die Schaltung funktionierte, der Motor lief rund, und die Reifen hatten noch Profil. Der Wagen war hellbeige, statt eines Radios gähnte an entsprechender Stelle nur noch ein Loch, und bevor Dave davonfuhr, löste er die letzte verbliebene Radkappe und drückte sie dem verdutzten Verkäufer in die Hand. Der Wagen quälte sich den Canyon empor, immerhin ohne sich zu überhitzen. Als er ihn auf dem laubübersäten Ziegelpflaster seines Hofs im Schatten der Eiche abgestellt hatte, wo sonst der Jaguar stand, war Dave zufrieden. Diesen Wagen würde in Gifford Gardens niemand eines zweiten Blickes würdigen.

Diesmal mixte er im Küchenschuppen zwei doppelte Martinis, und als er sie ins Hinterhaus trug, hörte er von drinnen Musik. Miles Davis, *Sketches of Spain*. Das Eis in den schweren Gläsern klimperte, als er sie die Treppe hinauftrug. Die Durchschläge – lila, blau, gelb – lagen ausgebreitet auf dem Laken über Cecils Beinen. Er sagte gerade »Vielen Dank« in den Telefonhörer und legte ihn auf die Gabel. Dann langte er nach dem Martini und schüttelte bedauernd den hübschen Kopf mit dem kurz geschnittenen Haar.

»Keine dieser Firmen hat irgendwas von Myers transportieren lassen, was nicht in diesen Frachtbriefen steht.« Er klopfte mit der Handfläche auf die Blätter. »Sie konnten ihn alle gut leiden. Er war zuverlässig, freundlich, intelligent.« Cecil nippte an dem Martini, brummte anerkennend und schloss für einen Moment unaussprechlichen Behagens die Augen. »Es tut ihnen allen leid, dass er tot ist, aber niemand kann sich vorstellen, was er in der Todesnacht den Canyon hochtransportiert haben könnte.« Cecil hob das Glas, um Dave zuzuprosten, der seine verschwitzte Kleidung auszog. »Du bist grad noch rechtzeitig zurückgekommen. Ich wär fast an Abstinenz gestorben, so ganz allein mit dem Telefon hier oben.«

»Das tut mir leid, aber wenn du hörst, was ich gemacht hab, wirst du stolz auf mich sein.« Dave setzte sich ans Fußende des Betts, stellte sein Glas auf dem Geländer der Galerie ab, zog sich Schuhe und Socken aus. »Ich hab mir eine alte Karre gekauft, mit der ich in Gifford Gardens herumfahren kann. Eine echte Augenweide.« Er kostete von seinem Martini. Besser als sonst. Wie die meisten Dinge, seit Cecil bei ihm war. »Wenn du zufällig dran vorbeikommst, glotz nicht so, okay?«

»Kann ich dir nicht versprechen.« Cecil sammelte die Durchschläge wieder ein. Sie knisterten und raschelten. »Vielleicht übt der Wagen ja eine morbide Faszination auf mich aus. Wie hast du's geschafft, dich zu solch einem Akt des gesunden Menschenverstands durchzuringen?«

»Der Mann von der Jaguar-Vertretung in Beverly Hills hat mich zu den Gebrauchtwagenhändlern an der Washington in Culver City gefahren. Du hättest sein Gesicht sehen sollen.

Er konnte nicht fassen, wie's dort aussieht.« Dave hob seinen Hintern und zog die Hose aus. Dann stand er auf und hielt sie vor sich hin, um die Bügelfalten säuberlich übereinander zu legen. »Der arme Kerl hat mir immer wieder angeboten, dass er mir einen Leihwagen zur Verfügung stellt, bis die Scheibe repariert ist. Ich bräuchte doch nicht gleich eine derartige Verzweiflungstat zu begehen. Er hat fast geheult.« Dave nahm einen hölzernen Kleiderbügel aus dem breiten Kiefernholzschrank und hängte die Hose darüber. »Aber ich bin hart geblieben.« Er nahm das Jackett, das er über das Geländer gelegt hatte, und hängte es ebenfalls über den Bügel. »Wenn ich mich dort absetzen ließ, musste ich mir wohl oder übel einen fahrbaren Untersatz besorgen, um wieder nach Hause zu kommen, nicht wahr?« Er hängte den Anzug in den Schrank. Der Anzug war verschwitzt und reif für die Reinigung, aber das hatte Zeit. Was sollte er beim nächsten Mal in Gifford Gardens anziehen? Einen abgewetzten Pulli und einen alten Damenhut? Er schloss die Schranktüren. »Nur so konnte ich mich dazu zwingen.« Er durchquerte den Raum und bemerkte, dass Cecil ihm über den Rand seines Martini-Glases hinweg dabei zusah, nüchtern und mit großen Augen. »Was ist los?«

»Heißt das, dass du damit auch ins San Diego County fahren willst? Dass du meinen Wagen gar nicht brauchst, also auch mich nicht?«

»Ich kann von Glück sagen, wenn ich's damit nach Gifford Gardens und wieder zurück schaffe.« Dave lockerte seine Krawatte, knöpfte sein Hemd auf, griff nach seinem Glas und setzte sich aufs Bett. Er legte eine Hand auf Cecils Hüfte. Zu mager. »Nein, wenn du morgen früh um fünf Lust dazu hast, fahren wir in deinem Kastenwagen. Wir beide.« Er lächelte. »Ich hör mich zwar an wie die Knusperhexe, aber was möchtest du denn Kalorienreiches zum Abendessen?«

Cecils Augen füllten sich mit Tränen. »Ach Mann, ich bin es so leid, hier krank rumzuhängen, schwach und nutzlos und dürr und hässlich und voller Narben. Ich hab's so satt.«

»Na, na«, sagte Dave. Der Junge weinte, und Dave nahm ihm das Glas aus der Hand. »Wenn du zum rührseligen Alkoholiker wirst, muss ich dich auf Perrier-Wasser setzen. Aber das hat gar keine Kalorien.« Er zog Papiertücher aus einer Box neben Wecker und Lampe, tupfte damit die Tränen von Cecils Gesicht und küsste ihn auf den salzigen Mund. »Komm schon, Kopf hoch. Du bist zu Hause. Das heißt, dass es dir bald wieder besser geht. Es braucht eben seine Zeit. Ich bin froh, dass du zu Hause bist. Bist du nicht auch froh, zu Hause zu sein? Falls deine Antwort *ja* lautet, dann lächle.«

Cecil setzte ein hilfloses Lächeln auf, das bald wieder verschwand. »Eine Last für dich«, sagte er düster. »Dafür bin ich nicht zu dir zurückgekommen.«

»Du bist auch nicht zu mir zurückgekommen, um zusammengeschossen zu werden«, sagte Dave. »Was meinst du, wie ich mich dabei fühle?«

»Berufsrisiko.« Diesmal wirkte Cecils Lächeln schon überzeugender. Er streckte die Hand aus. »Gib mir meine stärkende Arznei.«

Dave gab ihm das Glas in die Hand. »Ich brauche eine Dusche. Glaubst du, ich kann dich hier warten lassen, ohne dass du wieder weinst?«

Cecil warf einen Blick auf die dicke schwarze Armbanduhr mit den vielen Funktionsknöpfen an seinem knochigen Handgelenk. Miles Davis' melancholische Trompete war verstummt. »Zeit für die Nachrichten.« Cecil nickte in Richtung auf das Fernsehgerät am Fußende des Betts. »Wieso sollte ich weinen, wenn sie gleich alles Glück der Welt vor mir ausbreiten, in sämtlichen Regenbogenfarben?« Er tastete zwischen den Kissen nach der Fernbedienung, schaltete das Gerät ein.

Es zeigte Polizeiaufnahmen – von einem ausgebrannten Sattelschlepper, der umgekippt in einem Canyon zwischen geschwärztem Gestein und verkohltem Buschwerk lag. Die großen Reifen des Trucks rauchten noch. Männer mit gelben Schutzhelmen und Gummianzügen krochen um das Wrack herum. Hoch oben auf der Straße, am Rand des Abgrunds, standen Löschzüge, Streifenwagen des Sheriffs und ein Abschleppwagen. Die Stimme eines Fernsehreporters tönte aus dem Off.

»… mit dem der Besitzer, der 36-jährige selbstständige Fernfahrer Paul Myers aus Gifford Gardens, zur Unglückszeit unterwegs war. Doch wie heute mitgeteilt wurde, ergaben die Ermittlungen des Sheriffs, dass der Sattelschlepper zunächst explodierte und dann erst von der Straße abkam und in den Torcido Canyon stürzte. Laboruntersuchungen haben ergeben, dass unter der Fahrerkabine eine Sprengladung, eine Bombe, angebracht worden war. Myers wurde durch die Explosion und den darauf folgenden Absturz in den Canyon getötet. Er hinterlässt eine Frau und zwei Kinder.«

Jaime Salazar stand mit dunkler Sonnenbrille im hellen Licht.

»Wir sprechen nun mit Lieutenant Salazar, der für das Sheriff-Büro die Untersuchungen leitet.« Der Reporter war ein pausbäckiger blonder Junge. Sein Mikrofon war mit einer roten Schutzhülle gegen die Windgeräusche geschützt. »Lieutenant, gibt es ein Motiv für diese Tat? Die Ladefläche des Lastzugs war leer. Kann es sein, dass er überfallen und ausgeraubt wurde?«

»Das wissen wir nicht.« Der Wind spielte mit Salazars weichem dunklem Haar. Er glättete es mit einer Hand. »Das ist eine der Möglichkeiten, die wir derzeit untersuchen.«

»Vor Beginn unserer Übertragung erwähnten Sie einen Verdächtigen, den Sie verhören wollen«, sagte der Reporter.

»Einen auf Bewährung entlassenen Mann namens Silencio Ruiz«, bestätigte Salazar.

»Richtig.« Der Reporter wandte sein Gesicht der Kamera zu. »Wir werden in den Siebzehn-Uhr-Nachrichten hier bei Kanal Drei ein Foto von Ruiz zeigen. Für sachdienliche Hinweise zum Aufenthaltsort des jungen Mannes …«

»Das ist dein Fall.« Cecil konnte seinen Stolz kaum verbergen.

Dave brummte, runzelte die Stirn, nahm die Durchschläge zur Hand und blätterte sie durch. Am Tag vor seinem Tod hatte Myers Ledermäntel von einer Fabriketage im Zentrum von Los Angeles zu einem Discount-Großhändler in Covina gefahren. Später hatte er Tierfutter von Glendale nach Ventura gebracht. Die Aufträge hatten in der richtigen Reihenfolge in der Schublade gelegen, der letzte obenauf, aber es gab keine Frachtpapiere für das, was Myers nach Mitternacht den Torcido Canyon hochtransportiert hatte. Sie waren vermutlich verbrannt, zusammen mit dem Lastwagen, zusammen mit dem Fahrer. Oder?

»Gehst du noch unter die Dusche, bevor mir der Martini ausgeht?« Cecil saß gebannt vor dem Fernseher. Er war süchtig nach Nachrichtensendungen. »In meinem geschwächten Zustand trockne ich womöglich aus, und der Wind trägt mich davon.«

»Gib mir zehn Minuten.« Dave schnappte sich Slip und Jeans aus einer Schublade aus naturbelassenem Kiefernholz und ging damit zur Treppe. »Inzwischen könntest du Jack Schuyler bei der Pinnacle anrufen, ja? Stell dich vor, und dann frag ihn, wer Paul Myers die Versicherung empfohlen hat. Es müsste auf dem Antrag stehen.«

Die Dusche dauerte keine zehn Minuten. Als Dave wieder oben war, streckte ihm Cecil das leere Glas entgegen. »Es war ein Freund von ihm«, sagte er. »Bruce Kilgore.«

»Sag bloß.« Dave nahm das Glas und sein eigenes und machte sich auf den Weg in den Küchenbau. Er hoffte, ein zweiter Martini würde Cecils Appetit anregen. Dann würden sie zu Max Romano fahren. Alles, was auf dessen Speisekarte stand, war kalorienreich.

9

Der Kastenwagen kletterte eine gewundene Passstraße hinauf, an deren Rändern steile Felswände aufragten und die Straße verengten. Hinter dem Pass erstreckte sich das Tal – braune Hügel, bewachsen mit niedrigem Gebüsch und übersät mit bleichen Felsbrocken, das Tal selbst grün, mit Obstplantagen und Weiden. Der Himmel wirkte so hart, wie Dave ihn in Erinnerung hatte – ein gnadenloses Stahlblau, wie es nur im Südwesten vorkam, voll greller Hitze schon am frühen Vormittag.

Zweimal war Cecil nach vorn gekommen, gelangweilt vom Herumliegen auf seiner Couch, von der Aussicht auf die Küstenlinie und das monotone blaue Glitzern des Pazifiks, vom Anblick der verputzten Motel- und Restaurantfassaden am Straßenrand, gelangweilt auch von den Zeitschriften und den Kassetten, die er mitgenommen hatte. Dave hatte ihn wieder nach hinten geschickt. Nun kam er erneut nach vorn und ließ seinen schlaksigen Körper auf den Beifahrersitz sinken. Dave blickte ihn von der Seite an. Er schien wohlauf. Wenn er müde war – wie am Abend zuvor, nachdem sie bei Max gegessen hatten –, nahm seine Haut einen trockenen, staubigen Farbton an. Jetzt schimmerte sie, und seine Augen waren klar.

»Hübsch«, sagte Cecil. »Wie 'ne Ansichtskarte.« Er schien etwas zu entdecken, beugte sich vor, schaute durch die Windschutzscheibe nach oben. »Sieh mal. Ein kreisender Falke.«

»*Halcón*«, sagte Dave. »So heißt der Ort.« Er sah den Falken ebenfalls und erinnerte sich daran, dass er schon einmal einen Falken vor einem solchen Himmel gesehen hatte. Vom Gipfel eines kahlen braunen Hügels aus, hinter Sangre de Cristo, weiter oben an der Küste. Damals hatte er seinen Wagen vor einem tristen Betonklotz abgestellt, dem Gebäude einer Fernsehstation, wo er einige Minuten später Cecil zum ersten Mal begegnen sollte. Er erzählte ihm davon und meinte: »Vielleicht bedeutet es Glück.«

Cecil lächelte. »Du weißt doch, dass es Glück bedeutet.«

Die Straße wand sich zur Talsohle hinunter. Die säuberlichen Reihen runder, glänzender Orangenbäume sahen aus wie von Grant Wood gemalt. Die Rohre von Sprinkleranlagen sprühten zwischen den Avocadobäumen, deren Zweige ineinander verschlungen herabhingen. Unter ihnen fühlte man sich im durchscheinenden Licht wahrscheinlich wie unter Wasser. Andere Sprinkler warfen weite funkelnde Bogen über sonnige Hangweiden, streuten Smaragde über das Grün zu Füßen kräftiger schwarzer Rinder, die unbeirrt weitergrasten, als der Kastenwagen vorbeifuhr.

Auf einem bescheidenen grünen Schild stand in weißen Buchstaben HALCON. Im langen Morgenschatten alter Kalifornia-Eichen drängten sich hier die Häuser aneinander – die Metallschuppen einer Tankstelle, ein Esslokal in einem ausrangierten Eisenbahnwaggon, eine rustikale Holzkneipe mit der roten Neonschrift COOR'S im Fenster. Der Gemischtwarenladen war mit scheunenroten Schiffsplanken verkleidet und hatte eine lange vordere Holzbohlenveranda und ein blank geputztes rot-weiß-blaues Emailschild: U.S. POST OFFICE. Dave steuerte den Kastenwagen auf eine Kiesfläche und parkte am Ende des länglichen Gebäudes. Er öffnete die Tür und kletterte steif hinaus, froh, die Beine endlich wieder strecken zu können. Da sirrte eine Kugel an ihm vorbei.

Cecil rief: »Pass auf! Sie schießen auf uns.«

Dave hatte sich auf den Boden geworfen, drückte seine Wange gegen den Kies und das scharfkantige, vertrocknete Eichenlaub. Weit in der Ferne hörte er Schüsse. Vier, fünf? Er zuckte zusammen, erwartete, dass er von einer Kugel getroffen würde, dass der Kies um ihn hochspritzen würde, dass eine Kugel sich in das glatte Metall des Wagens oder in die gefurchte graue Rinde einer Eiche bohren würde. Nichts geschah. Das Gewehrfeuer in der Ferne verstummte. Stille. Eine Lerche zwitscherte. Etwas näher krähte ein Hahn. Dave drehte den Kopf und rief: »Alles in Ordnung mit dir?«

»Ich will wieder zurück ins Nachrichtengeschäft«, sagte Cecil.

»Wo bist du? Deine Stimme klingt so komisch.«

»Hier drin, mit dem Gesicht im Teppich«, sagte Cecil. »Das ist schlimmer für die Aussprache als ein Kurs in Afroamerikanischem Englisch.«

»Bleib dort.« Dave erhob sich vorsichtig. Kleine Steinchen klebten ihm im Gesicht und am Handballen. Er wischte sie weg. Die Tür des Kastenwagens stand offen. Auf Fensterhöhe geduckt, blickte er zwischen den Eichen hindurch. Dahinter lag das ebene Land leer im Sonnenlicht. Weit in der Ferne sah man einen Maschendrahtzaun glitzern. Hätte er doch bloß De Witts Feldstecher bei sich gehabt. Bewegten sich dort Gestalten vor dem Hintergrund der trockenen braunen Hügel? War das dort eine Reihe geparkter Autos? Ja. Die Sonne wurde von einer Fensterscheibe reflektiert. Kurz darauf wirbelte Staub auf und verwehte. Ein Wagen, ameisengroß, kroch davon. Ein zweiter. Ein dritter. Die Staubwolke zog sich am Fuß der Hügel entlang. Als sie sich gesenkt hatte, waren die parkenden Wagen verschwunden. Er holte tief Luft, richtete sich auf und sah in den Kastenwagen. In seiner Panik hatte sich Cecil, soweit es seine langen Glieder zuließen, unters Armaturenbrett geduckt. Dave streckte die Hand aus und berührte ihn.

»Alles klar«, sagte er.

Mit gerunzelter Stirn schaute Cecil auf. »Wer war das?«

»Zu weit weg, um es zu erkennen. Komm jetzt.«

Ihre Absätze trommelten hohl über die Planken der langen Veranda. Hinter einer Fliegengittertür, an der ein glänzendes Metallschild mit dem Aufdruck TRINK DR. PEPPER befestigt war, befand sich eine Holztür mit einer Glasscheibe im oberen Teil. Jenseits der Scheibe hing ein Schild: *Geschlossen. Leider sind wir nicht da, bitte kommen Sie später wieder.* Dave schaute auf seine Armbanduhr. Zwei Minuten nach neun. Er ging weiter die Veranda entlang, Cecil folgte ihm. Am Ende führte sie eine Holztreppe wieder nach unten.

Hinter dem Laden stand ein kleines Fachwerkhaus, umgeben von einem Palisadenzaun. Das Haus war in dem gleichen kräftigen Rot gestrichen wie der Laden. Der Zaun ebenso. Vor dem Haus wuchs Gras. In einem kahlen Seitenhof pickten Hühner neben einer Hundehütte, an deren Dach der Name DIGGER stand. An einem Ring, der an der Hundehütte befestigt war, hing eine rostige Kette, die im Staub endete. Dave langte über das Zauntor, um den Riegel zu öffnen, als die Haustür aufging und ein untersetzter Mann mit brauner Hautfarbe ins Freie trat, der sich gerade ein schwarzrot kariertes Flanellhemd zuknöpfte. Sein Haar war sehr kurz geschnitten. Er zog die Tür zu, drehte sich um und zuckte überrascht zusammen, als er Dave und Cecil bemerkte. Er war klein, hatte jedoch die Schultern und den Brustkorb eines großen Mannes. Breitbeinig kam er in Cowboystiefeln auf das Gartentor zu.

»Was kann ich für Sie tun?«

»Sie können uns etwas über diese Scharfschützen erzählen«, sagte Dave.

Der Mann warf einen Blick über die Schulter. »Sind die schon wieder unterwegs?«

»Eine Kugel hat uns knapp verfehlt«, sagte Cecil.

»Verdammt.« Es klang wie eine Entschuldigung. »Ich hab gar nichts gehört.« Er öffnete das Törchen. »Haben sie wenigstens um neun aufgehört?«

»Keine Sekunde früher«, sagte Dave.

»Das ist der Schießplatz des Sheriffs.« Der Mann ließ das Tor zufallen und ging auf die Vorderfront des Ladens zu. Dave und Cecil folgten ihm. Das Hämmern ihrer Schritte auf den Planken übertönend, sagte der Mann: »Das geht schon seit vierzig, fünfzig Jahren so. Aber früher hatten ihre Gewehre wohl nicht diese Reichweite.« Er zog einen Schlüsselbund aus der Tasche, schloss die Ladentür auf und stieß mit seiner abgewetzten Stiefelspitze einen braunen Gummikeil unter die Tür, damit sie offen blieb. »Heutzutage gibt's da keine Grenzen mehr. Wenn's sein muss, bis nach Moskau.«

Der Laden war schummerig und roch nach Zwiebeln, Käse und neuen Bluejeans. Der Mann ging zwischen Regalen voller Konservendosen – Suppe, Baked Beans, Chili, *Spam*-Dosenfleisch – und hoch aufgestapelten Kartons hindurch, bis er hinter einem Stapel neuer Weidenkörbe verschwand. Eine Kasse piepste. Dave und Cecil folgten ihm, stießen dabei gegen Hacken, Rechen und Besen, die von den Dachsparren baumelten. Er stand hinter einer Theke, an deren Vorderseite ein ausgebleichtes Schild mit der Aufschrift LAMPENÖL prangte. Offene Schachteln mit Schokoriegeln, Kaugummi und Magentabletten lagen auf der Theke. An kleinen Drahtregalen hingen zellophanverpackte Portionen dünn geschnittenen Trockenfleischs und gelbe Tüten mit Mais-Chips. Die Regale hinter ihm enthielten Flaschen – Whiskey, Rum, Gin, Wodka. In einigen Regalfächern waren Zigarettenpäckchen gestapelt. Der Mann nahm ein Bündel Geldscheine aus der Tasche seiner *Levi's*-Jeans und sortierte die Scheine in die einzelnen Fächer der grauen Metallschublade seiner elektronischen Kasse. »Ich glaube«, sagte er, »die wollen mich hier weghaben. Es ist schon einer angeschossen worden, direkt vor meiner Tür. Geht mit vier Sack Dünger raus zu seinem Wagen, da trifft ihn eine Kugel. Er kann noch immer nicht wieder richtig gehen. Meinen Hund haben sie erschossen.«

»Können Sie nichts dagegen tun?«, fragte Dave.

»Das ist die Hauptstraße«, sagte Cecil. »Jemand könnte im Wagen getroffen werden.«

»Sie müssen jetzt um neun damit aufhören«, sagte der Mann. »Mehr hab ich nicht erreicht. Die oberste County-Behörde hat ihnen vorgeschrieben, dass sie nur noch frühmorgens schießen dürfen, wenn niemand unterwegs ist. Digger war so ein Niemand. Nur ein Hund. Ein Hund ist ihnen scheißegal.« Er knallte die Kassenschublade wütend zu, worauf die Maschine piepsend protestierte. »Die Leute in der Gegend meinen, ich soll vor Gericht gehen und klagen.« Ein ironisches Lächeln zuckte um seine Mundwinkel. »Aber ich sag, ich bin kein Klageweib – und auch kein Krieger, sondern nur ein friedlicher Indianer vom Stamm der Ute.« Dann wurde er wieder ernst. »Und auf wie viel soll ich sie denn verklagen? Kein Geld bringt mir Digger zurück. Er ist tot. Außerdem kassieren doch bloß die Anwälte ab. Und ich hab keine Zeit, im Gerichtssaal rumzusitzen. Ich muss einen Laden führen.«

»Und eine Poststelle«, sagte Dave. Aus einer Hemdtasche nahm er den Zettel, auf den Luther Prentice die Adresse von Louella Bishop notiert hatte. »Können Sie mir sagen, wie ich dahin komme?« Er hielt ihm den Zettel hin.

Der Mann kramte unter der Theke nach einer billigen Brille, setzte sie auf, nahm den Zettel entgegen, entzifferte ihn. »Na klar.« Er drehte den Zettel um, und mit einem Kugelschreiber aus einem Plastikbecher neben der Kasse zeichnete er eine Lageskizze. »So müssen Sie fahren.« Er gab Dave den Zettel und ließ den Kugelschreiber zurück in den Becher fallen, auf dem ein gelber Aufkleber prangte: JE 49 CENTS. »Nette Frau, Mrs. Bishop. Kommt oft her. Kauft für die Hutchings ein. Komisch, Sie sind nicht die Ersten, die nach ihr fragen.« Er schaute Cecil an. »Sind Sie mit ihr verwandt?«

Cecil schüttelte den Kopf. »Befreundet.«

Dave sagte: »Lassen Sie mich raten, wer die anderen waren, die sich nach ihr erkundigt haben. Gestern Abend, nicht wahr?«

»Ich hab bis neun geöffnet. Die Leute vergessen immer was zu besorgen, und ich bin der einzige Laden hier. Wenn's mich nicht gäb, müssten sie ganz hoch über den Pass rüber bis in die Stadt fahren.«

»Eine untersetzte Frau«, sagte Dave. »Mittleren Alters. Gut gekleidet. Und bei ihr zwei große Kerle. Schlägertypen.«

»Sie waren mit einem weißen Transporter ohne Aufschrift unterwegs«, sagte der Ladenbesitzer.

»Stimmt.« Dave wandte sich ab. »Vielen Dank.«

»Sie haben sie *Herzogin* genannt«, sagte der Ladenbesitzer.

»Sie wollte den Sattelschlepper kaufen.« Louella Bishops Hüften wirkten besonders üppig, als sie sich hinunterbeugte und das Frühstücksgeschirr – Teller, Tassen, Untertassen – in die Spülmaschine einsortierte. Ihre Oberarme, deren Fleisch wackelte, waren dick wie die Schenkel eines Mannes. Über der Spülmaschine waren zwei Edelstahlbecken eingebaut, umrahmt von glänzenden mexikanischen Blumenkacheln. Auch der elektrische Herd war eingebaut, darüber befand sich eine dunkle, kupferbeschlagene Abzugshaube, deren Rohr oben zwischen schwarzen Deckenbalken verschwand. Die Wände der Küche waren rau verputzt und sehr weiß, der Terracotta-Fliesenboden gewachst. Vor den tief liegenden Fenstern wuchsen Geranien, die kräftig rot und grün in der Morgensonne leuchteten. Louella Bishop schob den Oberkorb in die Spülmaschine, dass seine gläserne Ladung klirrte, und schloss die Türklappe. Tief einatmend richtete sie sich auf. »Und sie hat ihn gekauft. Mehr gibt's nicht zu sagen.«

»Warum haben Sie ihn verkauft?« Dave und Cecil saßen an einem Holzbohlentisch, der beinahe so dunkel wie die Deckenbalken war, vermutlich eine Tischlerarbeit aus den 20er Jahren – die Imitation eines Refektoriumstischs aus einer kalifornischen Missionsstation. Vor ihnen standen Kaffeebecher auf dem Tisch. »Ich dachte, Ihr Mann hätte geplant, dass Melvil mit dem Fahren anfängt, sobald er die Highschool hinter sich hat.«

»Er hat jedenfalls nicht geplant, sich in jungen Jahren zu Tode zu husten und zu ersticken«, sagte Louella Bishop. »Mitten inner Nacht unter Krämpfen zu sterben. Aber jetzt isser tot. Und jetzt bin ich es, die die Pläne macht. Und meine Pläne mach ich so, dass Melvil nie so enden muss wie sein Vater.«

»Dem Arzt zufolge war es ein Herzinfarkt. Doktor Kretschmer. Der bei Ihnen war, in Ihrem Haus in Gifford Gardens. Den Sie gerufen haben. Er hat nichts von Krämpfen im Totenschein vermerkt.«

»Ossie – er ist eines Morgens heimgekommen, so um drei, halb vier. Er hat auch nachts gearbeitet, wissen Sie, um noch was dazuzuverdienen. Es gibt ja ständig neue Steuern, für die Zulassung, für die Reifen, und immer so weiter. Und er wollte ja auch noch was auf die hohe Kante legen, für 'n zweiten Laster, für Melvil, so wie Sie sagten, wenn er mal alt genug ist. Aber zuerst kommt die Schule. Jedenfalls« – sie füllte einen großen Becher mit Kaffee aus einer Keramikkanne, brachte ihn zum Tisch, ließ ihren wuchtigen Körper auf einen Stuhl sinken – »ging's Ossie schlecht. Kam zur Tür reingestolpert und hat ausgesehn wie der Tod. Hat keine Luft mehr gekriegt.

Er sagt noch, er muss aufs Klo, aber er hat's nicht mal mehr durch die Küche geschafft. Hingefallen, auf Hände und Knie. Hat sich in die Hosen gemacht wie 'n kleines Kind. Ich kann Ihnen sagen, dem ging's vielleicht schlecht!« Sie wiegte niedergeschlagen den Kopf, nippte dann an ihrem Kaffee. »Dann kommt der Arzt und gibt ihm 'ne Spritze, und da war wenigstens das mit dem Durchfall wieder gut.«

»Doktor Hobart?«, fragte Dave.

Sie schaute ihn scharf an. »Ossie hat gesagt, nicht Doktor Hobart. Meinte nur, ich soll diesen Doktor Kretschmer anrufen. Irgendwas wegen der Nachtarbeit. Dass es geheim bleiben muss. Eigentlich dürft ich Ihnen auch jetzt nix sagen. Ich red schon wieder zu viel.«

»Hat er die Herzogin mitgebracht?«

Sie rutschte auf ihrem Stuhl hin und her, verlagerte ihr großes Gewicht von einem breiten Oberschenkel auf den anderen. Dann atmete sie tief ein; ihr mächtiger Busen hob sich dabei. »Es ist besser, wenn Sie jetzt gehn.«

»Wie heißt sie denn in Wirklichkeit?«, fragte Cecil.

»Es hat dann so ausgesehn, als würd Ossie langsam wieder auf die Beine kommen«, sagte Louella Bishop. »Aber kaum paar Tage später war er tot.«

Dave fragte: »Hat Paul Myers Ihren Mann besucht, als er krank war?«

Sie runzelte die Stirn. »Stimmt es wirklich, dass ihn jemand in die Luft gesprengt hat?«

»Was glauben Sie, wer die drei waren? Die Herzogin und ihre Muskelmänner?«

Sie wollte antworten, hielt sich dann aber gerade noch zurück. »Ja, Paul ist gekommen. Er war ein echter Freund. Hat so Zeitschriften mitgebracht. Irgendwas Wissenschaftliches. Aber ich weiß nicht, was sie miteinander geredet haben. Wirklich. Paul hat die Tür zugemacht, und dann haben sie ganz leise miteinander geredet. Als er wieder gegangen ist, war er ganz bleich, und wütend war er auch.« Sie legte ihre Hände flach auf den Tisch und stemmte sich hoch. »Am besten gehn Sie jetzt. Ich muss noch das ganze große Haus putzen.«

»Warum?«, fragte Cecil. »Sie haben doch eine Menge Geld für den Laster bekommen. Klarer Fall. Und dann das ganze Geld, das Ihr Mann mit der Nachtarbeit gemacht hat.«

»Ich muss für die Kinder sorgen und sie ordentlich durch die Schule bringen. Melvil soll aufs College. Dass was aus ihm wird. Eine gute Gegend hier, um Kinder großzuziehn.« Sie befeuchtete einen gelben Schwamm in der Spüle und wischte damit über die hübschen Kacheln. »Ich hab früher bei den Hutchings gearbeitet, vor unserer Hochzeit. Sie haben mir gesagt: Louella, wenn du jemals wieder zu uns zurückwillst, dann komm. Du gehörst zur Familie, für immer. Und das haben sie auch wirklich so gemeint.« Sie schaute Cecil an. »Ach Gott, Junge, ich kann doch nicht den Rest von meinem Leben auf der faulen Haut liegen. Ein Mensch muss arbeiten.«

Dave stand auf. »Danke, dass Sie sich Zeit für uns genommen haben.« Er brachte seinen und Cecils Kaffeebecher zur Spüle und stellte sie dort ab. »Haben Sie überhaupt keine Idee, wer ein Interesse daran gehabt haben könnte, Paul Myers umzubringen? Sind Sie nie auf den Gedanken gekommen, dass der Tod Ihres Mann kein natürlicher Tod war? Es gibt nämlich gar keinen Doktor Kretschmer.«

Sie wischte die Griffe der Schranktüren ab, schaute ihn dabei mit gerunzelter Stirn an. »Ich hab ihn doch gesehn, so wie ich Sie jetzt seh.«

»Er hat keine Adresse, keine Telefonnummer, und im Staat Kalifornien ist kein Ford T. Kretschmer als Arzt zugelassen.« Louella Bishop schien ihm nicht zuzuhören. Sie wischte Schubladengriffe ab. Dave fuhr fort: »Die Herzogin und ihre Schläger haben Angela Myers schlimm verprügelt, kurz bevor Paul umkam. Das sind schlechte Menschen, Mrs. Bishop. Sie sollten sie nicht decken.«

»Was hat Ihr Mann für sie transportiert?«, fragte Cecil.

Die massige Frau bedachte ihn mit einem abweisenden Blick. Sie ging zur Spüle, wusch den Schwamm aus, trat dann an den Tisch, bückte sich darüber und wischte die blank gescheuerten alten Holzbohlen sauber. Dann fragte sie Dave: »Hat

Ihnen Angela Myers gesagt, dass sie es waren, die sie verprügelt haben?«

»Es gibt einen Zeugen. Nein, sie hat es mir nicht gesagt.«

»Und warum nicht?« Louella Bishop richtete sich auf und schaute Dave direkt an, ruhig, gewaltig, die Fäuste in die Hüften gestemmt. »Weil sie genau weiß, dass dann noch was Schlimmeres passiert.«

Cecil fragte: »Schlimmer, als dass ihr Mann umgebracht wird?«

»Sie hat kleine Kinder, genau wie ich.« Louella Bishop rückte die Stühle ordentlich an den Tisch. »Jetzt hat keins von ihnen mehr einen Daddy, der sie beschützt. Niemand mehr da außer Mama.« Sie warf Dave einen vorwurfsvollen Blick zu. »Glauben Sie, ich weiß nicht, was das für Menschen sind?«

»Jemand muss ihnen das Handwerk legen«, sagte Dave. »Wie heißt sie? Sie muss doch den Scheck unterschrieben haben. Für den Sattelschlepper.«

»Kein Scheck«, erwiderte sie, »alles bar auf die Hand.«

Auf einem in der Sonne kochenden Asphaltplatz hinter hohem Maschendrahtzaun rempelten Highschool-Jungs in Turnhosen, duckten sich weg, wichen einander aus, dribbelten mit einem Basketball, warfen einen Basketball, schwenkten erhobene Arme, verfehlten den Korb. Ihre kurzen Hosen glänzten grün. Ihre Haut glänzte vor Schweiß. Oben in Los Angeles trugen männliche Teenager ihr Haar jetzt kurz geschnitten wie in den 30er Jahren. Hier in der Provinz trugen sie noch lange Mähnen. Die Haarfarben reichten von Karamel bis Weiß, die Hautfarben ebenso. Doch es gab auch zwei dunkelhäutige Jungs und einen schwarzen.

Letzterer war Melvil Bishop. Ein kräftig gebauter Junge. Basketball war bestimmt nicht sein Lieblingsspiel, falls er überhaupt ein Lieblingsspiel hatte. Er sah eher wie ein Ringer oder Kugelstoßer aus. Er stand neben einer Bank unter einem alten Pfefferbaum und unterhielt sich mit Cecil. Dave beobachtete die beiden vom Kastenwagen aus, der gegenüber parkte. Melvil wirkte mürrisch und bedrückt. Er schüttelte immer wieder den

Kopf. Schließlich zuckte Cecil mit den knochigen Schultern, hob die Hand zu einem lässigen Gruß und trennte sich von ihm. Sichtlich enttäuscht stieg er in den kühl klimatisierten Kastenwagen.

»Nützt gar nichts, dass ich schwarz bin«, sagte er. »Dir hätte er wahrscheinlich noch mehr verraten als mir. Die Herzogin hat er vor dem gestrigen Abend noch nie gesehn, den falschen Arzt hat er nie gesehn, die Schlägertypen hat er nie gesehn. Sein Vater ist an einem Herzinfarkt gestorben. Der hat nie erzählt, was er nachts in seinem Truck transportiert hat oder für wen er da gearbeitet hat. Der alte Pfarrer lügt, Melvil hat zu seiner Mutter nie an irgendeinem Grab irgendwas über irgendeinen Arzt gesagt. Louella Bishop hatte einfach bloß Angst. Melvil, der macht sich vor Angst in die Hosen.«

»Willst du fahren?«, fragte Dave.

Cecil strahlte. »Den ganzen Heimweg?«

»So lange, bis du müde wirst.«

Sie tauschten die Plätze, und Cecil ließ den Motor an. »Warum hat die Herzogin diesen Truck gekauft?« Er löste die Handbremse, schaute prüfend in den Außenspiegel und steuerte den Wagen an alten weißen Holzhäusern vorbei die vormittäglich ruhige Straße entlang. Ein Hund kam herangestürmt und rannte neben ihnen her, kläffte und versuchte, in die Reifen zu beißen. »Herrgott.« Cecil riss das Lenkrad abwechselnd nach links und nach rechts herum, dass die Reifen quietschten. »So ein blöder Hund. Will sich wohl überfahren lassen.« Schweißperlen traten auf seine Stirn. Er tastete nach den Knöpfen, die die Fensterheber betätigten. Sein Seitenfenster glitt nach unten. »Hau ab, du blödes Vieh! Hau ab!« Er stieg auf die Bremse.

»Immer mit der Ruhe«, sagte Dave. »Dem passiert schon nichts.«

Am Ende des Blocks hatten sie auch das Ende seines Reviers erreicht. Er blieb kläffend zurück, trottete dann schwanzwedelnd über die Straße und weiter bergauf den Gehsteig entlang, auf dem bunte Spielsachen verstreut lagen. Cecil legte den Kopf aufs Lenkrad. Er zitterte am ganzen Körper. »Scheiße«, sagte er. Er richtete sich wieder auf, starrte einen Moment lang durch die Windschutzscheibe. Dann schüttelte es ihn. Mit geschlossenen Augen atmete er tief ein, hielt die Luft an, stieß sie wieder aus. Es wurde nicht besser. Dave berührte ihn. Cecil blickte ihn an. Tränen standen in seinen Augen. »Ich schaff's nicht. Kann nicht mal mehr Auto fahren.«

»Doch, du kannst. Natürlich kannst du. Jetzt beruhig dich erst mal. Alles in Ordnung. Alles bestens. Dem Hund ist nichts passiert. Gar nichts ist passiert.«

Aber Cecil schüttelte den Kopf und hob seinen Hintern vom dunkelblauen Samtbezug des Fahrersitzes. Dave quetschte sich hinter ihm durch und setzte sich ans Steuer. Cecil saß auf dem Beifahrersitz, die langen Finger krampfhaft verschränkt und zwischen die Knie gepresst. Saß stumm da und schaute auf seine Hände. Dave fuhr zur Hauptstraße mit den ausgebleichten Klinkerbauten, den bunten Schildern, den staubigen Pick-ups und den funkelnden Einkaufswagen. Er steuerte den Kastenwagen aus der Stadt hinaus, das Braun der Hügel nun zur Rechten, das glitzernde Blau des Ozeans zur Linken. Wieder schaute er Cecil an. Der Junge hielt die Augen geschlossen. Tränen rannen ihm über die Wangen. In einer dunkelblauen Schachtel auf der Ablage über dem Armaturenbrett waren Papiertücher. Dave zog zwei heraus und stupste Cecil mit der Hand, in der er die Papiertücher hielt. Cecil öffnete die Augen, nahm schweigend die Tücher, wischte sich damit übers Gesicht, warf die zerknüllten Tücher in den blauen Abfallbehälter, schob sich die Hände wieder zwischen die Knie und sank in sich zusammen, das Kinn auf der Brust.

»Wir können Halt machen und was trinken«, sagte Dave. »Glaubst du, das hilft?«

»Du verstehst das nicht, oder?«

»Ich möchte es gern verstehen«, sagte Dave. »Warum klärst du mich nicht auf?«

Cecil gelang ein kleines, ungezogenes Lächeln. »Den Aufklärungsunterricht geb ich dir später. Jetzt geb ich dir eine Erklärung.« Ernst fuhr er fort: »Weißt du, was passiert, wenn irgendwann noch mal auf mich geschossen wird? Dann bin ich hin. Nicht nur, wenn ich getroffen werde. Ich bin hin, getroffen oder nicht. Schießplatz? Scheißdreck!«

»Du hast dich den ganzen Vormittag gut gehalten«, sagte Dave.

»Was für ein Hund Digger wohl gewesen ist? *Meinen Hund haben sie erschossen*, hat der Mann gesagt.« Cecil drehte sich wieder nach vorn, starrte geradeaus, presste die Finger beider Hände gegen seinen Mund, und die Tränen übermannten ihn erneut. Schließlich ließ er die Hände sinken. Er nahm einen tiefen, zitternden Atemzug. »Als er das sagte, hab ich die Kugel richtig gespürt. Ich will nicht den Hund von irgendjemandem töten.«

»In Ordnung«, sagte Dave und reichte ihm noch ein paar Papiertücher.

Cecil wischte sich die Augen, putzte sich die Nase und warf die gebrauchten Tücher in den blauen Abfallbehälter. »Warum hat die Herzogin diesen Truck gekauft?«, fragte er. »Warum jetzt? Warum nicht früher? Es ist eine weite Strecke bis hierher.«

»Sie ist vor neun Uhr abends hier angekommen«, sagte Dave, »also muss sie ungefähr zur Sendezeit der Abendnachrichten in Los Angeles losgefahren sein. In denen verkündet wurde, dass der Sheriff nicht mehr davon ausgeht, Paul Myers wäre einem Unfall zum Opfer gefallen.«

»Also war das, was mit Ossie Bishop passiert ist, vielleicht auch kein Unfall? Und sein Truck wäre ein Beweisstück?«

Dave lächelte. »Du hast gute Chancen in diesem Beruf.«

»Solange ich von Kugeln verschont bleibe«, sagte Cecil. »Und von Hunden.«

10

Dave bog in die Einfahrt zum Haus der Myers ein, zwei schmale, geborstene Betonstreifen, die an der Seite des Hauses zur Garage führten. Das offene Kipptor hing in der Mitte leicht durch. Er fuhr den Kastenwagen hinein und hielt an. »Komm«, sagte er. »Schnell.« Er sprang aus dem Wagen, Cecil ebenso. Dave schnappte sich das ausgefranste Ende eines Seils und zog das Tor damit herunter. »Wenn uns niemand beobachtet hat, ist der Wagen für die nächsten paar Minuten in Sicherheit.«

Cecil blickte sich um. »Ich möchte kein Risiko eingehen.«

»Wir bleiben ja nicht lange.« Dave überquerte den Rasen, der so trocken war, dass er unter den Schritten knisterte. An der Hintertür klopfte er mit den Knöcheln gegen den Rahmen des Fliegengitters. Drinnen rührte sich nichts. Er schaute hinein, hielt sich die Hände dabei wie Scheuklappen seitlich an die Augen. Die Sonne stand zwar bereits tief im Westen, strahlte jedoch noch immer hell von dem versmogten Himmel. Im Hausinneren konnte er nichts erkennen.

Cecil kletterte auf ein viereckiges, gemauertes Podest für einen Pflanztrog, in dem nur ein paar halb vertrocknete Gräser wuchsen. Von dort schaute er durch ein Fenster. »Sieht aus, als wär niemand zu Hause«, sagte er.

»Ist mir sehr recht. Ich bin nicht hergekommen, um mit jemandem zu reden.« Dave nahm ein längliches Stahlhäkchen aus seiner Brieftasche und bearbeitete damit das Schloss der Fliegengittertür. Die Holztür mit der Glasscheibe dahinter war noch leichter zu überwinden – er brauchte bloß eine Kreditkarte zwischen Schloss und Rahmen durchzustecken. Als die Tür aufschwang, flatterten die Kindergemälde am Kühlschrank. Leere Bierdosen standen auf dem Küchentisch neben einem überquellenden Aschenbecher. In der Spüle türmte sich ungewaschenes Geschirr. Diesmal roch es nach Erdnussbutter. Dave verließ die Küche und trat in den Flur.

Die Tür zum Kinderzimmer stand offen. Drinnen spielte ein Kofferradio leise Rockmusik. In Angela Myers' Schlafzimmer hatte sich nichts verändert, außer dass vielleicht noch mehr Unterwäsche herumlag. Dave ging geradewegs zum Schrank, zu der Schublade mit den Frachtpapieren. Er kniete sich hin, zog die Schublade heraus und stieß den Atem aus, den er unwillkürlich angehalten hatte. Er hatte befürchtet, Salazar wäre ihm zuvorgekommen. Oder die Herzogin. Diesmal nahm er alle mit. Die Hälfte davon reichte er Cecil.

»Steck die ein, aber so, dass man sie nicht sehen kann«, sagte er. Die andere Hälfte knickte er, schob das Bündel in die Innentasche seines Jacketts, schloss die Schublade und stand auf. »Gehen wir.«

Sie rollten gerade rückwärts die schmale Einfahrt hinunter, als ihnen jemand etwas zubrüllte. Dave hielt an. Mit vollen weißen Supermarkt-Plastiktüten in beiden Händen stand Gene Molloy auf dem Gehsteig vor dem Haus. Die Kinder waren bei ihm. Jedes trug ebenfalls eine Tüte. Molloy stellte seine ab und lief auf den Kastenwagen zu. »Ich möchte mit Ihnen reden«, sagte er zu Dave. »Ich will Ihnen was zeigen. Lassen Sie den lieber nicht draußen stehn, damit ihn die von der Bande nicht sehn.« Er meinte den Wagen. Gegen die Sonne hatte er Cecil noch gar nicht bemerkt. Oder er hatte ihn bemerkt und ignorierte ihn. »Stellen Sie ihn in die Garage und ziehen Sie das Tor zu«, sagte er. »Ich lass Sie hinten rein.« Er ließ sie hinten rein, runzelte dabei die Stirn. »Verdammt, ich weiß genau, dass ich abgeschlossen hab.«

»Das ist mein Mitarbeiter, Cecil Harris«, sagte Dave. »Gene Molloy.« Molloy schüttelte Cecil die Hand, aber in seinen irischen Augen lag kein Lächeln. Cecil murmelte ein paar höfliche Worte. Dave fragte: »Hat Ihr Schwager jemals eine Person erwähnt, die er die Herzogin nannte?«

Brian, der Junge mit dem hellen Haar und der Hirtenhund-Frisur, nahm Dosen aus den prallen weißen Plastikbeuteln, die auf die Küchenstühle verteilt waren. Er kletterte eine kurze

Aluminiumleiter hoch, um die Dosen in den Regalen eines Hängeschranks zu verstauen. Ebenso verstaute er Kartons mit Cornflakes, Keksen und Teebeuteln in den Regalen. Er räumte plastikverpackte Hühnerbeine und Hamburger eilig in den Gefrierschrank, dann klapperte eine blecherne Schublade, als er Salat, Tomaten und Karotten hineintat.

»Ich hab Ihnen doch gesagt«, erwiderte Molloy, »dass ich nicht so oft hier war. Eine Herzogin? Was soll das denn schon wieder?«

»Ihr Spitzname. Eine Frau, für die er gearbeitet hat. Vermutlich die Auftraggeberin für seine Nachtfahrten.«

Cecil half dem Kind, Kartons mit tiefgefrorenem Gemüse in einem Türfach des Gefrierschranks zu verstauen. Er sagte: »Vielleicht sogar seine Mörderin.«

Molloy funkelte ihn an. »Passen Sie auf, was Sie sagen.«

Cecil tätschelte die Schulter des kleinen Jungen. »Es tut mir leid.«

»Sie können ja nichts dafür«, sagte der Kleine. Er schaute zu Molloy hoch. »Ich bin fertig mit meiner Hälfte. Jetzt ist Ruth Ann dran.«

»Dann hol sie«, antwortete Molloy. Und zu Dave: »Es war nicht irgendeine Herzogin. Ich weiß, wer es war. Ich kann's beweisen. Kommen Sie, ich zeig's Ihnen.« Er ging voran ins Wohnzimmer. Am Ende des Flurs hörte man nun laute Rockmusik. Und noch lauter die Stimmen von Brian und Ruth Ann. Sie stritten. Molloy drehte sich um, ging an Dave und Cecil vorbei zum Kinderzimmer, steckte den Kopf hinein. »Hört auf damit. Sofort. Ruth Ann, verdammt noch mal!« Er verschwand im Zimmer. Die Musik brach ab. »Geh in die Küche und räum den Rest vom Einkauf weg, und wenn du damit fertig bist, kannst du das Geschirr spülen. Und zwar allein.«

»Siehst du, Blödi«, hörte man Brians Stimme.

»Du kriegst gleich Blödi«, hörte man Ruth Anns Stimme.

Sie kam heraus in den Flur, Molloy hinterher, seine Hände auf ihren Schultern. Nachdem er sie in die Küche geschoben hatte, kam er zurück ins Wohnzimmer, wo Dave und Cecil im Stehen warteten. »Schauen Sie sich das mal an«, sagte er, kramte unter den Sofakissen und förderte zerknitterte Zettel zu Tage. Er reichte sie Dave, der sie nahm und mit gerunzelter Stirn nach seiner Lesebrille griff, die Seiten durchblätterte und aufmerksam studierte. Cecil sah ihm über die Schulter. Molloy zündete sich eine Zigarette an und lächelte grimmig. »Wissen Sie, was das ist?«

»Das ist Schreibpapier von der Kilgore-Schule«, sagte Dave. »Eine Arbeit von Brian, oder von Ruth Ann? Sieht aus wie Diagramme.«

»Das hat, glaub ich, kein Kind gezeichnet«, meinte Cecil.

»Ich schäme mich, das sagen zu müssen«, sagte Molloy, »aber Bruce Kilgore schläft mit meiner Schwester.«

»Das habe ich schon gehört«, sagte Dave.

»Und was glauben Sie, warum?« In der Küche zerbrach Geschirr. Molloy verzog das Gesicht und ging wieder hinüber. Ruth Ann heulte. Molloy schrie sie an. Dave warf einen skeptischen Blick auf die Ausgaben des *Scientific American,* die auf dem Couchtisch lagen. Er nahm das oberste Heft und blätterte es durch. Inzwischen war es still geworden in der Küche. Molloy kehrte zurück, Bierdosen in der Hand. Er reichte erst Dave, dann Cecil eine Dose und riss den Laschenverschluss einer dritten für sich auf. »Vielleicht glauben Sie ja, aus Liebe?«, sagte er.

»Vielleicht auch Einsamkeit«, sagte Dave. Er hielt die Zeitschrift hoch. »Darf ich mir die ausborgen?«

Molloy zuckte die Achseln. »Meinetwegen. Ich kann mit dem Scheiß eh nichts anfangen. Nein, es gibt massenhaft einsame Hausfrauen. Warum ausgerechnet Angie? Sie sieht ja nicht grad wie das Playmate des Monats aus.«

»Worauf wollen Sie hinaus?« Dave raschelte mit den Blättern in seiner Hand. »Was haben die damit zu tun?«

»Schauen Sie.« Molloy setzte sich auf die Couch und stellte seine Bierdose vorsichtig auf die Armlehne. Ein großes, dickes Buch lag auf dem Couchtisch neben den Zeitschriften. Molloy beugte sich vor, schlug das Buch auf und blätterte durch die Hochglanzseiten, von denen einige verschmiert und voller Fingerabdrücke waren. Es war ein Reparaturhandbuch für Lastkraftwagen. Als Molloy die gesuchte Seite gefunden hatte, schlug er mit der flachen Hand darauf und verlangte dann nach den Zetteln aus der Kilgore-Schule. Dave reichte sie ihm. Molloy drehte das aufgeschlagene Buch so herum, dass Dave es lesen konnte, und legte die Blätter daneben. »Schauen Sie sich das mal genauer an.«

Dave beugte sich über das Buch, die Hände auf die Knie gestützt, und die Brille verrutschte ihm auf der Nase. Das Diagramm im Buch füllte eine ganze Doppelseite. Es beschrieb das Druckluft-Bremssystem eines sechsachsigen Sattelschleppers mit Auflieger. Auf den Blättern der Kilgore-Schule verlief das Diagramm über drei Seiten, doch war es eindeutig aus diesem oder einem ähnlichen Buch kopiert. Dave rückte die Brille auf seiner Nase zurecht und richtete sich auf. »Glauben Sie, dass Bruce Kilgore das gezeichnet hat?«

»Ich hab sie in der Mülltonne hinter der Schule gefunden. Und ich hab gleich gewusst, was das ist. Als Paul mich noch hier wohnen ließ, musste ich ihm immer helfen, den Truck zu warten. Ich glaub kaum, dass Kilgore jemals an einem Truck rumgeschraubt hat. Also musste er das Diagramm kopieren, weil er es nicht auswendig wusste wie jeder normale Trucker.«

Cecil neigte den Kopf. »Glauben Sie, Kilgore wollte Ihren Schwager umbringen, indem er die Bremsen seines Trucks manipulierte? Aber so ist es nicht passiert.«

»Das war eben nur sein erster Plan«, meinte Molloy. »Keine Ahnung, warum er sich's anders überlegt hat. Eine Bombe jedenfalls hätte er leicht hingekriegt. Schließlich ist er studierter Ingenieur.«

»Und wozu das alles?« Dave nahm die Brille ab, legte sie zusammen und steckte sie wieder ein. »Um dann Ihre Schwester zu heiraten und das Geld von der Versicherung in seine Schule zu stecken?«

Molloy runzelte die Stirn. »Haben Sie auch schon in diese Richtung gedacht?«

»Was hält Salazar davon?«, fragte Dave.

Molloy legte die Zeichnungen zwischen die Seiten des Buches und klappte es zu. Seine Lippen waren zu einer schmalen Linie zusammengepresst, als er seine Zigarette in dem übervollen rosafarbenen Porzellan-Aschenbecher ausdrückte. »Er hat keine Zeit, herzukommen und mit mir zu reden.« Molloy ließ sich in die Couch zurückfallen und trank einen Schluck Bier. »Deshalb bin ich froh, dass Sie heute noch mal vorbeigekommen sind. Sie sind mit ihm befreundet. Wenn Sie ihm das mit Kilgore erzählen, reißt er sich vielleicht für fünf Minuten von dieser bescheuerten Bandenschießerei los.«

»Wo war das? Und wann?«

»Gestern. Bei Sonnenuntergang.« Molloy fingerte eine weitere Zigarette aus der Tasche seines verschwitzten, ausgebleichten roten T-Shirts, auf dem quer über die Brust STUD POWER geschrieben stand. »Silencio Ruiz und seine heißen Tortillas.« Molloy riss ein Pappstreichholz an und hielt die Flamme an seine Zigarette. »Die haben ein Grillfest überfallen, bei der Nigg–« Er warf einen Blick auf Cecil und verbesserte sich. »Bei der Schwarzen-Kirche in der Guava Street. Mount Olivet? Es gab Essen umsonst. Was passiert also? *The Edge* schlägt sich den Wanst voll. Das hätten Sie sehen sollen.« Er schwenkte die Bierdose zur grauen Mattscheibe des tragbaren Fernsehers hin, der neben der Couch stand. »Alles voller Blut und Ketchup.«

»Wir müssen los.« Dave stellte seine Bierdose auf den Tisch. Sie war noch voll. Cecil stellte seine daneben und folgte Dave, der mit langen Schritten Richtung Küche ging. Molloy sprang auf. »Sie erzählen es Salazar, ja? Das mit Kilgore? Er hat nämlich jetzt nur noch Ruiz im Kopf.«

Dave blieb in der Tür zwischen Flur und Küche stehen. »Hat man ihn erwischt? Und wieder eingesperrt?«

»Es ist alles zu schnell gegangen. Sie kamen durch diese Walnussbäume, haben geschrien und geschossen, und nach einer Minute, oder eineinhalb, war alles vorbei und sie waren wieder weg. Die meisten von ihnen hat man später geschnappt. Aber Silencio nicht. Der ist entwischt.«

Ruth Ann stand auf der Aluminiumleiter und steckte eine neue Rolle Papiertücher in die Halterung neben dem Fenster über der Spüle. Im schaumigen Spülwasser standen noch Teller. Die Plastikhülle der Papiertuchrolle schwamm obenauf. Dave und Cecil gingen zur hinteren Küchentür, die ins Freie führte.

»Wiedersehn«, sagte Ruth Ann.

»Einen Moment noch.« Molloy hielt die Holztür zu. »Hat Mr. Smithers Kontakt zu Ihnen aufgenommen?«

»Ich war heute nicht in der Stadt«, sagte Dave. »Wer ist Mr. Smithers?«

»Ach, Scheiße«, sagte Molloy. »Sie kennen ihn gar nicht? Er war gestern Abend hier, zur Essenszeit. Meinte, wegen Pauls Versicherung. Wollte mit Angie reden. Hat die gleichen Fragen gestellt wie Sie. Ich hab ihm gesagt, dass Sie schon hier waren. Da meinte er, das sei sicher ein Missverständnis zwischen Ihnen, entschuldigte sich und ging. Ein großer Typ, mager, mit Glatze.« Molloy betrachtete Dave. »Scheint ganz schön Kohle zu bringen, so rumzufahren und Versicherungsansprüche zu überprüfen. Er hatte einen Mercedes.«

»Und der hatte noch alle vier Räder, als er wegfuhr?«, fragte Cecil.

»Die Gangs waren ja beschäftigt, bei der Kirche«, sagte Molloy.

»Haben Sie Smithers' Visitenkarte noch?«, fragte Dave.

»Er hat mir gar keine gegeben. Aber ich hab ihm Ihre gezeigt. Ich glaub, er hat sie eingesteckt. Wieso, was ist denn los?«

Dave drehte den Türknopf. Molloy ließ die Tür los. Dave riss sie auf, stieß auch die Gittertür auf und lief die Stufen hinab. »Das erzähle ich Ihnen, wenn ich Zeit hatte, es zu klären. Wahrscheinlich ist es so, wie er gesagt hat.« Dave blickte Cecil nach, der mit Riesenschritten zu dem verzogenen Garagentor ging und es hochzog. »Nur ein Missverständnis. Ich bin als freier Mitarbeiter engagiert worden, und er ist wahrscheinlich einer von den Festangestellten.« Dave hob grüßend die Hand und wollte sich umdrehen.

»Schon möglich.« Molloy stand da und hielt sich an der offenen Fliegengittertür fest, die Bierdose in der anderen Hand. »Aber eins ist komisch. Angie hat es mir erzählt. Smithers war in dem Restaurant, im *Cappuccino,* wo sie arbeitet, ja? Er hat sich was zu essen bestellt und dann gar nichts gegessen. Er hat ihr nur lauter Fragen gestellt.«

11

Er hielt hinter der Kirche. Ein alter grauer Ford LTD war hier abgestellt. Die Limousine war liebevoll gepflegt, zeigte nicht den geringsten Kratzer, und ihr Lack schimmerte wie neu. Dave schaltete den Motor ab und blieb noch einen Moment neben Cecil sitzen. Dabei schaute er hinaus auf das lichte Wäldchen aus Walnussbäumen. Die langen Picknick-Tische unter den Bäumen lagen umgestürzt auf der Seite, die Klappstühle aus Metall ebenso. Zwischen den Zweigen waren Lichterketten gespannt gewesen; jetzt ragten bei vielen Birnen nur noch die splittergezackten Sockel aus den Fassungen. Eine der Leinen war heruntergerissen worden und lag auf dem Boden zwischen Papiertellern und Plastikbesteck, das im letzten Tageslicht weiß glänzte. Wo die Rinde der Bäume aufgerissen war, schien das blanke, rohe Holz durch. Zerfetzte Blätter hingen an den Zweigen, und unreife grüne Walnüsse lagen verstreut auf dem Boden.

»Maschinenpistolen?«, fragte Cecil.

»Weiß der Teufel.« Dave kletterte aus dem Kastenwagen. Musik aus der Kirche durchdrang die Abendstille – ein Klavier, Stimmen. Cecil stand da und lauschte. Dave drückte auf den Klingelknopf neben der Tür des Pfarrhauses, über der vergilbten Visitenkarte von Luther Prentice, D.D. Aber es war Mrs. Prentice, die ihnen öffnete. Diesmal kam sie Dave nicht mehr so groß vor. Vielleicht lag es an dem schwarzen Kleid. Sie wirkte alt und erschöpft. »Ich bin vorbeigekommen«, sagte Dave, »um Ihnen zu sagen, wie leid es mir tut, was hier geschehen ist, und dass ich tief betroffen bin. Kann ich in irgendeiner Weise behilflich sein?« Er warf einen Blick zu den Bäumen hinüber. »Ich hätte es beinahe selbst miterlebt. Reverend Prentice hatte mich eingeladen.«

Sie stieß einen grimmigen Laut aus. »Seien Sie froh, dass Sie nicht hier waren.«

Cecil stand noch immer beim Wagen, das Gesicht der Musik zugewandt, und sang leise für sich: *»Amazing grace, how …«*

»Sie proben«, sagte Mrs. Prentice und trat heraus auf die Türschwelle. »Für das Begräbnis. Es wird ein Gemeinschaftsbegräbnis. Fünf Tote, müssen Sie wissen. In der einen Minute haben sie noch gegessen, gelacht und sich amüsiert. In der nächsten Minute lagen sie tot auf dem Boden, in ihrem eigenen Blut.«

»Die Jungs von *The Edge?«*

Ein bitteres Lächeln war die Antwort. »Auf die hatten sie's abgesehen. Aber sie haben bloß zwei von ihnen erwischt.« Sie warf Dave einen kurzen Blick zu. »Na ja, schlimm genug. Aber die kommen durch. Die, die getötet wurden, waren nur zufällig im Weg.«

»Ist Ihr Mann jetzt bei ihren Familien?«, fragte Dave.

Sie nickte. »Eine Mutter tot, keine dreißig Jahre alt, sie hinterlässt drei kleine Kinder. Ein Vierzehnjähriger, der jedes Instrument spielen konnte, das man ihm in die Hand gab. Ein großartiger Junge mit Talent, der in dieser Welt eine glänzende Zukunft vor sich hatte. Wo wir doch alles Schöne so dringend brauchen.« Sie holte ein Taschentuch aus der schwarzen Handtasche in ihrer Hand und tupfte sich damit die feuchten Augen. »Ich weiß, es wäre anmaßend, die Ratschlüsse des Herrn verstehen zu wollen, aber manchmal wünschte ich, Er würde mich begreifen lassen. Wenn ein alter Mann dahingeht, wie Mr. Jackson – das kann ich verstehen. Aber dieser wunderbare Junge, und die anderen, in der Blüte ihres Lebens. Wir hätten sie so notwendig gebraucht.«

»Was war der Grund für den Überfall?«, fragte Dave.

»Der Grund?« Ihr Lachen klang bitter. »Die *Edge*-Jungs gehörten sozusagen hierher, und sie rechneten nicht mit einem Angriff, waren nicht darauf vorbereitet. Hass – das ist der einzige Grund, der mir einfällt. Aber Hass ist anscheinend Grund genug.« Sie schaute auf die Uhr an ihrem schmalen Handgelenk. »Sie müssen mich jetzt entschuldigen. Ich muss im Krankenhaus noch ziemlich viele Besuche machen.« Sie zog die Haustür zu. Ihre Augen schienen Dave um eine Antwort anzuflehen. »Wo haben sie bloß solche Waffen her, die so schnell feuern, dass man meint, es regnet Kugeln?«

»Schusswaffen sind heutzutage das große Geschäft«, sagte Dave. »Haben Sie vielleicht Silencio Ruiz gesehen? Würden Sie ihn erkennen, wenn Sie ihn sehen?«

»O ja.« Sie ging an Dave vorbei und sperrte den grauen Wagen auf. »In den Nachrichten heißt es, dass er der Anführer bei dem Überfall war.« Sie bückte sich, um einzusteigen, richtete sich dann jedoch wieder auf und kurbelte erst einmal das Fenster der offenen Tür herunter. »Und sie sagen auch, solange er im Gefängnis war, ist so was nicht passiert.« Sie holte noch einmal das Taschentuch aus ihrer Handtasche, beugte sich tief ins Wageninnere und wedelte mit dem Tuch darin herum, als wolle sie die abgestandene heiße Luft aufwirbeln. »Sie sagen auch, er muss ihnen die Waffen besorgt haben – dass er so was im Gefängnis gelernt hat.«

Dave starrte sie an. »Aber Sie glauben das nicht?«

»Er hat versucht, sie aufzuhalten.« Sie stieg ein, setzte sich hinters Steuer, lehnte sich dann zur Beifahrerseite hinüber, um auch dort das Fenster herunterzukurbeln. Schweißperlen traten auf ihre Stirn, und sie wischte sie mit dem Taschentuch ab. »Der Wagen wird so heiß. Ich kann mich nicht erinnern, wann wir zuletzt so ein Wetter hatten.«

Dave blickte sie skeptisch an, seine Hände auf den unteren Rand des offenen Seitenfensters gelegt. »Warum sollte er versuchen, sie aufzuhalten? Er ist doch ihr Anführer.«

»Er war es, ich weiß.« Sie nahm die Autoschlüssel aus der Handtasche in ihrem Schoß, stellte die Tasche auf dem Beifahrersitz ab, steckte einen der Schlüssel ins Zündschloss. »Aber er war gar nicht mit ihnen zusammen, gestern.« Sie drehte den Zündschlüssel. Der Motor sprang an. Er lief so leise, als wäre der Wagen neu. Sie blickte zu Dave hoch. »Er kam von der Straße her. Er rannte zwischen die Tische. Ich verstehe zwar nur ganz wenig Spanisch, aber so, wie er mit den Armen fuchtelte und sie anschrie und was er dabei für ein Gesicht machte – für mich war klar, dass er sie aufhalten wollte. Ein Wunder, dass er nicht selbst umgekommen ist.«

»Haben Sie das Lieutenant Salazar gemeldet?«

Sie schenkte ihm ein zaghaftes Lächeln. »Er meinte, ich müsse mich irren.« Die Feststellbremse rastete hörbar aus, als sie sie mit dem Fuß löste. Dann langte sie nach dem Innengriff der Fahrertür. Dave ließ die Tür los und trat einen Schritt zurück. »Aber ich irre mich nicht. Ich war dabei. Ich weiß, was ich gesehen habe.« Sie zog die Tür zu. »Ich stand dort an der Hausecke, mit einer frischen Platte gegrillter Flügel. Ich stand nicht in der Schusslinie. Also brauchte ich mich nicht unter die Tische zu ducken wie alle anderen. Ich hab's gesehen. Ich hab alles gesehen. Er hat versucht, sie aufzuhalten.« Sie schüttelte bedauernd den Kopf. »Aber ich war wohl die Einzige, die es gesehen hat, und das Wort einer alten Negerin allein reicht ihnen nicht.« Sie warf wieder einen Blick auf ihre Armbanduhr. »Ach, du meine Güte. Ich bin spät dran, ich muss jetzt los. Entschuldigen Sie mich.«

»Nur noch eine Minute.« Dave setzte seine Brille auf, nahm ein Lederetui aus der Jackentasche, beugte sich über das heiße Dach des Wagens und schrieb einen Scheck aus. Er riss ihn vom Block ab und reichte ihn der alten Frau. Sie blinzelte überrascht. Er steckte das Etui wieder ein und sagte: »Ich habe ihn auf die Kirche ausgestellt. Sorgen Sie dafür, dass er denjenigen zukommt, die es nötig haben?«

Sie las den Betrag und machte große Augen. »Aber das ist eine Menge Geld.« Sie starrte Dave mit offenem Mund an.

Er lächelte. »Geld ist auch nicht mehr das, was es mal war.«

Sie lachte. »Das stimmt. Als ich ein kleines Mädchen war, in Georgia, da hätte meine ganze Familie ein Jahr lang von diesem Geld leben können.« Sie faltete den Scheck zusammen und steckte ihn in ihre Handtasche. Dann schaute sie Dave ernst an. »Gott segne sie.«

Cecil fragte: »Entschuldigen Sie, aber die *Edge*-Jungs, die verletzten, sind die auch in diesem Krankenhaus?«

»Mrs. Prentice«, sagte Dave, »das ist mein Mitarbeiter, Cecil Harris.«

Sie nickte. »Ja. Und wenn es so ist wie gestern Abend und heute Morgen, dann sind auch die restlichen dort – die, die nicht verletzt wurden, und noch andere, die gar nicht bei dem Picknick dabei waren. Sie sind alle dort, in den Zimmern, auf den Gängen, und bewachen ihre Kameraden, dass ihnen nicht noch mehr passiert. Dem Krankenhauspersonal gefällt das zwar nicht, aber sie trauen sich nicht, die Jungs rauszuwerfen.«

»O ja, ich habe es gesehen.« De Witt Gifford hatte sich das Gesicht geschminkt. Auf den faltigen Wangen über dem Bart hatte er dick Rouge aufgetragen. Im Zwielicht des Speichers wirkte es schwarz. Auch der rote Schlitz, den seine Lippen bildeten, sah schwarz aus. Er hatte sich die Augenbrauen abrasiert und sie mit einem Stift in einem dünnen, hohen Bogen aufgemalt. Die Lider über seinen neugierigen Augen waren blau geschminkt. Im Tageslicht draußen hatte er ausgesehen wie die Dame mit Bart, allein zurückgelassen von irgendeinem Wanderzirkus, der hier vor fünfzig Jahren seine Zelte abgebrochen hatte und weitergezogen war. Diesmal trug er einen hohen blauschwarzen Strohhut mit Tüllschleier. Er nahm ihn ab und warf ihn aufs Bett, als er mit seinem Rollstuhl daran vorbeisurrte. Die Räder holperten über die Schwelle zum Turmzimmer. »Von hier aus hat man ziemlich gute Sicht. Natürlich sind die Wallnussbäume im Weg. Ich konnte nicht alles sehen. Aber ich habe genug gesehen. Es war schrecklich.«

»Es war die Bande, die Sie unterstützt haben«, sagte Dave. »Der Sie diese grünen Jacken gekauft haben.«

»Werfen Sie mir nicht meine Torheiten vor«, sagte Gifford. »Ich kann die Vergangenheit nicht mehr ändern. Du lieber Gott. Eine einzige menschenfreundliche Geste in meinem ganzen egoistischen Leben, und was hab ich nun davon?« Er nahm den massiven Feldstecher vom Fensterbrett und spähte damit durch das säuberlich geputzte Bogenfenster. »Schmach und Schande. Aber mir können Sie aus diesem Überfall keinen Vorwurf machen. Er hat mich erschüttert. Zutiefst empört.«

»Die Jacken waren nicht Ihre einzige menschenfreundliche Geste«, sagte Dave. »Da war noch etwas. Sie haben für Silencio Ruiz die Kaution gestellt, als er wegen seines Überfalls auf den

Supermarkt in Untersuchungshaft saß. Und Sie haben einen teuren Verteidiger für ihn engagiert.«

Gifford saß reglos da, eine schmale, zerlumpte Silhouette vor dem schwindenden Licht des heißen Tages. Er schien den Atem anzuhalten. Dann atmete er wieder, wandte sich aber nicht um. »Kein Wunder, dass Sie sich solche Kleidung leisten können, und einen solchen Wagen. Sie leisten auch sehr gute Arbeit. Haben Sie diese Dinge unten in der Stadt erfahren? Oder etwa von Bruce Kilgore?«

»Er fühlt sich nicht mehr an sein Versprechen gebunden, Stillschweigen zu bewahren. So wie er es sieht, haben Sie Ihren Teil der Vereinbarung nicht eingehalten. Er glaubt nämlich, Silencio habe den Truck von Paul Myers in die Luft gesprengt. Und nicht nur er. Auch der Sheriff ist dieser Ansicht.«

Gifford stellte das Fernglas ab und drehte sich um. Mit seinem weißen Haupt- und Barthaar sah er im Gegenlicht des Fensters aus wie eine Vogelscheuche mit Heiligenschein. »Und Sie? Es ist mir piepegal, was Kilgore denkt. Er ist ein Trottel. Und Polizisten« – seine knochigen Schultern hoben sich unter der mottenzerfressenen Wolldecke – »wir wissen doch alle, wie Polizisten sind. Aber was denken *Sie?* Das würde mich interessieren.«

Dave lächelte. »Ich denke, dass ich einen Drink vertragen könnte. Sie auch?«

Giffords Lachen klang wie das Knistern vertrockneten Laubs. »Natürlich. Wann könnte ich das nicht? Sie wissen ja schon, wo die Flaschen stehen, nicht wahr?«

Dave schaltete das Licht in der ordentlichen Küche an. Auf dem Gummigestell neben der kleinen Spüle trockneten zwei Teller, außerdem zwei Gabeln, zwei Löffel und zwei umgedrehte blaue Keramikschüsseln. In der Spüle stand Chili-rotes Wasser in Einwegtabletts aus Aluminium, die wohl tiefgekühlte Enchiladas enthalten hatten. Dave fand die Gläser, die Eiswürfel, den Scotch, schaltete das Licht aus, ging mit den fertigen Drinks zurück ins Turmzimmer. Eines der Gläser drückte er Gifford in die klauenartige Hand, dann setzte er sich auf die Empire-Couch mit dem fadenscheinigen spanischen Schal. Die

Polsterung der Couch raschelte unter ihm wie sehr trockenes Stroh.

»Lieutenant Salazar denkt folgendermaßen«, sagte Dave. »Kaum ist Silencio aus der Haft entlassen, da wird Paul Myers ermordet. Und wo ist Silencio? Das weiß niemand. Er besucht seine Eltern nur ein Mal, meldet sich nicht bei seinem Bewährungshelfer, trifft keinen von seiner Bande. Er verschwindet einfach. Das ist verdächtig.«

»Danke für den Drink.« Gifford führte ihn zum Mund, nippte daran, nahm alle paar Sekunden ein kleines Schlückchen, während er aus dem Fenster starrte. »Es war allerdings nicht das Schockierendste, was ich je gesehen habe. Nein, wie könnte es auch. Nichts kann uns jemals so erschüttern wie bestimmte Dinge in der Kindheit. Ich habe Ihnen doch erzählt, dass ich nachts immer zum Creek hinuntergeschlichen bin. Dort gingen interessante Dinge vor sich, unter den Eichen und im Gebüsch am Wasser. Einmal hatte es tagelang geregnet. Als das Unwetter vorüber war, hatten wir einen herrlichen Tag. In der darauf folgenden Nacht funkelten die Sterne, und ein sehr voller Mond schien auf mich herunter und weckte mich. Also schlich ich mich hinaus. Im Haus schlief alles. Die Erde war natürlich noch nass. Also dachte ich, es sei niemand da, niemand würde wie sonst draußen Liebe machen. Es würde nichts Interessantes zu sehen geben. Nichts, woraus ich etwas lernen könnte.

Aber da war doch etwas. Eine junge Frau – oder eher ein Mädchen, von heute aus betrachtet – wahrscheinlich fünfzehn, sechzehn. Ich war vielleicht zehn oder elf. Etwas schien mit ihr nicht zu stimmen. Ich war damals noch sehr unwissend. Sie war ganz allein, halb im Unterholz verborgen, wälzte sich auf dem Boden, stöhnte und wimmerte. Auf Spanisch. Es waren Gebete. Ich erspare uns weitere Details. Sie gebar ein Kind. Ich kann Ihnen nicht beschreiben, wie verblüfft ich war, als dort im Mondlicht dieses nasse, strampelnde Ding aus ihr herauskam. Der Schrei, den sie ausstieß, klingt mir noch in den Ohren. Ich verstand und verstand doch auch nicht. Ich musste den Blick abwenden. Und ich glaube, ich habe mich übergeben.

Als ich wieder hinschaute, war sie auf den Beinen, hielt das

Baby im Arm. Es rang nach Luft, und es schrie. Wie eine kranke Katze. Und sie lief damit hinunter zum Creek. Und ohne einen Ton, ohne einen Moment innezuhalten, warf sie es ins rauschende Wasser. Ich hörte einen Schrei und schaute mich um, wer da wohl geschrien hatte, aber natürlich war ich es selbst gewesen. Ich hatte das Mädchen erschreckt. Sie lief davon, rutschte dabei immer wieder aus und fiel hin.

Ich rannte zum Creek hinunter, stolperte bis zur Taille ins Wasser. Die Strömung war sehr stark. Ich wollte das Baby retten. Aber ich konnte es nicht sehen. Also rief ich. Rief immer wieder. Als ob ein Neugeborenes antworten könnte, wenn man nach ihm ruft. Ich kniete mich zwischen die Felsen und grabschte mit den Händen im Wasser herum. Aber ich fand es nicht. Es war weg. Der Creek hatte es sich genommen.«

»Hört sich an wie ein Traum«, sagte Dave. »Sind Sie sicher, dass es kein Traum war?«

»Das hoffte ich auch, am nächsten Morgen. Aber meine Sachen waren noch ganz nass. Und dann hat man das Baby gefunden. Meilenweit flussabwärts. Die Geschichte stand in der Zeitung. Ich habe den Artikel ausgeschnitten und aufgehoben. Er muss hier noch irgendwo sein. Das Mädchen hat man nie ausfindig gemacht. Mein Gott, sie ist jetzt auch schon eine alte Frau. Oder tot. In meinem Alter schaut man um sich, und alle, die man einmal gekannt hat, sind tot. Mein Glas ist leer.«

Dave stand auf und nahm das Glas. »Silencios Bande hat fünf Menschen getötet. Keines der Opfer gehörte zu *The Edge.*«

»Es ist nicht Silencios Bande«, erwiderte Gifford scharf.

»Er war dort. Die Frau des Pfarrers sagt das. Sie haben zugesehen. War er dort?«

»Wenn ich Silencio wäre«, sagte Gifford, »dann wurde ich mich irgendwo verstecken. Er muss wissen, dass man ihn für den Mörder von Paul Myers hält. Es ist doch nahe liegend, dass man ihn verdächtigt. Er müsste völlig verrückt sein, obendrein noch diesen Überfall anzuzetteln.«

»Mrs. Prentice meint, er habe versucht, die Bande aufzuhalten. Der Sheriff wollte ihr nicht glauben. Sie braucht jemanden, der diese Aussage bestätigt. Auch Silencio braucht diese Aussage. Sind Sie sicher, dass Sie nicht dasselbe gesehen haben wie sie?«

»Ich sagte es Ihnen doch.« Gifford deutete auf das Fenster. »Die Baumwipfel. Ich habe nur bruchstückhaft etwas gesehen. Aber Silencio hat diesen Überfall nicht angeführt. Er hatte das Bandenwesen satt. Das Gefängnis hat ihn davon geheilt. Er kam mich kurz besuchen an dem Tag, als er aus San Quentin entlassen wurde. Er hat es mir erzählt, und ich glaube ihm. Kann ich jetzt meinen Drink haben?«

Dave holte ihm einen weiteren Drink. »Gestern Abend um sechs ist ein großer glatzköpfiger Mann mit einem Mercedes bei den Myers gewesen. Schöne Autos fallen Ihnen doch auf. Haben Sie ihn gesehen? Konnten Sie zufällig das Kennzeichen erkennen?«

Gifford nahm einen Schluck aus seinem Glas. »Ich habe die Kirche beobachtet, den Walnusshain.«

Als er durch die Schatten des Speichers zurückging, neigte Dave den Kopf zur Seite, um nicht gegen die bleiche Stoffecke des alten Rettungsfloßes zu stoßen. Der Aufzug brachte ihn knarrend und quietschend hinunter in die leere Speisekammer. Er stand da und wartete mit gefurchter Stirn, bis die Tür zuglitt. Lauschte. Kein Hund schnüffelte oder winselte irgendwo hinter geschlossenen Türen. Das unheimliche alte Haus war leer und stumm und ohne Leben. Er ging in die Halle vor der düsteren großen Freitreppe und fürchtete, seine Schritte könnten die Hunde alarmieren. Aber nichts geschah.

Er öffnete Türen und erblickte verhängte Möbel in Räumen, aus denen ihm der Geruch von Staub, Schimmel und Vergessen entgegenwehte. Dann ging er den Weg zurück, den er gekommen war, bis in die triste, unbenützte Küche. Hier roch es nach Hunden. Er überquerte zerkratztes Linoleum, zog eine Tür auf und befand sich auf einer vergitterten Veranda, wo ein alter eichener Eisschrank lauerte, daneben eine alte Maytag-Waschmaschine mit abgeriebenen grauen Walzen zum Auswringen der Wäsche. Die Gittertür war mit einem kräftigen Riegelschloss gesichert. Ein Doppelriegel aus neu schimmerndem Metall. Aber sie war nicht abgeschlossen. Dave stieß die

Tür auf. Eine altersschwache Holztreppe führte hinunter in den ehemaligen Küchengarten, den Gifford erwähnt hatte – wo es immer frische Minze gegeben hatte. Jetzt wucherten dort Gras und Unkraut, farblos, spröde.

Dahinter befand sich ein sturmfester Zaun, stacheldrahtbewehrt. Und ein paar Meter weiter ragte ein altes Stallgebäude empor, mit Schnitzarbeiten am überstehenden Rand des Kuppeldaches, aus dem schon einige Latten herausgebrochen waren. Das Stalltor stand offen. Zwar blendete ihn das Licht der untergehenden Sonne, doch Dave glaubte, eine Bewegung im Innern des Stalls bemerkt zu haben. Er spähte, lauerte, lauschte. Aber der Stall war zu weit entfernt. Er wollte darauf zugehen, überlegte es sich jedoch anders. Das Zauntor schien einen Spalt offen zu stehen. Wahrscheinlich streunten im Stall und im Garten die Hunde herum, wenn sie nicht das Haus bewachten. Und eine Begegnung mit ihnen wollte er vermeiden. Er war schon zurück auf der Veranda und wollte gerade die Gittertür ins Schloss fallen lassen, als er einen Hund bellen hörte.

Ein Mann rief: »Lady, nein! Verdammt noch mal, komm zurück, hierher.«

Aus der Stalltür kam ein großer, magerer Dobermann heraus, der einen dicken, schweren, grünen Papiersack hinter sich her zerrte. Dann tauchte der Mann auf. Er war schlank, hatte braune Haut und lockiges Haar. Er warf sich auf den Sack, zog daran, und das Papier riss auf. Hundetrockenfutter fiel klackernd auf den harten Boden. Der junge Mann deutete lachend einen Boxhieb an, so dass der Hund zurückwich. Immer noch auf Händen und Knien, schüttelte der Mann eher belustigt als verzweifelt den Kopf über das verschüttete Futter und den zerrissenen Sack. Schließlich sprang er wieder auf die Füße und ging zurück in den Stall. Er rief das Tier beim Namen, doch Lady reagierte nicht. Lady stand am Zaun und glotzte durch die Maschen zu Dave herüber.

Dave zog die Gittertür leise ins Schloss und ging zurück, durchquerte das dunkle Haus und verließ es durch die Vordertüren mit ihren Zierglasscheiben.

Es war nicht weit bis zum Krankenhaus, aber als er dort ankam, hatte der Himmel sich verdunkelt. Er ließ den Kastenwagen in einer Parkbucht stehen, in der Hoffnung, dass der Arzt, für den sie reserviert war, schon nach Hause gefahren war oder in der nächsten Zeit nicht eintreffen würde. Ansonsten war der Parkplatz zwischen den langen Grünstreifen mit Hängegeranien und dekorativen Palmen voll besetzt, unter anderem von Mustangs in verschiedenen Stadien des Verfalls. Die langen, gekrümmten Palmwedel raschelten im Südostwind, der mit der Dämmerung aufgekommen war. Es war ein kühler Wind. Dave stellte den Kragen seines Jacketts hoch und ging rasch auf die beleuchteten Glastüren des Seiteneingangs zu. Düster schaute er die zehn Stockwerke hohe Fassade mit ihren hell erleuchteten Fenstern empor, senkte dann den Blick. Er wollte nicht an das Elend hinter all diesen Fenstern denken. Sein Horror vor Krankenhäusern hatte sich durch Cecils Martyrium nur noch verstärkt. Ursprünglich jedoch rührte er daher, dass vor einem Dutzend Jahren Rod Fleming in einem Krankenhaus langsam dahingestorben war. An einer Art von Krebs, für die man inzwischen Heilmethoden entwickelte. Bittere Ironie des Schicksals. Er hatte zweiundzwanzig Jahre mit Rod zusammengelebt und würde nie aufhören, ihn zu vermissen.

Aber seine Stimmung besserte sich, als er Cecil in einem großen, von Stehlampen erhellten Raum mit bequemen Sofas und Ruhesesseln vorfand, wo sich die Kranken mit den Gesunden trafen, um gemeinsam das Haus zu verlassen. Cecil unterhielt sich mit Luther Prentice, dessen Brille ebenso glänzte wie seine Glatze. Als Cecil Dave herankommen sah, der sich durch eine Ansammlung leerer Rollstühle hindurchschlängelte, lächelte er und winkte. Dave erwiderte das Lächeln. Prentice streckte ihm freundlich die lange Hand entgegen, und Dave schüttelte sie. Der Prediger sagte: »Meine Frau hat mir erzählt, dass Sie ihr eine großzügige Geldspende für die Opfer der Schießerei überreicht haben. Bitte nehmen Sie meinen Dank dafür an. Es war eine schreckliche Sache. Ich weiß wirklich nicht, was ich mir dabei gedacht habe, all diese Leute zu versammeln und so in Lebensgefahr zu bringen.« Seine Augen hinter den funkelnden Brillengläsern wurden feucht. »Ich habe unsern Herrn gebeten, mir meine Torheit zu vergeben, und Er hat es sicher getan, aber ich weiß nicht, ob ich mir jemals selbst vergeben kann.«

»Sie wollten den Menschen doch nur was zu essen geben«, sagte Cecil.

»Sie konnten nicht wissen, was geschehen würde«, sagte Dave.

»Jemand, der diese Welt besser versteht als ich« – Prentice schüttelte betrübt den Kopf – »hätte gewusst, dass diese Bande irgendeine Untat begehen würde, sobald ihr Anführer aus dem Gefängnis entlassen war.«

»Ihre Frau glaubt nicht, dass Silencio etwas damit zu tun hat«, sagte Dave. »Sie meint, er habe versucht, sie aufzuhalten.«

Prentice lächelte milde. »Sie versteht diese Welt noch weniger als ich.« Er seufzte. »Nein, ich fürchte, dies ist erst der Anfang einer Serie von Schießereien, hinterhältigen Überfällen und Morden. *The Edge* wird Rache nehmen. Und dann ...« Er richtete sich auf. »Ah, da kommt Mrs. Prentice ja.« Er warf einen Blick auf die alte silberne Armbanduhr an seinem knochigen Handgelenk. »Sie hat sich verspätet. Die Gebetsstunde beginnt um sieben.«

Sie kam heran und sprach in ihrer weichen, melodischen Stimme mit Dave und Cecil; ihre sanften braunen Augen spiegelten das Leid wider, das sie soeben gesehen hatte, auch wenn sie die zwei ihr fremden Männer freundlich anlächelte. Dann verabschiedete sich das Ehepaar, und Mrs. Prentice und ihr hochgewachsener Mann gingen in den Abend hinaus. Luther Prentices volle Stimme war noch zu hören, als er seiner Frau die schwere Glastür aufhielt. »Wir kommen zu spät.«

»Der Herr wird warten«, sagte sie. »Er hat noch immer gewartet.«

Dave fragte Cecil: »Ob er wohl Recht hat? Wird es noch mehr Überfälle und Tote geben?«

»Zum Glück sitzen alle GGs im Knast«, sagte Cecil. »Wenn die *Edge*-Bande einen von ihnen erwischt, wird er's nicht überleben.«

»Gehen wir?« Dave drehte sich um, nahm wieder den Weg zwischen den Rollstühlen hindurch, ging auf die Türen zum Parkplatz zu.

Cecil folgte ihm und sagte: »Ich bin froh, wenn wir hier raus sind. Von Krankenhäusern hab ich für den Rest meines Lebens genug.« Dave drückte die Tür auf. Ein Windstoß fegte herein. »Huh! Ist das kalt.« Die Tür fiel hinter ihnen zu. Cecil zog den Kopf ein und schlang die Arme um den Körper, als sie auf den Kastenwagen zugingen. »Ein komischer Wind – kann sich gar nicht entscheiden, aus welcher Richtung er weht.« Sie stiegen in den Wagen und warfen die Türen zu. »Und heiß war's heute.« Cecil zitterte und rieb sich die Arme.

»Sieht so aus, als ginge der Sommer zu Ende«, sagte Dave. Er ließ den Motor an. »Du hast mit *The Edge* gesprochen. Mit wem?«

»Mit Rollo Poore. Er ist der Obermacker. Hat 'ne Kugel in den Oberschenkel gekriegt. Muss ein ganz schönes Kaliber gewesen sein. Aber ich würd sagen, der ist aus besonders hartem Holz geschnitzt. Ich hab versucht, mit denen zu reden, die in den Gängen rumlungern und grimmige Gesichter machen, aber nix da – Rollo ist ihr Sprecher. Die andern haben keinen Ton von sich gegeben, sondern immer nur in das eine Zimmer gezeigt und gesagt: ›Red mit Rollo Poore.‹«

Dave stieß zurück, schaltete und fädelte sich in die Schlange roter und gelber Lichter ein, die sich aus Gifford Gardens hinaus in Richtung Autobahn bewegte. »Was hat Rollo gesagt?«

»Du hättest das Zimmer sehen sollen. Wie in einem alten Film mit Edward G. Robinson, nur dass natürlich alle schwarz waren. Ein Schlägertyp steht draußen vor der Tür. Ein Schlägertyp lehnt drinnen an der Wand beim Fenster. Mürrisches Gesicht. Schaut mich an, als würd er überlegen, wie er mich am besten auseinander nimmt und hinterher wieder falsch zusammensetzt. Mrs. Prentice – mit ihr hab ich noch vor Rollo gesprochen. Sie hat gesagt, dass man den *Edge*-Jungs verboten hätte, im Krankenhaus Waffen zu tragen. Keine Waffen hier im Krankenhaus, hat sie gesagt. Aber ich schwör's dir, der im Zimmer hatte 'ne Kanone in seiner Hose stecken. Seine Jacke hat sie verdeckt, aber sie war da.«

»Entschuldige«, sagte Dave. »Ich hätte selber hingehen sollen.«

»Du hast die falsche Hautfarbe. Er hätte kein Wort mit dir geredet.« Cecils Zittern hatte nachgelassen. »Dieser Kasten hat echt 'ne gute Heizung. Rollo hat gesagt, wenn er wieder auf den Beinen ist, werden er und seine Jungs Silencio Ruiz aufstöbern und umbringen. Und was hatte dein verrückter alter Spanner heute zu bieten?«

»Fingerdick Make-up«, sagte Dave. »Er leugnet es, aber er versteckt einen Mann im Haus oder auf dem Grundstück. Ich hab mich schon gefragt, wer die Zigaretten raucht, wer die Fenster putzt, wer die Küche und das Bad tipptopp in Ordnung hält. Und wer sich um die Hunde kümmert. Heute hab ich ihn gesehen.«

»Ein Angestellter?«

»Immerhin essen sie zusammen. Was sie sonst noch zusammen tun, weiß ich nicht. Wie sieht Silencio Ruiz eigentlich aus? Hast du gestern Abend in den Nachrichten ein Bild von ihm gesehen? Gut gebaut, einsachtzig groß, lockiges Haar? Typ Ramon Novarro?«

»Keine Ahnung, wer das sein soll«, sagte Cecil, »aber wenn du fragst, ob er hübsch ist, dann hast du richtig getippt.«

»Er hat die Hunde gefüttert. Es passt alles zusammen. Gifford hat ihn sich schon vor längerer Zeit ausgeguckt.«

»Deshalb hat er sich von Bruce Kilgore erpressen lassen, damit der die Sache mit der Kaution und dem teuren Wahlverteidiger nicht publik macht. Damit Silencios Bande nicht dahinter kommt, was zwischen Gifford und ihrem Anführer läuft. Das würde nicht zu seinem Macho-Image passen.«

»Das würde alles erklären«, sagte Dave.

»Und als Silencio von dem Mord an Paul Myers hörte, ist er zu Gifford ins verzauberte Schloss gerannt, um sich dort zu verstecken, ja? Glück für den alten Gifford.« Sie fuhren auf die Autobahn. »Was wirst du jetzt tun?«

»Das Ganze Salazar erzählen.« Regentropfen begannen gegen die Windschutzscheibe zu schlagen. »Er soll Silencio zum Rest der GG-Bande sperren. Damit er nicht von den *Edge*-Jungs umgebracht wird.« Dave schaltete die Scheibenwischer ein. »Mitsamt diesem alten Dummkopf.«

12

Es war ein träger Regen, warm und tropisch, wie er gelegentlich von Mexiko heraufzieht. Die ganze Nacht über fiel er unablässig auf die Schindeln und brachte erfrischenden Schlaf. Er fiel immer noch aus zerfetzten, grauschwarzen Wolken, als sie am nächsten Morgen auf getrennten Wegen aufbrachen. Cecil nahm seinen Kastenwagen, Dave seine neue, seitlich zerbeulte Kiste. Regenwasser war ins Wageninnere gedrungen, wahrscheinlich waren die Gummidichtungen an den Türen längst zerbröselt. Auf dem Boden vor dem Fahrersitz stand eine Pfütze. Auch die Wischblätter der Scheibenwischer waren porös. Dave hielt an einer Tankstelle, um sich neue zu besorgen, dann fuhr er auf die erste von drei Autobahnen, die ihn nacheinander in die Gegend östlich von Pasadena bringen sollten, zu einer Fabrik namens Tech-Rite. Diese Firma sowie zwei weitere namens Chemiseal und Agroplex standen in den Frachtbriefen, die Dave aus Paul Myers' Schlafzimmerschrank hatte mitgehen lassen, und sie hatten sein Interesse geweckt.

Tech-Rite war ein Komplex aus länglichen Gebäuden, weit draußen im unbewohnten Land vor den regenverhangenen Bergen. Es waren monotone Flachbauten ohne Fenster. Dahinter ragten hohe, weiße Lagertanks auf. Einem Wachmann mit Poncho und schwarzem Regenhut zeigte Dave seine Detektivlizenz und erklärte sein Anliegen. Der Wachmann ging in sein weiß gestrichenes Pförtnerhäuschen und telefonierte. Sein regennasser Poncho reflektierte das flackernde Licht eines kleinen Schwarzweiß-Fernsehers. Er legte den Telefonhörer auf, kam wieder heraus, beugte sich herunter und lehnte sich auf die Unterkante des Wagenfensters. Eine gichtige Hand reichte Dave etwas Glänzendes, eine Karte in durchsichtiger Plastikhülle, bedruckt mit dem Namen TECH-RITE und dem Wort BESUCHER und darunter einigen Leerzeilen.

»Würden Sie Ihren Namen bitte hier eintragen?«, sagte der Wachmann. »Eigentlich müsste ich das tun, aber ich kann kaum noch den Kugelschreiber halten.« Er schien schon weit über das Pensionsalter hinaus zu sein. Die Regentropfen auf seinem alten Jagdhundgesicht sahen wie Tränen aus. »Wenn Sie den Namen eingetragen haben, stecken sie sich das Ding an Ihre Jacke. Dann öffne ich das Tor, und Sie können reinfahren.«

Dave tat wie befohlen. Der Wachmann lehnte immer noch auf der Fensterkante, wohl um ihm dabei zuzuschauen, aber er schien auch nicht mehr gut zu sehen. Dave stach sich in den Finger, als er die Nadel der Ansteckhülle durch sein Revers stieß. Er saugte kurz am Finger. »Gut so?«

»Gut, danke.« Der Wachmann stakste ins Pförtnerhäuschen zurück und schloss die Tür. Das breite, hohe Drahtzauntor schwang auf. Dave fuhr mit seiner Klapperkiste hindurch und dann einen zweispurigen, im Regen glänzenden Asphaltstreifen entlang. Er fuhr an Reihen von ebenso glänzenden Wagen vorbei, die ordentlich im Fischgrätmuster zu beiden Seiten der Straße parkten. Ein Stück weiter entdeckte er ein Schild mit der Aufschrift PARKPLÄTZE GESCHÄFTSLEITUNG. Er verlangsamte die Fahrt und war schon versucht, dem Pfeil auf dem Asphalt zu folgen, als er durch den Regen ein weiteres Schild ausmachen konnte: BESUCHER. Dort stellte er den zerbeulten Valiant zwischen neuen Audis, Cutlasses und BMWs ab und eilte mit gesenktem Kopf auf eine Doppelglastür zu, durch die das einzige Licht in der tristen fensterlosen Gebäudefront schimmerte.

Eine Stunde lang wartete er auf Lorin Shields, im Empfangsraum eines Bürotrakts mit der Bezeichnung PUBLIC RELATIONS. Nicht, dass sich niemand um ihn gekümmert hätte. Man servierte ihm Tee in einem Worcester-Kännchen, mit einer Worcester-Tasse und -Untertasse. Englischer Frühstückstee, schätzungsweise. Es gab englische Muffins. Es gab englische Orangenmarmelade. Die junge Frau, die ihn mit einem japanischen Lacktablett bediente, war allerdings Orientalin. Zunächst entschuldigte sie sich noch mit einem höflichen Lächeln für Shields' Ausbleiben. Er komme eigentlich nie zu spät. Es müsse am Regen liegen. Er habe einen langen Weg hierher. Als jedoch die Zeit verstrich, wurde ihr die Sache zusehends peinlicher. Kleine Fältchen zeigten sich zwischen ihren schönen Augenbrauen, wenn sie von der elektronischen Schreibmaschine auf ihrem Schreibtisch aufblickte und zwischen Dave und der Wanduhr hin und her schaute.

Dave las inzwischen in einer Fachzeitschrift – er versuchte, einem Artikel über die Molekularstruktur einer neuen Generation von Kunststoffen irgendeinen Sinn abzugewinnen – und lächelte ihr zu. »Es macht nichts. Ich habe keine anderen Termine. Es macht mir nichts aus zu warten.«

»Ich verstehe nicht, warum er nicht wenigstens anruft.«

Schließlich führte ihn ein blonder, rotwangiger, dicklicher junger Bursche namens Jochim in ein Büro, dessen nicht mit Namen gekennzeichnete Tür ein ganzes Stück von Shields' Bürotür entfernt lag, an welcher außer Shields' Namen noch der Titel STELLVERTRETENDER GESCHÄFTSFÜHRER prangte. Jochim war vermutlich noch nicht einmal ein untergeordneter Stellvertreter des stellvertretenden Geschäftsführers. Aber er war freundlich und zuvorkommend. Zumindest anfangs. Beim Wort *Mord* erlosch sein Lächeln. Er verfolgte mit besorgter Miene, wie Dave einen zerknitterten Frachtbrief aus seinem Jackett zog, ihn auseinander faltete und ihm entgegenstreckte.

Jochim las es und runzelte die Stirn. »Aber das liegt Wochen zurück.«

»Er hatte keine Frachtpapiere zu der Ladung, die er in jener Nacht transportierte. Stammte der Auftrag vielleicht von hier? Könnten Sie das in Ihren Unterlagen nachprüfen? Es geht um die Nacht vom neunten auf den zehnten.«

»Warum?« Jochim gab ihm das Blatt zurück. »Warum Tech-Rite?«

»Irgendwo muss man schließlich anfangen. Ihre Unterlagen, Mr. Jochim?«

»Wir haben nichts zu verbergen.« Jochim drückte den Knopf einer Gegensprechanlage. »Die Versandunterlagen für den neunten des Monats.« Dann nickte er Dave zu. »Aber dieser

Mann hat sicher alles Mögliche transportiert, für alle möglichen Auftraggeber.«

»Nicht viel, was gefährlich war«, sagte Dave.

»Gefährlich?« Jochims Stimme brach wie die eines Schülers im Stimmbruch. »Was wollen Sie damit andeuten? Wir beachten bei all unseren Herstellungsprozessen die strengsten Sicherheitsvorschriften. Dazu sind wir verpflichtet. Die meisten unserer Aufträge kommen von der Regierung der Vereinigten Staaten. Sie können sich nicht vorstellen, wie streng deren Auflagen sind.«

»Das bedeutet doch, dass die Stoffe, die Tech-Rite verarbeitet, zumindest teilweise nicht ganz harmlos sind.«

Als Jochim gerade Luft holte, um ihm zu antworten, ging die Tür auf. Die junge Orientalin schaute herein. »Tut mir leid, Mr. Jochim, aber für diesen Zeitraum fehlen die Unterlagen. Sie sind weder im Versand noch in der Auftragsabwicklung. Sollen wir weiter danach suchen?«

Jochim sah Dave mit hochgezogenen Augenbrauen an, und als Dave den Kopf schüttelte, sagte er: »Schon gut, Frances. Vergessen Sie's. Vielen Dank.« Als sich die Tür hinter ihr geschlossen hatte, sagte Jochim mit dünnem Lächeln: »Diese Umweltschützer reden wirklich dummes Zeug. Warum sollte Tech-Rite oder sonst eine Firma irgendetwas produzieren, was gerade den Menschen schadet, denen wir jetzt und auch in Zukunft dienen wollen? Denken Sie mal drüber nach.«

»Asbest war auch mal ein großes Geschäft«, sagte Dave. »Und der Kohlebergbau. Ganz zu schweigen von der Bleiverarbeitung. Aber egal. Selbst wenn das, was Sie herstellen, völlig harmlos ist – beim Herstellungsprozess fallen Gifte, Schadstoffe, krebserregende Stoffe an, oder etwa nicht? Man liest es immer wieder in der Zeitung. Was macht Tech-Rite mit seinen giftigen Abfällen?«

»Einen Moment, verdammt.« Jochims Gesicht war rot angelaufen. »Wollen Sie Tech-Rite vielleicht für den Tod dieses Truckers verantwortlich machen?«

Dave sah ihn ausdruckslos an. »Wie kommen Sie denn darauf?«

»Dann verstehe ich Ihre Fragen nicht«, sagte Jochim. »Und sie gefallen mir auch nicht.«

»Ich will's Ihnen erklären«, sagte Dave und erzählte ihm kurz die Geschichte von Paul Myers' ebenso lukrativen wie geheimnisvollen nächtlichen Transporten, erzählte ihm, wie man Paul Myers' Frau zusammengeschlagen hatte, dass Myers selbst zuvor von Ossie Bishop angeworben worden und unter welch merkwürdigen Umständen Ossie Bishop gestorben war. »Ich bin nach Halcon runtergefahren, um mit seiner Frau zu sprechen. Sie wollte nicht. Sie hat Angst. Aber damit hatte ich gerechnet. Nicht gerechnet hatte ich damit, dass sie Ossies Sattelschlepper verkauft hatte. Gegen Bargeld. Und Hals über Kopf.«

»Ach ja?«, meinte Jochim gelangweilt. »Und an wen?«

»An eine Frau, die man die Herzogin nennt. Haben Sie je von ihr gehört?«

»Das klingt nach einer billigen Fernsehserie«, sagte Jochim.

»Nicht wahr? Bedauerlicherweise ist es Realität. Warum wollte sie den Truck verschwinden lassen, kurz nachdem entdeckt worden war, dass der Tod von Paul Myers kein Unfall war?«

»Wir vergeben unsere Transportaufträge an viele selbstständige Lastwagenfahrer«, sagte Jochim ungeduldig. »Wir können wirklich nicht überprüfen, was sie außer unseren Aufträgen noch alles transportieren. Und was diesen verschwundenen Truck betrifft –«

»Mich lässt der Gedanke nicht los, dass die Herzogin ihn verschwinden lassen wollte, weil er als Beweis dafür dienen könnte, dass zwischen dem Tod von Myers und dem Tod von Ossie Bishop ein Zusammenhang besteht. Aber was für ein Beweis könnte das sein? Der Auflieger war leer. Genau wie bei Myers. Aber für ein Kriminallabor bedeutet *leer* nicht dasselbe wie für unsereinen. Die Herzogin hat vermutlich befürchtet, dass man mit dem Elektronenmikroskop sehr wohl noch Spuren der Ladung entdecken könnte, die Bishop da mitten in der Nacht transportiert hat.«

»Wollen Sie damit andeuten, Tech-Rite würde –«, begann Jochim.

»Gestern Abend habe ich einen beunruhigenden Artikel gelesen«, sagte Dave. »Im *Scientific American.* Da werden die körperlichen Reaktionen von Menschen beschrieben, die unvorsichtig mit toxischen Abfällen umgegangen sind. Heftige Diarrhö, Erbrechen, Husten, Lungenödem, Lähmung des Zwerchfells – genau die Symptome, die Ossie Bishop aufwies, bevor er starb.«

»Ich verstehe.« Jochim nickte kurz und stand auf. »Ich werde Ihnen etwas zeigen. Haben Sie noch« – er blickte auf seine Armbanduhr – »eine halbe bis Dreiviertelstunde Zeit?« Er wartete die Antwort nicht ab. Stattdessen öffnete er einen Schrank, nahm einen hellen Regenmantel und einen zerbeulten Regenhut heraus. »Ich bin sicher, dass ich jeden Zweifel und bösen Verdacht aus der Welt schaffen kann.« Er lächelte und öffnete seine Bürotür.

Dave erwiderte das Lächeln. »Das beste Angebot des Tages«, sagte er und folgte Jochim aus dem Gebäude hinaus. Es regnete noch immer, fette, träge Tropfen aus einem Himmel, wie ihn Aquarellmaler lieben – Farbverläufe in Grau und Weiß. Hinter den riesigen Lagertanks zeigten die Berge bereits einen Hauch von Grün auf ihrem gelbbraunen Sommerfell. Dave ging neben Jochim her zum Parkplatz der Geschäftsleitung. Von dort eilte ihnen ein großer Mann in einer raschelnden, durchsichtigen Plastikregenhaut entgegen und stieß beinahe mit ihnen zusammen. Regen tropfte vom Schirm seiner groben irischen Tweedmütze, als er Jochim anstarrte. Der große Mann war Lorin Shields.

»Das ist Mr. Brandstetter«, sagte Jochim zu ihm. Dave fragte sich, warum sein Name Shields zu erschrecken schien. Oder bildete er sich das nur ein? Jochim fuhr fort: »Er arbeitet als Ermittler für Versicherungsgesellschaften. Er interessiert sich für unser System zur Entsorgung von Giftmüll. Ich wollte es ihm einfach mal zeigen.«

»Gute Idee.« Shields nickte ihm kurz und von oben herab zu, schenkte Dave ein dünnes Lächeln, tippte an den Schirm seiner Mütze, und schon lief er weiter auf die hellen Glastüren von Tech-Rite zu.

Dave stieg in Jochims Cimarron ein. »Ihr Mr. Shields macht den Eindruck, als stünde er unter starkem Stress.«

»Hat kürzlich seine Frau verloren.« Jochim fuhr über den langen, nassen Asphaltstreifen auf das Tor zu. »Ganz plötzlich. Es war ein Schock für ihn. Sie war jung. Schön. Er hat sie angebetet, hat ihr ein wundervolles neues Haus gebaut. Im April war die Hochzeit. Im September war sie tot. Lorin hat es noch nicht verwunden. Dieser Betrieb hat ihm früher alles bedeutet. Heute lässt er sich die Hälfte der Zeit nicht mal mehr blicken.«

Das Küchenpersonal in den zerknitterten und fleckigen weißen Jacken und Hosen war gerade beim Essen, als Dave *Romano's Restaurant* durch den Hintereingang betrat. Feuchte Hitze schlug ihm entgegen. Die Gerüche waren überwältigend – Knoblauch, Käse, Fisch, Zwiebeln, Basilikum, Oregano. Alex, der hagere Oberkellner mit den pockennarbigen hohlen Wangen, schaute von seiner Portion *Alfredo* auf und schenkte Dave das übliche Friedhofslächeln. Die anderen Männer mit ihren gebauschten weißen Mützen – Kellner für den Fisch, für die Suppen, für die Salate, für die Desserts – murmelten Willkommensgrüße. Dave stieß die zinkbeschlagene Schwingtür zum Speisesaal auf. Max – klein, fetter denn je, die wenigen noch vorhandenen Locken effektvoll über die Glatze gekämmt – zählte im Licht einer zierlichen Lampe neben der Kasse die Essenscoupons. Er zog eine Augenbraue hoch, als er Dave erblickte, schob seine schneeweiße Hemdmanschette mit dem dicken Brillantknopf zurück, um auf die Uhr zu sehen, und schüttelte wie ein tadelnder Vater den Kopf.

»Sie wieder zu spät«, sagte er. »Lassen alle warten.«

Dave legte eine Hand auf seine Schulter, dann ging er zwischen leeren weißen Tischen hindurch in die Ecke, wo Cecil saß. Er gab ihm einen Kuss und setzte sich zu ihm. »Tut mir leid. Man hat mich zu einer Vorführung eingeladen, wie gewissenhaft die Firma Tech-Rite ihre Giftmüllentsorgung betreibt.« Er lachte. »So nennen sie es jedenfalls.« Neben Cecils Weinglas stand eine kleine grüne Flasche. Im Glas perlte Perrier-Wasser. »Trinkst du nichts?«

»Ich wusste ja nicht, wie lang du noch brauchst. Nicht, dass du mich hier raustragen musst.« Cecil spähte im Halbdunkel nach Max, doch der stand bereits an der kleinen Bar. Im Restaurant war es so still, dass sie das Klirren von Gläsern, Flaschen und Eiswürfeln hörten, was ihnen verriet, dass Max ihre Drinks mixte. »Wie würdest du es denn nennen?«

»Eine Farce.« Dave berichtete ihm von den Ereignissen des Vormittags. »Also sind wir zwanzig Minuten bis ins hinterste Hinterland gefahren, zu einer Stelle mit hohen Zäunen und Warnschildern – eine Quadratmeile sorgfältig beschrifteter Fässer mit gefährlichen Chemikalien. Und weißt du was? Eine Gruppe Demonstranten blockiert die Zufahrt. Männer und Frauen, Jugendliche und kleine Kinder, in Jeans und Parkas und Plastikregenmänteln und Strickmützen, die mit ihren Spruchbändern im Regen stehen. Tech-Rite und die anderen vergiften im Umkreis von Meilen den Boden und das Grundwasser und schädigen so die Menschen und ihre Kinder für wer weiß wie viele Generationen.«

»Wahnsinn! Was meinte Jochim dazu?«

»Er hatte mir die ganze Fahrt über Vorträge gehalten, das sei eine von der Regierung genehmigte Mülldeponie. Keinerlei Gefahr, dass etwas austreten oder im Boden versickern oder in die Luft entweichen könnte. Tech-Rite und die anderen hätten vor zwei Jahren die Auflage bekommen, die Deponie zu säubern und abzusichern. Es hat sie Millionen gekostet – o weh, o weh. Aber nun sei alles vollkommen sicher und harmlos.« Max brachte ihre Drinks und stellte sie auf den Tisch. Dave lachte erneut. »Als Jochim die Demonstranten sah, bremste er so abrupt, dass ihm der Motor absoff. Und dann hat er sich die hintere Stoßstange verbeult, weil er nicht schnell genug wenden und abhauen konnte.«

»War das Fernsehen da?«

»Männer mit tragbaren Kameras. Hübsche Mädchen beiderlei Geschlechts mit Mikrofonen. Auch ein Grund, weshalb Jochim Hals über Kopf geflüchtet ist.« Dave grinste und nahm das massive Glas in die Hand, in dem Eiswürfel den Glenlivet kühlten. »Danke, Max. Was ist vom Mittagessen noch übrig?«

»Bei mir keine Reste.« Max verzog missbilligend den Unterkiefer. »Sie sagen mir, was Sie wollen, ich bereite zu mit eigenen Händen.«

Sie sagten ihm, was sie wollten, und er watschelte leise singend davon.

Dave trank etwas. »Und wie ist es dir bei Chemiseal ergangen?«

»Und bei Agroplex. Ich hab gleich zwei Händler des Todes interviewt, während du dich mit einem abgekaspert hast.« Cecil gab sich großmäulig. Dann trank er einen Schluck, zuckte die Achseln und verzog das Gesicht. »Das ist vermutlich gemeint, wenn man sagt, Eile mit Weile. Ich hab rein gar nichts herausbekommen.«

»Keiner kannte die Herzogin?« Dave zündete sich eine Zigarette an.

Cecil sah ihm sehnsüchtig dabei zu und schüttelte den Kopf. »Sie haben mir Einblick in die Versandunterlagen gewährt. Paul Myers hat nichts für sie transportiert in der Nacht, als er starb.« Cecil langte nach Daves Zigarettenpäckchen auf dem weißen Tischtuch, zog die Hand dann aber leer zurück. »Sie haben Ossie Bishop von Zeit zu Zeit Aufträge gegeben. Aber sobald ich das Thema Giftmüllentsorgung angeschnitten hab, war das Gespräch beendet. Mir jedenfalls haben sie keine kostenlose Sightseeing-Tour zu ihrer Müllkippe angeboten.«

»Mach dir nichts draus. Vielleicht haben sie ja keine.«

13

Der Valiant sprang bei der Nässe nicht gleich an, aber als alle Zylinder endlich rund liefen, folgte er dem Kastenwagen ohne weitere Schwierigkeiten zurück in den Horseshoe Canyon. Dave hatte sich mit dem Mittagessen Zeit gelassen, froh, ein wenig ausspannen zu können. Als der Kastenwagen jetzt den steilen Abhang vom Fahrweg auf den gepflasterten Hof hinunterfuhr und Dave ihm schwankend folgte, war es zehn nach vier. Es regnete noch immer; schwere Tropfen fielen von den Bäumen, Sträuchern und Dachvorsprüngen, und es wurde bereits dämmrig. Im Glas der Terrassentüren des Vorderhauses spiegelte sich ein Geländewagen mit Allradantrieb. Hochrädrig, gepflegt, drei oder vier Jahre alt, mit Holzimitat verkleidet – und trotz des Regens offensichtlich leer.

Doch als Cecil den Kastenwagen und Dave seine Klapperkiste daneben ausrollen ließen, beide ihren Motor abstellten und ausstiegen, rührte sich etwas im Geländewagen. Das breite Gesicht eines schwarzen Jungen lugte unter einer Fan-Mütze der *Padres* hervor durchs Fenster der Fahrerseite. Die Tür ging auf, und Melvil Bishop stieg aus dem Wagen. Am Rückfenster tauchten drei weitere Köpfe auf. Die ernsten Gesichter kleiner Jungen. »Mann, ich dachte schon, Sie kommen gar nich' mehr heim«, sagte Melvil. »Wir warten schon Stunden.« Er warf einen Blick auf die Kleinen im Wagen. »Die haben in die Büsche gepinkelt. Tut mir leid, aber Sie wissen ja, wie Kinder sind. Müssen immer Pipi, wenn's grad nich' geht.«

»Was macht ihr denn hier?«, fragte Cecil.

»Wo ist eure Mutter?«, fragte Dave.

»In Escondido«, antwortete Melvil. Der Regen begann, den seidigen Stoff seiner Baseballmütze zu durchweichen. Er ging ein paar Schritte vom Wagen weg und bedeutete ihnen mit einer Kopfbewegung, ihm zu folgen. Außer Hörweite der Kinder flüsterte er ihnen zu: »Im Mercy-Krankenhaus. Kritischer Zustand.« Er schaute zum Geländewagen zurück. Die drei Gesichter waren nebeneinander am Rückfenster aufgereiht. »Die wissen noch nix davon. Sie glauben, dass sie krank ist. Aber stimmt nich'. Jemand hat auf sie geschossen.«

Cecil sog scharf die Luft ein.

Melvils Augen glühten, als er Dave ansah. »Ich hab gleich gewusst, dass was Schlimmes passiert, wie sie mir gesagt hat, dass sie mit Ihnen geredet hat. Wir sollen doch mit niemand reden.«

»Meinst du, die Typen der Herzogin haben auf sie geschossen?«

»Der Sheriff meint, es war bloß 'n Versehen«, sagte Melvil verächtlich. »Erst redet sie mit Ihnen, am Morgen. Und dann später mit diesem Smithers.« Melvil schaute Dave scharf an. »Der behauptet, er issen Kollege von Ihnen. Aber er lügt, oder?«

»Er lügt«, sagte Dave. »Ich kenne ihn gar nicht.«

»Hat man bei den Hutchings auf sie geschossen?«, fragte Cecil.

Melvil schüttelte den Kopf. »Kennen Sie den Laden von Halcon? So 'n Gemischtwarenladen mit Post? Der Laden von dem Indianer-Typ?«

Dave machte große Augen. »Der Schießplatz? Eine Kugel vom Schießplatz?« Er wandte sich Cecil zu.

Cecil sah aus, als wäre ihm schlecht. »Uns ist das auch fast passiert.«

»Aber bei ihr war's nich' bloß fast.« Melvil ballte die Fäuste in den Taschen seiner *Padres*-Windjacke. Mit den Füßen, die in ausgelatschten Joggingschuhen steckten, schubste er nasse Blätter über das Pflaster. Den Blick auf den Boden geheftet, sagte er mit zitternder Stimme: »Sie könnte sterben.«

»Ich rufe im Krankenhaus an.« Dave stellte seinen Kragen hoch und wandte sich zum Gehen. »Hol deine Brüder, und kommt alle ins Haus.« Nach ein paar Schritten drehte er sich noch einmal um. »Und park deinen Wagen so, dass man ihn nicht sieht. Cecil, am besten fährst du ihn hoch zu Hilda Vosper, ja?« Die nette, kleine, grauhaarige Witwe wohnte mit einer lebhaften kleinen Promenadenmischung ein Stück weiter oben an der Straße und hatte Cecil schon einmal aus der Klemme geholfen. »Sie benutzt nur die eine Hälfte ihrer Garage. Und sie hat dich ins Herz geschlossen, also erlaubt sie dir sicher, den Wagen dort unterzustellen.« Cecil salutierte, und Dave lief mit hochgezogenen Schultern um das Vordergebäude herum, über das holprige Pflaster des Innenhofs mit der alten Eiche zum hinteren Haus.

Sein Schreibtisch befand sich am entgegengesetzten Ende des langen, hohen, bretterverkleideten Raums. Er setzte sich dahinter und rief zunächst Hilda Vosper an, um mit ihr ein paar scherzhafte Worte unter Nachbarn zu wechseln. Dann bemühte er sich um eine Verbindung mit dem Krankenhaus unten an der Küste. Während er wartete, trieb Melvil die drei Kleinen herein, zwei von ihnen dürr, der dritte dagegen stämmig, eine Miniaturausgabe von Melvil. Im Halbdunkel des großen Raumes leuchteten ihre Zähne und das Weiß ihrer aufgerissenen Augen. Offenbar hatten sie so etwas wie Daves drei Wohnhäuser noch nie gesehen. Dave übrigens auch nicht.

»Kommt Cecil mit deinem Wagen zurecht?«, rief er Melvil zu.

»Er hat gesagt, er ist gleich wieder da.« Melvil schloss die Tür. »Dann will er was zum Essen machen. Diese Babys müssen nich' bloß dauernd pinkeln, die müssen auch dauernd was zum Essen haben. Er hat gesagt, dass er ihnen was macht.« Melvil teilte kräftige, liebevolle Püffe an seine kleinen Brüder aus.

»Mach mich nich' an, Alter«, tönten ihre hellen Stimmchen. »Wills' dich mit mir anlegen?«, sagte der Pummelige. »Ich hab 'n großen Bruder, der prügelt dich windelweich!«

»Wo denn? Hol ihn doch! Der soll bloß herkommen!« Melvil schaute drohend in die Runde, spielte den Hitzkopf, boxte mit ungelenken Bewegungen in die Luft. Die beiden dürren Jungen sprangen ihn von hinten an, packten ihn an den Schultern, umschlangen seinen Hals und zerrten ihn zu Boden, wo sie sich auf ihn stürzten und ihn mit ihren kleinen Fäusten bearbeiteten.

Am anderen Ende der Leitung, in Escondido, erklärte eine Stationsschwester – nachdem Dave schnell eine Versicherungsangelegenheit vorgeschoben hatte, um die gewünschte Auskunft zu bekommen –, dass sich Louella Bishops Zustand nach der Operation stabilisiert habe, obwohl sie noch immer bewusstlos sei. Dave bedankte sich und legte auf. Melvil, der zugehört hatte, setzte sich auf, schüttelte die kichernden kleinen Jungen ab und schaute besorgt drein. Dave erhob sich, ging zum offenen Kamin und hockte sich davor. Mit Hilfe eines Gaszünders setzte er die bald knisternden und rauchenden Scheite in Brand. Melvil trat zu ihm.

Dave richtete sich auf. »Sie kommt durch.«

Düster erwiderte Melvil: »Vielleicht schleichen die sich ja rein ins Krankenhaus und bringen sie doch noch um?«

»Auf der Intensivstation ist immer viel los, da wimmelt es von Ärzten und Schwestern«, sagte Dave. »Ihr wird nichts passieren.«

»Ich wollte eigentlich dort bleiben und auf sie aufpassen«, sagte Melvil, »aber die würden mich doch gleich mit umbringen. Die wissen, dass ich alles weiß.«

»Wenn das so ist, warum hast du es dann nicht dem Sheriff erzählt?«

»Wenn die schon auf Mama schießen, bloß weil sie mit Ihnen und mit Mr. Smithers redet, was glauben Sie, was die machen, wenn die mich sehn, wie ich mit dem Sheriff red? So 'n Deputy hat mich in der Schule angerufen und mir erzählt, dass Mama 'n Unfall gehabt hat, und ob sie mich abholen und ins Krankenhaus bringen sollen. Okay, sag ich, aber ich hab nich' gewartet. Ich hatte ja den Wagen. Mama hat zum Einkaufen immer ein Auto von den Hutchings genommen. Also bin ich zur Schule gefahren, hab mir die Babys geschnappt und bin hierher.«

»Gut, in Ordnung.« Dave schaltete die Lampen zu beiden Enden der langen cordbezogenen Couch ein, die mit Blick aufs Feuer vor dem Kamin stand. »Aber warum zu mir?«

»Mama traut Ihnen. Ich hab mit ihr geschimpft, dass sie mit

Ihnen geredet hat. Aber sie meinte, kein Problem. Sie sind ein anständiger Mensch.« Er griff tief in die Tasche seiner Windjacke. »Hat mir Ihre Karte gegeben und gesagt, wenn was passiert, soll ich zu Ihnen.« Er zeigte ihm die Visitenkarte. »Ich hab auch gar nich' gewusst, wo ich sonst hinsoll.«

Dave sah zu den Kleinen hinüber, die die Eichenholztreppe zur Galerie auf und ab tobten. Er sagte zu Melvil: »Warum bringst du sie nicht rüber ins Küchenhäuschen? Dann kommst du wieder her und erzählst mir, was dieses *alles* ist, wovon sie wissen, dass du es weißt.«

»Ich brauch aber bloß 'n Versteck«, sagte Melvil.

»Das geht nicht für immer«, sagte Dave. »Vielleicht läge deine Mutter heute nicht im Krankenhaus, wenn du gestern mit Cecil gesprochen hättest. Je eher du sagst, was du weißt, desto eher kannst du vielleicht wieder aus deinem Versteck kommen, ohne dass eine Gefahr besteht für dich und deine kleinen Brüder und alle anderen.«

Melvil schaute ihn skeptisch an. »Versicherung? Was können Sie schon groß machen?«

Dave zuckte die Achseln und lächelte. »Manchmal bin ich selbst ganz überrascht.«

Melvil schien nicht überzeugt zu sein, aber er trieb die Kleinen zusammen, die ihm hopsend und schlitternd in die regnerische Dämmerung folgten. Dave mixte sich einen Drink, stellte sich an den Schreibtisch und hörte seinen Anrufbeantworter ab. Nachrichten von Gene Molloy, aufgeregt, verzweifelt, von Salazar, gelangweilt, erschöpft. Und von Amanda, Daves sehr junger Stiefmutter, verwitwet, seit Carl Brandstetters Herz vor einigen Jahren in seinem Bentley mitten auf der Autobahn aufgehört hatte zu schlagen. Amandas Stimme klang fröhlich. Sie habe gerade einen neuen Auftrag für eine Inneneinrichtung bekommen und wolle Dave und Cecil zur Feier des Tages zum Abendessen einladen. Danach spuckte der Apparat keine weiteren Stimmen aus. Dave spulte das Band zurück, zündete sich eine Zigarette an, nahm sein Glas und wollte gerade zur Couch gehen, als das Telefon klingelte. Er seufzte, setzte sich an den Schreibtisch und nahm den Hörer ab.

»Sie sollten sich mehr zu Hause aufhalten«, sagte Salazar. »Gene Molloy hat mir diese Skizzen vom Bremssystem eines Sattelschleppers gezeigt, die Kilgore angefertigt hat. Kilgore hat alles geleugnet, aber er ist schwach. Nach zehn Minuten hatte ich ihn so weit, dass er heulte. Und jetzt hab ich ihn in Haft genommen.«

Dave zog die Augenbrauen hoch. »Wollen Sie damit sagen, er hat zugegeben, dass er Paul Myers in die Luft gesprengt hat? Wegen Angelas Anteil an der Versicherungssumme?«

»Noch nicht, aber er wird es zugeben. Wir haben ihn über seine Rechte belehrt, trotzdem hat er ausgepackt. Er gab zu, dass er es geplant hatte.«

»Planen ist eine Sache«, sagte Dave, »Ausführen eine andere.« Es nahm schnell einen Schluck Whiskey. »Was ist mit Silencio Ruiz? Haben Sie ihn erwischt?«

Salazar lachte böse auf. »Dieser verrückte alte Gifford! Sie haben mir nicht gesagt, dass er da oben in einer Festung wohnt. Elektrische Zäune auf den Mauern. Schmiedeeiserne Tore. Hunde, die einen in Stücke reißen.«

Dave runzelte die Stirn. »Ihre Leute dort wissen das doch.«

»Ja, mag sein, aber ich hab's nicht gewusst. Und Silencio ist wichtig für mich. Ich hab mir einen Haftbefehl besorgt und bin selbst hin. Und hab's vermasselt. Der Alte dachte gar nicht dran, mich reinzulassen. Und ich wollte es nicht drauf ankommen lassen, sein Tor zu stürmen. Silencios Jungs sind immerhin mit Maschinenpistolen auf diesem Kirchen-Grillfest aufgetaucht. Er hätte uns vom Turm aus mit Kugeln durchlöchern können.«

»Stimmt. Also haben Sie das Grundstück umstellt?«

»Dafür ist es zu groß. Wir sind an den Mauern entlangpatrouilliert. Ich habe das Gelände vom Hubschrauber aus beobachtet. Mit so einem starken Suchscheinwerfer, mit dem man den Boden absuchen kann, wissen Sie? Aber die ganzen Bäume und Büsche dort haben uns die Sicht versperrt. Ich hatte auch einen Lautsprecher. Damit hab ich Ruiz immer wieder aufgefordert, herauszukommen und sich zu ergeben. Aber damit hab ich wohl nur den alten Spinner wach gehalten.«

»Er schläft nicht viel«, bemerkte Dave.

»Trotzdem hat er sich beschwert. Heute Morgen. Als er in seinem Rollstuhl herunterkam. Um uns einzulassen. Als Regenschutz hielt er einen rosafarbenen japanischen Sonnenschirm in der Hand. Der war aus Papier. Man konnte zusehen, wie er sich in nichts aufgelöst hat.«

»Hatte er sein Gewehr dabei?«

»Kein Gewehr. Sie verstehen nicht. Er hat Empfangskomitee gespielt. Keine Ahnung, was er da angehabt hat, aber es sah aus wie ein Glasperlenvorhang. ›Immer herein mit Ihnen‹, hat er gesagt. ›Durchsuchen Sie ruhig Haus und Garten. So gründlich Sie wollen und so lange Sie wollen. Sie können sich frei bewegen. Und keine Angst vor den Hunden. Ich würde sie bei dem Regen nie rauslassen.‹« Salazar schnaubte. »Dabei waren die verdammten Biester die ganze Nacht draußen im Regen und sind an den Mauern hochgesprungen und haben geknurrt und gebellt.«

»Silencio ist entwischt«, sagte Dave. »Ich kann nur hoffen, dass keiner von der *Edge*-Bande beobachtet hat, wie er über die Mauer geklettert ist.«

»Die waren auch in der Nähe«, sagte Salazar. »Es gab einen Menschenauflauf, als die ganzen Streifenwagen da auftauchten, mit den Scheinwerfern, den Gewehren, den Uniformierten. Und der Hubschrauberlärm hat noch mehr angelockt. Ich hab ein paar *Edge*-Jacken gesehen.«

»Vielleicht ist er immer noch drin«, meinte Dave.

»Ausgeschlossen. Wir haben alles durchsucht, bis unter die Dielen. Das reinste Museum, haben Sie das gewusst? Nein, er muss im Dunkeln entwischt sein. Na ja, die ganze Sache würde mir viel mehr stinken, wenn's das erste Mal wäre, dass ich so einen dummen Fehler mache. Andererseits würd's mir weniger stinken, wenn ich sicher wüsste, dass es mein letzter war. Jedenfalls war's ein guter Tipp. Tut mir leid, Dave.«

»Er hat Paul Myers nicht in die Luft gejagt«, sagte Dave. »Und ich glaube auch nicht, dass er der Anführer beim Überfall auf das Grillfest war. Ich glaube der Frau des Pfarrers. Ich denke, er hat wirklich versucht, sie aufzuhalten.«

»Ausgeschlossen. Alle waren hysterisch. Kein Wunder. Zeugen sind schon unter normalen Umständen unzuverlässig. Aber was red ich. So was wird schon bald ganz normal sein. Terrorismus im Hinterhof. Amerikas liebster Zeitvertreib.«

»Noch beliebter als Scheidungen.« Dave drückte seine Zigarette aus und trank einen Schluck. »Nein, ich glaube ihr, und zwar aufgrund einer Bemerkung von Gifford – dass sich Silencio im Gefängnis geändert hat. Gifford muss von seinem Turm aus gesehen haben, wie die GGs mit ihren neuen Pistolen unterwegs zum Grillfest waren, und es Silencio gesagt haben, der daraufhin hinuntergerannt ist, um sie aufzuhalten, aber er kam zu spät.«

»Dave«, sagte Salazar, »Silencio Ruiz ist menschlicher Abschaum. Müll.«

»Vielleicht schon im wahrsten Sinne des Wortes«, sagte Dave. »Wahrscheinlich findet ihn bald die Müllabfuhr in irgendeinem Container. Deshalb wollte ich, dass Sie ihn in Haft nehmen.«

»Sie glauben nicht, dass er Myers umgebracht hat. Sie glauben auch nicht, dass Kilgore Myers umgebracht hat. Was glauben Sie denn, wer es gewesen ist?«

»Ich habe noch keine Namen«, sagte Dave. »Nur Mutmaßungen. Lassen Sie mir etwas mehr Zeit, und ich lege Ihnen die Fakten auf den Tisch.«

»Das sagen Sie immer, und dann wollen Sie doch alles allein machen. Das kann Sie einmal das Leben kosten.«

Salazar verdrehte die Tatsachen. Dave handelte nie auf eigene Faust, außer wenn Salazar oder Ken Barker vom LAPD ihm nicht helfen konnten oder wollten. Doch daran mochte er Salazar jetzt nicht erinnern, sondern erwiderte nur: »Was Sie nicht sagen.«

Da öffnete sich die Tür, und Melvil kam aus dem Regen herein.

14

Er aß gerade einen Hamburger. Cecil bereitete seine Hamburger mit Unmengen von Mayonnaise, Ketchup und süßer Mixed-Pickle-Sauce zu. All das hatte die Papierserviette um Melvils Hamburger durchtränkt, und der Saft des halbrohen Rinderhackfleischs und der Tomaten- und Zwiebelscheiben. Er kam quer durch den Raum, durchschritt die Lichtkegel der Lampen und den flackernden Schein des Kaminfeuers und legte einen zweiten papierumwickelten Hamburger vor Dave auf den Schreibtisch. Dave nickte bloß und beobachtete das Feuchtwerden der Serviette, während er sein Gespräch mit Salazar fortsetzte.

»War Angela Myers in Kilgores Pläne mit Paul eingeweiht?«

»Tut mir leid, Sie enttäuschen zu müssen«, sagte Salazar. »Damit würde sie den Anspruch auf die Versicherungsprämie einbüßen, nicht wahr – egal, ob sie ihn tatsächlich umgebracht haben oder nicht? Geplanter Versicherungsbetrug? Ich habe sie verhört. Meiner Meinung nach wusste sie nicht, dass Kilgore sie nur ausnutzte. Es hat sie sehr getroffen. Sie will nie wieder ein Wort mit ihm reden.« An Salazars Ende der Leitung rief jemand im Hintergrund seinen Namen. »Hören Sie, meine Frau ist auf der anderen Leitung. Wir sprechen uns noch. Machen Sie keine Dummheiten, ja?«

Dave versprach es ihm und legte auf. Er besah sich den Hamburger auf dem Schreibtisch und schob ihn dann Melvil zu, der im Stehen kaute und sich Mund und Finger mit der unbrauchbaren Serviette abwischte. »Iss den auch noch«, sagte Dave zu ihm. »Ich habe erst vor einer Stunde groß zu Mittag gegessen.«

Melvil runzelte die Stirn. »Echt?« Dave nickte. Melvil warf die zerknüllte Serviette aus der Hüfte quer durch den Raum in den offenen Kamin, wo jetzt Flammen die Scheite umzüngelten. Dann nahm er den zweiten Hamburger und wickelte ihn liebevoll halb aus. »Dieser Cecil«, sagte er, »macht die besten Burger, die ich je gegessen hab. Typisch für unsere Leute – was sie kochen, schmeckt einfach am besten.«

Dave grinste. »Das hat er alles von mir gelernt. Hol dir den Sessel da und setz dich hin.« Es war ein Korbsessel, in den Melvils stämmiger Körper genau hineinpasste. »Wer ist die Herzogin?«

»Ihren richtigen Namen weiß ich nich'«, antwortete Melvil. »Weiß wahrscheins niemand. Sie ist so 'ne Art Makler. Für Fabriken, die ihr Gift billig loswerden wollen. Sie heuert Trucker an, die das Zeug wegfahren und irgendwo abladen, egal wo. Keiner stellt Fragen.«

»Hat dein Dad dir das erzählt?«

Melvil schaute ihn beschämt an. »Ich wollte wissen, was er da nachts eigentlich treibt. Wir haben früher immer tolle Sachen zusammen gemacht. Basketball spielen, oder zu den Dodgers, oder zum Boxen. Dann war Schluss. Er meinte, wegen neuen Steuern und so muss er jetz' mehr arbeiten. Keine Ahnung.« Melvil zuckte die Achseln und biss herzhaft in den Hamburger. Ein Fetzen Salat löste sich und blieb ihm im Mundwinkel hängen. Er schob ihn sich hinter die Lippen und sprach mit vollem Mund weiter. »Vielleich' war ich sauer auf ihn, oder eifersüchtig, oder neugierig? Wahrscheins alles zusammen. Ich wollt halt bei ihm sein. Aber er wollt mich nich' mitnehmen. Natürlich nich'.« Melvil schluckte. »Er hat ja gewusst, wie gefährlich das war. Die meisten Trucker, die das machen, wissen Bescheid. Säuren, die einen verätzen, und Giftstoffe, die einen krank machen, und Dämpfe, die die Augen reizen, dass man fast blind wird, und die machen, dass man Krebs kriegt und dass die Babys von deiner Frau missgestalt' auf die Welt kommen.«

»Aber trotzdem tun sie es?«

»Die Herzogin zahlt fette Löhne, Mann«, sagte Melvil.

»Er wollte dich nicht mitnehmen. Wie hast du dann davon erfahren?«

»Hab mich in die Kabine reingeschlichen. Hinter den Sitzen

ist 'ne Menge Platz. Manchmal 'ne richtige kleine Wohnung, mit Bett und so. Da hab ich mich versteckt. Alles gesehn und gehört. Mordsschiss hab ich gehabt. Dad hat nichts gemerkt. Und ich hab nichts gesagt. Und bin auch nie wieder mitgefahren.«

Dave zündete sich eine Zigarette an. »Wo spielt sich das ab?«

»Kann ich Ihnen zeigen, wenn Sie hinwollen.«

»Ein Fernfahrerlokal? Ein Rastplatz? Kommt die Herzogin dorthin?«

»Früher oder später. Heut Nacht wär 'ne gute Nacht dafür. Regen. Also nich' viel Verkehr so spät.«

»An deiner Stelle hätte ich Angst«, meinte Dave.

Melvil zuckte die Achseln und kaute an seinem Hamburger. Ein Zwiebelring kullerte an ihm hinab. Er bückte sich, hob ihn vom Fußboden auf und trug ihn zum Kamin. »Wenn es Ihren Vater umgebracht hat, dann wollen Sie doch auch was dagegen tun, oder?«

In Daves Glas war nur noch Eis, kein Scotch mehr. Er stand auf, ging in die dunkle Ecke, wo sich die Hausbar befand, und mixte sich einen neuen Drink. »Vor ein paar Minuten hast du noch gedacht, ich könnte dir keine große Hilfe sein.«

»Cecil hat mir erzählt, was Sie schon alles für Fälle aufgeklärt haben.« Das Feuer hinter Melvil flackerte orange-rot. »Sie sind 'n echter, lebendiger Privatdetektiv. Ich hab gar nich' gewusst, dass es die in echt gibt. Sie sehn gar nich' so aus, und Sie tun auch nich' groß so. Und Sie sind sogar richtig berühmt.« Er steckte sich einen letzten Bissen Hamburger in den Mund, wischte sich mit der durchweichten Papierserviette die Lippen und die Finger ab, warf die Serviette in die Flammen. »Hätt ich wahrscheins wissen müssen.« Er kam zum Schreibtisch zurück. Der Korbsessel knarrte unter seinem Gewicht.

»Hat deine Mutter gewusst, was dein Vater machte?« Dave saß in seinem ledernen Drehsessel mit der hohen Lehne. »Die Herzogin jedenfalls scheint dieser Ansicht zu sein.«

»Ich weiß nich', wie viel Mama weiß. Ich hab's erst kapiert, als Dad krank war und Paul Myers mit diesem Artikel ankam, wo die Symptome drinstehn, was man so kriegt, wenn man mit Giftmüll und Schadstoffen und so Zeug umgeht.«

»Hast du gehört, über was sie gesprochen haben?«

»Ich hab sie belauscht. Dabei ist mir etwas eingefallen, was die Trucker bei der Raststätte gesagt haben. Damals hab ich nich' gewusst, was es bedeutet. Aber dann hat Paul über den Artikel in der Zeitschrift geredet, da hab ich's verstanden.«

»Deine Mutter sagte mir, Paul hätte wütend das Haus verlassen.«

»Er wollte die Herzogin und das ganze oberfaule Geschäft hochgehen lassen. Das hat er gesagt.« Melvil lachte bitter und schüttelte seinen Kopf auf dem breiten Nacken. »In so 'nem Moment spucken die Leute gern große Töne. Aber bei der Herzogin, da stecken Gangster dahinter, stimmt's? Organisiertes Verbrechen? Was soll 'n kleiner Lastwagenfahrer schon machen gegen organisiertes Verbrechen.«

»Ich glaube, er meinte es ernst«, sagte Dave. »Und hat es wirklich versucht. Er hat deinen Vater nämlich sehr gern gehabt. Ich habe diesen Zeitschriftenartikel auch gelesen. Danach muss Paul klar gewesen sein, dass dein Vater sterben würde.«

»Wie denn versucht?« Melvil starrte an Dave vorbei ins Dunkel. »Gibt's da hinten Wasser?«

»Und Gläser. Und Eiswürfel. Bedien dich. Unter der Theke ist ein Kühlschrank, wenn du Cola willst.«

»Lieber Wasser.« Melvil stieß sich aus dem Sessel hoch. »Cola macht nervös und die Zähne kaputt.« Geräuschlos ging er auf seinen weichen Sohlen ins Dunkel hinüber. »Die Babys – Sie finden, die sind wie Grashüpfer?« Eis klimperte in einem Glas. Wasser plätscherte in ein kleines Stahlbecken. »Da hätten Sie sie mal erleben sollen, als sie noch auf Cola waren. Huuu! Ohne Pause, achtzehn Stunden am Tag.« Melvil kam mit einem Glas zurück und setzte sich wieder. »Warum sagen Sie, er hat's versucht?«

»Die Herzogin hat Pauls Frau von ihren Jungs zusammenschlagen lassen.«

Melvil runzelte die Stirn und neigte den Kopf. »Sie? Nicht ihn? Ich dachte immer, die brechen einem die Beine.«

»Mit gebrochenen Beinen kann man keinen Sattelschlepper fahren«, sagte Dave. »Die Herzogin wollte aber beides: Paul sollte zum Schweigen gebracht werden und weiter für sie arbeiten. Das erreichte sie mit Gewalt und Drohungen gegen seine Familie.«

Melvil starrte bedrückt ins Feuer. »Ja. Mama hat gar nich' um sich selber Angst gehabt, als sie gleich nach der Beerdigung mit uns nach Halcon abgehauen ist. Sondern um uns. Sie hat mir zehnmal am Tag gesagt, ich soll bloß niemand erzählen, was mit Dad passiert ist. Kein Sterbenswörtchen.« Er lachte bitter auf. »Hätt ich eh nich'. Ich hab ja noch mehr gewusst wie sie, und das hat mir so 'ne Angst gemacht, dass ich mich gar nich' mehr getraut hab zu schlafen, aus Schiss, dass ich Alpträume krieg und im Schlaf rede.« Er schüttelte traurig den Kopf. »Aber dann war's doch sie, die geredet hat. Und jetzt sehn Sie, wo sie gelandet ist.«

Dave runzelte die Stirn. »Es passt einfach nicht zusammen. Die Herzogin wollte den Sattelschlepper haben. Sie hat ihn gekauft und ist damit abgezogen. An dem Abend, bevor Cecil und ich mit deiner Mutter gesprochen haben.«

»Wer hat dann von dem Schießplatz auf Sie geschossen?«

»Da sind schon ein paar Unfälle passiert«, antwortete Dave. »Der Hund des Ladenbesitzers wurde getötet. Das muss eine verirrte Kugel gewesen sein. Ein Kunde wurde angeschossen, als er Säcke zu seinem Wagen schleppte.«

»Aber der Hund und der Kunde waren nich' hinter der Herzogin her oder haben der Witwe von Paul Myers Fragen gestellt oder mit der Witwe von Ossie Bishop Kaffee getrunken.«

»Da wäre noch Smithers. Groß, Glatze, fährt einen Mercedes?« Melvil schaute ihn neugierig an, nickte dann. Dave fügte hinzu: »Hat deine Mutter dir erzählt, was Smithers wollte?«

»Ziemlich dasselbe wie Sie«, sagte Melvil. »Was Paul transportiert hat in der Nacht, wo er oben im Torcido Canyon umgekommen ist. Und wo er's genau aufgeladen hat. So Fragen.« Melvil stand auf, ging zum Kamin und schaute in die Flammen. Das Feuer war heruntergebrannt und qualmte stark. Er schob das Schutzgitter beiseite, nahm den Schürhaken und stocherte in der Glut. Funken stoben. »Und über Ossie. Ob Ossie da auch mal hochgefahren ist in den Canyon. Ach ja, und er wusste, dass Paul den Nachtjob durch Ossie gekriegt hat.«

»Das hat er von Angela Myers erfahren«, sagte Dave.

»Warum machen Sie sich so Gedanken über diesen Smithers?« Die Flammen leckten jetzt wieder um die Scheite. Melvil stellte den Schürhaken klappernd in den funkelnden Messingständer zurück und schob das Gitter wieder vor den gemauerten Kamin. »Glauben Sie, der hat auf Sie geschossen, und auf meine Mama?«

»Natürlich mache ich mir Gedanken über einen Mann, der herumläuft und sich als jemand ausgibt, der er nicht ist. Ich weiß, was für ein Spiel die Herzogin spielt. Aber wie passt Smithers da hinein?« Dave trank einen Schluck, runzelte die Stirn, biss sich auf die Lippen. »Wie hat er deine Mutter ausfindig gemacht? Angela kann es ihm nicht gesagt haben – sie weiß es gar nicht. Ist er Cecil und mir nach Halcon gefolgt?« Hatte sich Dave auf der langen Fahrt dorthin zu sehr um Cecil gekümmert, als dass ihm ein verdächtiger Wagen aufgefallen wäre, der Meile um Meile hinter ihnen hergefahren war? Hätte ihn nicht zumindest sein Instinkt warnen müssen, seine lebenslange Erfahrung? Die Jahre forderten ihren Tribut: Er ließ nach. Sein Ärger über sich selbst war ihm anzuhören, als er zu Melvil sagte: »Was will Smithers? Wer ist er?«

»Vielleich' isser selber auch hinter der Herzogin her.« Melvil kam zum Schreibtisch zurück. Er beobachtete, wie Dave sich eine Zigarette anzündete. »Das sollten Sie besser lassen. Macht Ihre Lungen kaputt.« Dave nahm sein Glas. »Alkohol genauso. Macht Sie älter als wie Sie sind.«

»Ich bin aber schon so alt«, sagte Dave und trank. »Also gut. Zum Teufel mit Smithers. Wir kümmern uns erst mal um die Herzogin.« Er musterte das ernste breite Gesicht des Jungen. »Willst du mich wirklich zu dieser Raststätte lotsen? Sie ist eine tödliche Lady.«

»Wollen Sie sie schnappen?«, fragte Melvil ehrfürchtig.

»Das überlasse ich lieber dem Sheriff. Der hat die nötigen

Männer. Und dazu werden einige Männer nötig sein. Aber du willst vermutlich nichts mit dem Sheriff zu tun haben, oder?«

»Wenn Mama stirbt«, sagte Melvil, »wer kümmert sich dann um die Babys, wenn nich' ich?« Er legte eine Hand auf das Telefon. »Wenn ich jetzt dem Sheriff alles sag, was ich weiß, glauben Sie, ich bin dann noch lang genug am Leben, dass ich vor Gericht gegen die Herzogin aussagen kann?« Er zog die Hand wieder zurück, setzte sich und bedachte Dave mit einem sehr ernsten Blick. »Wenn's bloß um die nötigen Männer geht, Mr. Bannister, wie kommt's dann, dass sie noch nie vor Gericht war? Die Sache läuft doch schon länger als wie ich leb. Die kriegen sie nie. Niemand weiß, wer sie ist.«

»Vielleicht finden wir's raus.« Dave zog eine tiefe Schreibtischschublade auf, die ursprünglich für Aktenordner vorgesehen gewesen war, stattdessen jedoch Kameras, Ferngläser und Kassettenrekorder enthielt. Hoch entwickelte und kostspielige Geräte. Die er bisher noch nie benutzt hatte. »Ein Foto von ihr würde uns schon weiterhelfen, oder?« Er nahm eine Kamera heraus, deren Lederhülle an einem langen Tragriemen hing. »Damit ich Lieutenant Salazar etwas vorweisen kann, um meine Aussagen über die Umtriebe der Herzogin zu untermauern. Meine und Cecils.« Er schaute Melvil an. »Nicht deine. Dich lassen wir aus dem Spiel.« Dave legte eine mit kleinen Schachteln gefüllte Tüte aus dem Fotogeschäft neben die Kamera auf den Schreibtisch. »Wie weit ist es bis zu diesem Treffpunkt? Wann sollen wir losfahren?«

Melvil linste in die Tüte. »Die können Sie nich' gebrauchen. Ein Blitzlicht, und alle sind weg.«

»Nicht die« – Dave kramte in der Tüte und brachte eine Filmschachtel zum Vorschein – »das hier. Infrarot-empfindlich. Für Fotos im Dunkeln.« Er öffnete die Kameratasche. »Wann treffen sie sich dort?«

»Spät. So um Mitternacht.« Melvil sah zu, wie Dave mit gerunzelter Stirn die Kamera in seinen Händen drehte und wendete, und sagte: »Sie wissen ja nich' mal, wie man 'n Film einlegt, oder?«

Dave reichte ihm die Kamera. Der stämmige Junge verschränkte die Hände hinter dem Rücken und schüttelte den Kopf. »Keine Ahnung.« Er lachte. »Das wird ja 'ne schöne Jagd auf Beweismittel.«

Dave legte die Kamera wieder auf den Schreibtisch. »Cecil kennt sich damit aus«, sagte er.

Die Tür flog auf, und die kleinen Jungen stürmten herein. Zwei von ihnen. Der dritte, pummelige ritt auf Cecils Rücken. Der rollte mit den Augen. »Befreit mich vielleicht mal jemand von diesen Klammeraffen?« Die beiden mageren Jungen tobten wieder die Treppe auf und ab. Regentropfen glitzerten in ihren Haaren.

»Aufhören!«, brüllte Melvil.

Sie hielten inne und starrten ihn an. Der Pummelige rutschte schweigend von Cecils Rücken. Sie standen da wie begossene Pudel. Melvil schaute Dave an. »Was machen wir mit denen? Kennen Sie 'n Babysitter?«

»Amanda«, sagte Dave und griff nach dem Telefon.

»Aber ich verstehe nichts von Kindern«, sagte Amanda.

»Wir waren alle mal Kinder«, sagte Dave. »Manche sind es immer noch.«

»Ach nee«, sagte sie. »Ich bring ein bisschen elektronisches Spielzeug mit.«

15

Es war ein einsamer, abgelegener Ort. Schon aus größerer Entfernung sahen sie den Lichterschein auf den dunklen sanften Hügeln des endlosen Tals. Als sie die Stelle erreicht hatten, fuhr Dave zunächst weiter. Es war eine asphaltierte Fläche von einem oder zwei Morgen Ausdehnung, wo die riesigen kastenförmigen Ungetüme von Zugmaschinen und Aufliegern dunkel vor den Lichtern einer Tankstelle, eines grauen Motels und eines verglasten Esslokals aufragten. Auf dem Dach des Lokals stand in roten Neonlettern GOOD BUDDY. Aus den verchromten, nach oben gerichteten Auspuffrohren einiger Sattelschlepper stiegen Rauchwolken in die Luft. Der Regen ließ die Trucks glänzen, ebenso den Asphalt dazwischen und die Jacken der Männer, die in ihre Fahrerkabinen kletterten, sich zwischen den Zapfsäulen bewegten, zum Café gingen oder von dort kamen. Doch der Glanz konnte nicht über die Trostlosigkeit des Ortes hinwegtäuschen.

»Das da ist ihr Wagen«, sagte Melvil. »Sie ist da.«

Auf dem Rücksitz surrte und klickte eine Kamera. Cecil hatte den Abend damit verbracht, über Daves Schreibtisch gebeugt die Gebrauchsanweisung zu studieren. Er hatte der Kamera ein Nacht-Teleobjektiv aufgesetzt. Als Dave die Kameras damals gekauft hatte, hatte er sich jedes erdenkliche Spezialzubehör andrehen lassen. Ein Motor transportierte den Film weiter, und Cecil ließ wieder den Verschluss klicken. »Könnt ihr sie sehen?«, fragte er.

»Nein, aber sie ist da.« Melvil verrenkte sich im Sitz, um durch den Regen zurückzuschauen. »Sie brauchen das Kennzeichen.«

Dave streckte den Arm aus, langte über Melvil hinweg und öffnete das Handschuhfach, nahm Notizblock und Stift heraus und legte sie Melvil in den Schoß. Der Junge hielt sich den

Block dicht vor die Augen und schrieb langsam eine Reihe von großen Ziffern. »Wenn Sie das überprüfen«, sagte er, »dann isses bestimmt das Kennzeichen von jemand, der tot ist.«

Dave spähte zwischen den Scheibenwischern hindurch nach draußen. »Du hast die richtige Nacht erwischt. Aber wird sie bei diesem Wetter nicht im Trockenen bleiben? Wird sie ihre Geschäfte nicht im Café abwickeln?«

»Sie arbeitet im Dunkeln.« Melvil verstaute Block und Stift wieder im Handschuhfach. »Die traut nur ganz wenigen.« Die kleine Klapptür schnappte zu. »Wo fahren wir hin?«

»Wir suchen eine Nebenstraße«, erklärte Dave.

»Wo soll's hier 'ne Nebenstraße geben?«, fragte Cecil.

»Vielleicht nirgends«, sagte Dave, »aber wir werden den Teufel tun und auf den Rastplatz fahren und auf uns aufmerksam machen.«

»Das Auto kennt sie nicht«, sagte Melvil. »Deshalb sind wir ja damit hergefahren, oder? Sie kennt wahrscheins Ossies Wagen. Und vielleich' Cecils Kastenwagen. Aber nich' den hier.«

»Sie kennt *dich*«, sagte Dave.

Ein Truck rumpelte von der Raststätte auf die Straße heraus. Seine Scheinwerfer leuchteten in Daves Rückspiegel. Dave zuckte zusammen und beschleunigte den Valiant. Bald jedoch war die Diesel-Maschine in die Gänge gekommen und donnerte hinter ihnen her. Dave hielt nach einem Abschnitt breiten, geraden Seitenstreifens Ausschau, auf den er ausweichen konnte, doch seine Scheinwerfer zeigten ihm nichts dergleichen. Der große Diesel ließ sein Presslufthorn ertönen. Dave zog auf den schmalen, schräg abfallenden Seitenstreifen und spürte, wie die Hinterräder ins Rutschen kamen. Der Truck brauste vorbei, rote Rücklichter funkelten an seinem hohen Heck. Das Rot verschwamm und verschwand in Regen und Dunkelheit. Der Motor des Valiant erstarb. Als Dave ihn wieder anlassen wollte, stotterte er nur. Doch schließlich sprang er an. Dave legte den ersten Gang ein, und die Hinterräder drehten jaulend durch.

»Oh-oh«, sagte Melvil und stieg hinaus in den Regen.

Cecil stieg hinten ebenfalls aus. »Bäh«, sagte er. »Matsch.«

Dave lehnte sich quer über den Beifahrersitz und schaute hinaus. Die Scheinwerfer hatte er abgeschaltet. Cecil und Melvil waren kaum zu erkennen, ein hoher schmaler und ein bulliger Schatten in der Schwärze. Melvil hob einen Fuß, dann den anderen. Es verursachte schmatzende Geräusche. »Was nu', Chef?«

»Wir hätten Amandas Wagen nehmen sollen«, sagte Cecil. »Der wär zu leicht, um stecken zu bleiben.« Er zog sich die Jacke über den unbedeckten Kopf.

»Zu klein«, sagte Dave. Es handelte sich um einen Alfa-Romeo-Zweisitzer. Seine Knie hätten darin keinen Platz gehabt. Cecils Knie erst recht nicht. »Wir sind nämlich zu dritt.«

Cecil setzte sich in Bewegung. »Das ist auch gut so.« Seine Stimme kam jetzt von weiter hinten. »Zwei von uns können« – er ächzte – »schieben!«

»Du nicht.« Dave sprang aus dem Wagen und eilte nach hinten, wobei er ausrutschte und beinahe hinfiel. Die beiden stemmten sich gegen den Kofferraum. Dave packte Cecil am Arm. »Du setzt dich vorne rein. Für schwere Arbeit bist du noch zu schwach.«

»Ach was, ich bin okay«, sagte Cecil.

»Hast du vielleicht Sehnsucht nach dem Krankenhaus?«, sagte Dave.

Cecil seufzte, ging mit hängenden Schultern nach vorn und setzte sich hinter das Lenkrad. Die durchdrehenden Hinterräder bespritzten Dave und Melvil mit Schlamm. Aber sie schafften es, den alten Wagen wieder aufs Straßenpflaster zu hieven. Und die Nebenstraße fanden sie auch noch. Allerdings führte sie irgendwann nur noch bergauf in die Hügel, immer weiter weg von den Lichtern der Raststätte. Schlingernd und rutschend fuhren sie ein Stück zurück.

»Näher kommen wir nicht ran«, sagte Dave. »Halt hier an.«

»Der Regen hat aufgehört«, bemerkte Melvil. »Wie nett.«

Sie blieben an Stacheldrahtzäunen hängen und stapften manchmal knöcheltief durch Morast, als sie über Weideland bergauf dem Lichterschein entgegenstrebten. Cecil mit seinen langen Beinen ging voraus; drei Taschen mit Kamera, Zubehör und Fernglas schlenkerten an Schulterriemen um seine mageren Hüften. Als sie einen Hügelrücken erreicht hatten, atmeten alle drei schwer, und ihre Beinmuskeln schmerzten von dem unwegsamen Gelände. Direkt unter ihnen lag der Rastplatz.

Dave öffnete das Futteral des Fernglases. Die Sicht war gut. Am äußersten Rand der glänzenden Asphaltfläche, wo kaum noch Licht von den Gebäuden hindrang, stand eine untersetzte Frau in dunklem Regenmantel, einen dunklen Schlapphut tief ins Gesicht gezogen, neben der hohen Zugmaschine eines Sattelschleppers. Ein massiger Mann hielt einen durchsichtigen Plastikschirm über sie, obwohl es aufgehört hatte zu regnen. Mit dem anderen Arm umschlang er einen Stapel großer, brauner Umschläge in durchsichtigen Plastikhüllen. Die hohe Tür der Fahrerkabine ging auf, und der Fahrer kletterte hinunter; er trug einen Cowboyhut und eine schmutzige Lederjacke. Die Frau reichte ihm einen der Umschläge. Daves Fernglas war ein 7 x 50er mit Nachtlinsen, er konnte sogar die Bartstoppeln des Fahrers erkennen und die Poren unter dem dicken Make-up der Frau. Er gab Melvil das Glas.

»Ist das die Herzogin?«

»Wo?« Melvil hatte Schwierigkeiten, die im Fernglas plötzlich näher gerückte Gestalt zu finden, die eben noch so winzig gewesen war. »Oh – ja, das ist sie. Sehn Sie den großen Hässlichen mit dem albernen Schirm? Den hat sie immer dabei.«

»Wahrscheinlich derjenige, der Angela Myers verprügelt hat«, sagte Dave.

Im Dunkeln murmelte Cecil: »Verdammt.« Die Kamera surrte und klickte. Wieder und wieder. »Wenn sie doch bloß den blöden Hut abnehmen würde. Ich krieg ihr Gesicht nicht drauf. Jetzt geht sie zu einem anderen Truck. Wenn sie nur mal hochschauen würde …«

»Mach dir nix draus«, sagte Melvil. »Knips den Fahrer, Mensch. Mach Bilder von dem, was der macht.« Melvil stupste mit dem Fernglas gegen Daves Arm. »Schauen Sie zu.«

Dave schaute zu. Der Mann mit dem Cowboyhut riss die Klarsichthülle vom Umschlag, warf sie in eine ölige Pfütze neben seinen Cowboystiefeln, öffnete die Umschlagklappe. Er sah kurz hinein, griff dann hinein und zog dicke weiße Plastikschilder mit erhabenen roten Buchstaben heraus. Er langte nach oben, knallte die Kabinentür zu, hangelte sich hoch und befestigte eines der Schilder an der Tür: OPTIMAL MÜLLBESEITIGUNG.

Melvil sagte: »Mama meinte, Sie haben ihr gesagt, es gibt gar kein' Dr. Ford Kretschmer. Nich' im Telefonbuch und nirgends. Tja, es gibt auch keine *Optimal Müllbeseitigung*. Und keine *Blitztop Stadtreinigung*, die da unten nachher noch wegfährt. Oder eine heißt auch *Garantia*. Die Namen glaubt man echt, wenn man nich' weiß, dass die Herzogin die bloß erfunden hat.«

»Schau dir das an.« Cecil ließ den Kameraverschluss klicken. »Schon ist es ein Piratenschiff.«

Dave richtete das Nachtglas auf den Cowboy-Fahrer. Er heftete Warnschilder mit Totenkopfzeichen an seinen Auflieger: GEFAHRGUT. Dave senkte das Fernglas und schaute Melvil mit gefurchter Stirn an. »Das verstehe ich nicht. Sie tarnen sich als das, was sie tatsächlich sind?«

»Das ist erst die halbe Wahrheit«, sagte Melvil. »In dem Umschlag stecken noch 'n paar Überraschungen. Wollen Sie wissen, wie's weitergeht? Dann müssen wir ihm nachfahren.«

»Wir können es ja versuchen«, meinte Dave.

Es war eine der verwahrlosten Gegenden von Los Angeles. Um Viertel vor drei Uhr morgens waren die regennassen Straßen menschenleer. Eine Autobahn führte darüber hinweg, mit Bäumen und Büschen, deren Grün im Licht der Scheinwerfer unwirklich leuchtete. Jenseits der Autobahn ragten die Glastürme der City glimmend in den dunklen Himmel. Hier unten jedoch schien es nur Schatten zu geben. Die Straßen zwängten sich zwischen alten Lagerhäusern hindurch, von denen die Hälfte mit Brettern vernagelt oder mit verrosteten Eisenplatten verrammelt waren. Dave hielt sich mit dem Valiant zwei Blocks hinter dem riesigen Sattelschlepper, der fast die ganze Breite der Straße einnahm. Unvermittelt leuchteten seine roten Bremslichter auf. Seine Druckluftbremsen brachten ihn zischend und klappernd vor einer Ziegelmauer zum Stehen, auf der Metallschilder mit der Aufschrift MILLEX CORP. angebracht waren.

Dave bog in eine Seitenstraße ein, dann in eine Gasse und parkte dort zwischen dunklen Häuserwänden, die in einem dichten, komplizierten Muster mit Graffiti verziert waren. Vom Regen durchnässter Abfall quoll aus zerbeulten Mülleimern und knirschte unter den Reifen. Die Augen von Katzen funkelten im Scheinwerferlicht und verschwanden wieder. Dave schaltete Motor und Licht aus. »Eine hohe Mauer«, sagte er, drückte lustlos die Tür auf und stieg aus. Er verließ die Gasse und ging ein Stück auf der Seitenstraße zurück. Der Sattelschlepper stieß gerade zentimeterweise rückwärts durch ein offenes Tor auf den Hof der Firma Millex, der jetzt hell erleuchtet war. Dave prägte sich die Straße ein, kehrte zum Wagen zurück und beugte sich auf Cecils Seite ins Fenster. »Kann ich die Schlüssel haben, bitte?«

Cecil zog sie aus dem Zündschloss und reichte sie Dave. Ihr leises Klimpern durchdrang die Stille. Dave öffnete den Kofferraum des Valiant. Im Innern war es zu dunkel. Er leuchtete mit dem scharfen, dünnen Strahl einer Minitaschenlampe hinein. Auf dem zerfaserten Teppich lag ein Reifenmontierhebel. Er packte ihn, hob ihn heraus und warf den Kofferraumdeckel zu. Dann steckte er die Schlüssel ein und machte sich auf den Weg tiefer in die Gasse hinein. »Kommt«, sagte er, hörte sie ihre Wagentüren öffnen, aussteigen und hinter ihm herlaufen. Dave ließ den kleinen Lichtstrahl über feuchte Wände streifen. Die Fenster befanden sich hoch oben und waren mit Eisengittern gesichert. In Eingangsnischen hatte sich Müll angesammelt, vor versperrten Metalltüren, die mit Vorhängeschlössern gesichert waren. Er befingerte ein oder zwei von ihnen, besah sich die Schlüssellöcher der Sicherheitsschlösser und ging weiter.

Im nächsten Block fand er die Art von Tür, die er brauchte.

Aus Holz. Die Beschläge, an denen das Vorhängeschloss baumelte, waren verrostet, und ihre Schrauben hatten sich bereits etwas gelockert. Er schob den Montierhebel darunter und hebelte die Schrauben heraus, die klappernd zwischen den Müll am Boden fielen. Die Türschlösser überging er. Er rammte den Montierhebel zwischen Rahmen und Tür und drückte mit seinem ganzen Gewicht dagegen. Holz krachte und splitterte. Das Eisen rutschte ab. Dave stürzte gegen die Tür. Sie gab nach, und er stolperte ins Dunkel. Er fiel auf einen rauen Betonboden, schürfte sich dabei Ellbogen und Knie auf und verlor die winzige Taschenlampe. Er nahm sein Feuerzeug aus der Tasche und leuchtete damit umher. Die Hülle des Lämpchens glitzerte. Melvil hob es auf und gab es ihm zurück. Cecil half ihm auf die Beine. »Treppe«, sagte Dave.

Im zweiten Stock stießen sie auf ein leeres, staubiges Eckbüro, wo der Verputz von der Decke kam, wo man aber einen guten Blick auf den Hof von Millex hatte. Die Fensterscheibe war verdreckt, der Fensterriegel verrostet. Melvil schlug mit dem Montierhebel dagegen.

»Zerbrich das Glas nicht«, sagte Dave.

»Schnell«, sagte Cecil. »Sie laden schon auf.« Er hatte sein Gesicht gegen die Scheibe des nächsten Fensters gepresst. Mit der Hand rieb er den Schmutzfilm ab, trat dabei nervös von einem Fuß auf den anderen und stöhnte frustriert, während die Kamera am Schulterriemen gegen seine Brust schlug.

»Lass mich mal versuchen«, sagte Dave und nahm den Montierhebel. Er steckte ihn unter das Fensterschloss, und mit einem Ruck löste sich die Verriegelung ächzend vom Holz und segelte durchs Zimmer. Dave ließ den Montierhebel fallen und schob das Fenster hoch. Feuchtkalte Luft drang herein. Cecil stieß ihn sanft beiseite, lehnte sich zum Fenster hinaus und ließ die Kamera wieder klicken und surren. Dave nahm das Nachtfernglas aus dem Futteral an seiner Hüfte.

Auf einer Laderampe waren Stahlfässer gestapelt. Nur wenige davon sahen neu aus. Bei einigen hatte der rote, gelbe, schwarze Lack noch einen schwachen Glanz. Die meisten waren mit Flecken oder Dellen übersät, verschrammt oder von undefinierbarer Farbe. Drei Männer – zwei Lagerarbeiter und der Fahrer – mit Schutzhandschuhen und schwarzen Gummischürzen rollten die Fässer mit Sackkarren von der beleuchteten Plattform über eine aufgelegte Verbindungsrampe in den dunklen Laderaum des Sattelschleppers. Einige wenige Fässer waren mit verblassten Firmenetiketten oder mit Warnetiketten versehen.

»Schlampiger Betrieb«, meinte Melvil. »Denen ist alles egal. Wo Dad war, war alles ordentlich, auf die Fässer war draufgeschrieben, was für Chemikalien drin waren, und so. Tech-Rite. Sind auch nich' besser, aber bei denen sieht es besser aus.«

Das Beladen dauerte vierzig Minuten. Dann schloss der Fahrer die hintere Tür des Aufliegers, verriegelte alles und zog Handschuhe und Schürze aus. Ein gedrungener, dickbäuchiger Lagerarbeiter kramte unter seiner Schürze und brachte zusammengefaltete Papiere zum Vorschein. Der Fahrer faltete sie auseinander, las das oberste Blatt, ließ sich Zeit dabei. Er ging zu einer Kiste neben einer breiten Tür, die in einen düsteren leeren Lagerraum führte, nahm seinen Cowboyhut, den er dort abgelegt hatte, setzte ihn auf, legte die Papiere auf die Kiste und unterschrieb sie. Der Dicke nahm die Papiere wieder an sich, trennte einen Durchschlag ab, reichte ihn dem Fahrer und steckte den Rest wieder unter seine Schürze. Der andere Lagerarbeiter, ein hagerer Latino mit hängenden Schultern, kam mit Plastikbechern in der Hand aus dem Lagerhaus.

»O nein«, stöhnte Cecil und zog sich in das leere Büro zurück. »Die trinken doch jetzt nicht Kaffee.« Er schaute auf die raffinierte schwarze Armbanduhr, die sein Handgelenk so zerbrechlich erscheinen ließ. »Kommen wir gar nicht mehr zum Schlafen?«

Dave hörte ihm seine Erschöpfung an. »Gehen wir«, sagte er.

»Halt.« Melvil nahm das Fernglas zur Hand. »Das war noch nich' alles.« Er beugte sich zum Fenster hinaus. »Der hat gar keine Zeit für Kaffee. Egal, wo er das Zeug hinkarrt, es issen weiter Weg. Und bevor's hell wird, muss alles weg sein.«

Dave strich sanft über Cecils abgespanntes Gesicht und

kehrte zum Fenster zurück. Der Fahrer sprang von der Laderampe. Er ging mit den Papieren und dem Kaffeebecher zur Fahrerkabine und kletterte hinauf. Die gewaltige Maschine erwachte brüllend zum Leben. Abgaswolken entströmten dem hohen Auspuffrohr. Die Bremsen zischten, das Getriebe mahlte. Ruckend und schnaufend kroch der Sattelschlepper zum Tor, streckte zuerst seine Nase hindurch, schlingerte dann auf seinen hohen Rädern hinaus auf die Straße. Es war eng, er musste zurücksetzen und rangieren, doch schließlich war der Sattelschlepper in seiner ganzen Länge wieder draußen auf der Straße. Machte sich auf den Rückweg. Das Hoftor wurde geschlossen. Kurz darauf lag der Hof wieder im Dunkeln. Der Truck fuhr bis zu dem Gebäude, wo Dave, Cecil und Melvil auf der Lauer lagen, und blieb fast genau unter ihrem Fenster stehen. Der Fahrer kletterte noch einmal aus seiner Kabine, nahm die weißen Magnetschilder von den Türen und die Totenkopf-Warnschilder vom Auflieger.

»Sehn Sie?«, flüsterte Melvil. »Jetz' isser wieder niemand.«

Der Mann kletterte zurück in die Kabine. Trotz des steilen Blickwinkels konnte Dave erkennen, wie die Hände des Mannes alle Schilder zurück in den braunen Umschlag der Herzogin steckten. Auch die Frachtpapiere, die er vom Millex-Lageristen übernommen hatte, steckte er zusammengefaltet hinein und nahm stattdessen andere heraus, grüne. Diese verstaute er irgendwo über seinem Kopf, mehr konnte Dave nicht sehen. Dann warf er den braunen Umschlag hinter seinen Sitz und griff nach dem Schaltknüppel.

»Jetz' hat er Frachtpapiere zum Vorzeigen«, sagte Melvil, »falls er von 'ner Streife angehalten wird oder es 'ne Straßensperre gibt.«

Die Bremsen zischten. Das Ungetüm grollte langsam davon.

»Von der Herzogin vorbereitet«, sagte Dave.

»Alles Mögliche«, sagte Melvil. »Stofftiere.«

»Papierhütchen, für Ihre Party zur Feier des Weltuntergangs«, sagte Cecil und begann zu lachen, konnte gar nicht wieder aufhören.

Dave nahm ihm die Taschen ab und hängte sie sich selbst um.

Cecil taumelte vor Lachen. Dave nahm ihn am Arm und führte ihn im Licht der winzigen Lampe zum Treppenhaus. »Du bist hysterisch. Ab nach Hause ins Bett.«

Melvil folgte ihnen. Unter seinen Sohlen knirschte herabgefallener Putz. »Wollen Sie nich' sehn, wie er ablädt?«

»Heute nicht mehr, danke.« Daves Stimme hallte im Treppenhaus. »Außer es ist oben im Torcido Canyon. Wo Paul Myers hingefahren ist. Das würde ich gern sehen.«

»Warum haben Sie das nich' gleich gesagt?«, fragte Melvil. »Torcido Canyon, da ist Dad hingefahren in der Nacht, wo ich mich bei ihm hintendrin versteckt hab.«

16

Cecil schlief. Er hing quer über dem Rücksitz, die offenen Hände im Schoß, die Kameratasche in den Händen. Melvil schlief auf dem Beifahrersitz, den Kopf gegen das Fenster gelehnt, so dass er mit den Schaukelbewegungen des Wagens an der Scheibe hin und her rollte. Die Scheibe war nass. Kurz bevor sie den Horseshoe Canyon erreichten, fing es wieder an zu regnen. Es war fünf Uhr morgens, aber noch immer dunkel. Dave war verkrampft vom Fahren. Dankbar steuerte er den Valiant endlich in die Zufahrt zum gepflasterten Hof – und trat auf die Bremse. Die Scheinwerfer erfassten einen schwarzweißen Streifenwagen, SCHÜTZEN UND DIENEN stand an der Tür. Uniformierte Beamte stiegen aus dem Wagen und leuchteten mit ihren Taschenlampen. Einer trat zurück, die Hand am Kolben eines großen Revolvers an seiner Hüfte. Der andere kam vorsichtig auf sie zu. Er war jung und blond und wirkte verschlafen.

»Können Sie sich ausweisen, bitte?«

»Ich wohne hier.« Dave nahm das Lederetui aus der Innentasche seines Jacketts, klappte es auf und hielt es so, dass der Beamte das Licht seiner Taschenlampe darauf richten konnte. Seine Dienstmütze war mit einer Plastikhülle überzogen. Auf seiner Lederjacke perlte die Nässe. Er schielte auf Daves Privatdetektivlizenz. »Das hier ist mein Haus. Was ist los?«, fragte Dave.

»Sie können das wieder einstecken, danke.« Der Beamte bückte sich und richtete seine Taschenlampe ins Wageninnere. Auf Cecil. Auf Melvil. »Wer sind die?« Er schwenkte die Lampe herum, so dass sie in Daves Augen schien. »Alles in Ordnung mit Ihnen? Was haben Sie mit denen zu tun?«

»Sie denken«, sagte Dave, »weil sie schwarz sind und ich weiß, weil sie jung sind und ich alt, muss auf jeden Fall irgendwas faul sein?« Er drückte den Türgriff herunter und wollte aussteigen. Der Polizist wich nicht zurück. Dave deutete mit einer Kopfbewegung auf Cecil. »Wo er auch noch von diesem Luxusspielzeug umgeben ist?«

»Der Wagen ist jedenfalls kein Luxusspielzeug.« Das Licht seiner Taschenlampe glitt über das verbeulte Blech. »Ich weiß einfach nicht, was ich davon halten soll.«

Cecil rührte sich, hob die Arme, um sich zu strecken, hielt jedoch inne und setzte sich aufrecht hin. »Was ist los?«

»Bleiben Sie bitte sitzen«, sagte der Polizist.

»Der Wagen ist nur Tarnung«, erklärte Dave. »Für Überwachungen. Dieser junge Mann ist Cecil Harris, mein Mitarbeiter. Er wohnt hier. Und das ist Melvil Bishop. Ich untersuche den Tod seines Vaters. Er hilft mir dabei und wohnt vorübergehend bei mir.«

Melvil schlug die Augen auf. »Oh-oh«, sagte er.

Dave fragte den Polizisten: »Was machen Sie hier?«

»Mrs. Brandstetter hat uns gerufen. Hier hat sich jemand mit einer Schusswaffe herumgetrieben. Er wollte, dass sie ihn ins Haus lässt. Als sie sich weigerte, ist er einfach hier in seinem Wagen sitzen geblieben.« Der junge Beamte lächelte ein wenig. »Einem Luxusspielzeug. Neuer Mercedes. Als wir herkamen, war er schon weg. Smithers. Kennen Sie einen Smithers?«

»Niemand kennt Smithers.« Dave stieß die Tür etwas weiter auf. »Nicht unter diesem Namen. Entschuldigen Sie, ich möchte aussteigen.« Der Beamte trat zwei Schritte zurück. Hinter ihm, neben dem Streifenwagen, aus dem leise die knisternde Stimme der Funkzentrale drang, behielt der andere Beamte seine Hand auf dem Revolverkolben. Dave trat in den sanften Regen. »Smithers ist irgendwie in einen Fall verwickelt, den ich gerade für die Pinnacle Lebensversicherung bearbeite. Mehr weiß ich auch nicht.«

»Ihre Frau«, sagte der Polizist, »scheint zu glauben, dass er hergekommen ist, um Sie zu töten.«

»Es ist ihr doch nichts passiert?«, fragte Dave.

Melvil beugte sich über den Fahrersitz. »Was ist mit den Babys?«

»Sie hat sich Sorgen um Sie gemacht«, sagte der Beamte. Mit gerunzelter Stirn sah er zu Melvil. »Von Babys war keine Rede.«

Melvil kletterte aus dem Wagen. Der Polizist am Streifenwagen zog seinen Revolver. »Meine kleinen Brüder«, sagte Melvil, drehte sich um und ging ein paar Schritte über das nasse Pflaster.

»Stehen bleiben«, sagte der Beamte mit dem Revolver.

Da kam Amanda im Scheinwerferlicht auf sie zu, klein und zierlich, in einem roten Regenmantel, dessen Gürtel sie eben zuschnürte. Ihre dunklen Augen waren vor Sorge geweitet. »Gott sei Dank, dass du wieder da bist«, sagte sie, umarmte Dave und legte ihren hübschen Kopf an seine Brust. Dann blickte sie zu ihm auf. Sie war blass. »Alles in Ordnung?«

»Bestens«, sagte er. »Ich habe mir Sorgen um dich gemacht.«

»Mir ist nichts passiert. Bin nur zu Tode erschrocken.«

»Was ist mit meinen Brüdern?«, fragte Melvil.

»Die schlafen.« Amanda schenkte ihm ein mattes Lächeln. »Wenn sie so fest schlafen, wie sie Donkey Kong gespielt haben, dann wird das auch eine Weile so bleiben.«

»Da haben Sie Recht.« Melvil lachte erleichtert.

»Kennen Sie Bishop hier?«, fragte der Polizist Amanda. »Und Harris, drüben im Wagen?«

»Ja.« Amanda nickte. »Das sind Freunde von uns.«

»Und das ist tatsächlich Ihr Mann?«

Amanda blinzelte Dave zu. Schalk blitzte in ihren Augen. Sie würde alles unnötig komplizieren. Dave brauchte Schlaf. Er schüttelte flehend den Kopf. Sie seufzte, wandte sich dem Beamten zu und sagte: »Ja, natürlich. Danke, dass Sie so lange geblieben sind. Jetzt kommen wir allein zurecht.«

»Gern geschehen.« Der Beamte tippte an seine Mütze. Dann wandte er sich an Dave. »Zwei weitere Streifenwagen haben die Umgebung abgesucht. Keine Spur von Smithers. Aber den kriegen wir schon noch. Zwischen vierzig und fünfzig Jahre alt? Groß – einsneunzig oder knapp darüber? Schlank – etwa fünfundsiebzig Kilo?«

»Glatze?«, sagte Dave.

»Er hatte eine Mütze auf«, sagte Amanda.

Der Beamte fragte Dave: »Und Sie wissen bestimmt nicht mehr?«

»Wenn ich was Neues erfahre«, sagte Dave, »melde ich mich bei Ihnen.«

Ein Klopfen weckte Dave, das scharfe Klirren eines Fingerrings gegen Glas, gegen eine der rechteckigen Scheiben in der Tür, die vom Hof ins vordere Gebäude führte. Dave benutzte das Vorderhaus kaum, obwohl Amanda es hübsch hergerichtet hatte. Wenn er Gäste empfing, saß man hier, außerdem war hier die bessere Stereoanlage installiert, daher kam Dave manchmal herüber, um Musik zu hören. Ansonsten betrat er den Raum nur selten.

In der vergangenen Nacht hatte Amanda die kleinen Bishops jedoch in dem großen Bett unterm Giebel des hinteren Gebäudes untergebracht – im einzigen Bett des gesamten Anwesens. Melvil schlief auf der einzigen Couch hinten, Dave und Cecil auf Sofas hier vorne.

Tageslicht, grau und verregnet, doch immerhin Tageslicht, drang durch Oberlichter über den geschlossenen Vorhängen der Terrassentüren in den großen Raum mit den freiliegenden Dachsparren. Dave drehte sich auf der Couch herum, steif, verspannt, tastete auf dem Boden nach seiner Armbanduhr, schielte benommen auf das Zifferblatt. Noch nicht einmal zehn Uhr. Er schlang die Decke um sich, setzte sich auf und spähte zur Tür.

Ein breitschultriger Mann war für den Lärm verantwortlich. Dave schüttelte die Decke ab, zog sich, bibbernd in Slip und T-Shirt, schnell eine Hose über und erhob sich steif wie der alte Reverend Prentice von der Couch. Er überquerte den dicken Teppichboden, trat auf einen erhöhten Absatz, hängte die Sperrkette aus, schob den Riegel zurück, öffnete die Tür zur feuchten Kälte.

»Ken«, sagte er. »Was gibt's?«

»Tut mir leid, dass ich Sie geweckt habe.« Regen tropfte Captain Ken Barker, Mordkommission, LAPD, vom zerknitterten Segeltuchhut. Er hatte eine gebrochene Nase und Augen so grau wie die Wolken, die an diesem Vormittag tief über dem Canyon hingen. »Aber ich habe gehört, dass gestern Abend ein Mann hier aufgetaucht ist, um Sie umzubringen. Das hat meinen Beschützerinstinkt geweckt.«

»Kommen Sie rein«, sagte Dave. Er massierte sich die Stirn. Es war nicht die einzige Stelle, die ihm wehtat. Barker trat ein, tropfnass, und Dave zog die Tür wieder zu. Sie schabte dabei über die Türschwelle; durch die Regenfälle war das Holz aufgequollen. »Geben Sie mir Mantel und Hut.« Amanda hatte Garderobenhaken neben der Tür angebracht. Dave hängte Barkers Regenmantel daran auf; der Hut steckte bereits in einer der Taschen. »Ich bin erst gegen sechs ins Bett gekommen.« Dave trat vom Türabsatz in den Raum hinunter. »Was haben Sie sonst noch gehört?«

»Das Revier West befasst sich mit Smithers.« Barker folgte, zündete sich eine Zigarette an und beobachtete Dave, der sich wieder auf die Couch setzte, seine Socken zusammensuchte, die jedoch feucht und schmutzig waren, so dass er sie nicht anzog. Barker sagte: »Es gibt keinen Smithers, der einen Mercedes besitzt – zumindest nicht in Kalifornien. Warum hat Ihre Freundin nicht das Kennzeichen notiert?«

Mit langsamen, automatischen Bewegungen legte Dave die Decke zusammen. »Weil das vordere Gartenlicht immer ausgeht, wenn es stark regnet. Ich vergesse immer wieder, das mal in Ordnung bringen zu lassen.«

Weiter hinten im Raum ertönte Cecils Stimme: »Au, Mann, weißt du, wie viel Uhr es ist?« Sein Kopf tauchte über der Sofalehne auf. Er sah so vergrätzt aus, wie er sich anhörte. »Wir sind gerade erst ins Bett. Warum willst du schon wieder raus?« Er erblickte Barker. »Oh, Entschuldigung.«

»Wer sind Sie?«, fragte Barker.

»Wir sind beide älter geworden«, sagte Dave. »Sie hat man zum Captain befördert und Ihnen ein paar Männer zur Seite gestellt. Ich dagegen muss meine Männer selbst rekrutieren.« Cecil erhob sich gähnend von der Couch, schlang sich die Decke um und schlurfte zu ihnen herüber. Dave stellte sie einander vor. Sie schüttelten sich die Hände. Cecil rutschte die Decke von den Schultern, so dass man die Narben auf seinem Brustkorb sah. Barker erkannte, woher sie rührten, und runzelte die Stirn.

»Wo haben Sie sich die denn gefangen?«, fragte er.

Cecil zog die Decke wieder hoch. »Im Dienst«, sagte er. »Werden Sie Smithers finden?«

»Er hat keinen Waffenschein für seine Kanone«, sagte Barker.

»Es ist nicht sein richtiger Name«, sagte Dave. »In dem Fall, den wir zur Zeit bearbeiten, gibt es lauter falsche Namen – einzelne Personen, auch Firmennamen.« Hinter der Hausbar stand eine Kaffeemaschine. Er füllte sie und schaltete sie ein. Dann drückte er auf den Rufknopf einer Gegensprechanlage, die er noch nie benutzt hatte. Barker blinzelte. »Wir brauchen trockenes Zeug zum Anziehen«, erklärte Dave.

»Waren die ganze Nacht draußen im Regen«, sagte Cecil.

»Was für ein Fall?«, fragte Barker.

Dave berichtete ihm vom Fall Myers, wobei er Ossie Bishop und dessen Familie außen vor ließ. »Smithers ist nach dem Fernsehbericht über die Sprengladung aufgetaucht. Er wusste nicht, dass ich bereits mit Angela Myers gesprochen hatte, und versuchte, sich als Ermittler der Pinnacle Lebensversicherung auszugeben.«

Der Rufknopf der Gegensprechanlage verstummte. Aus dem Lautsprecher drang Melvils schlaftrunkene Stimme. »Tut mir leid, ich konnte das Ding nich' finden. Hab alles abgesucht. Warum haben Sie's versteckt?« Dave fiel erst jetzt wieder ein, dass er den Apparat im Hinterhaus vor einigen Wochen als völlig überflüssig vom Schreibtisch geräumt und in einem Bücherregal verstaut hatte. »Die Babys sind auch wach geworden.«

»Die haben lange genug geschlafen«, sagte Dave.

»Das isses ja.« Im Hintergrund ertönten schrill die Stimmen der kleinen Jungen. »Sie haben sich Comics mit hochgenommen und benutzen jetz' Ihr Bett als Trampolin.«

»Wir werden sie füttern«, sagte Dave, »sobald du trockene Sachen für Cecil und mich herübergebracht hast.«

»Ich hab das Telefon nich' klingeln gehört«, sagte Melvil. »Also gibt's nix Neues von Mama?«

Dave schaute wieder auf seine Armbanduhr. »Amanda dürfte inzwischen im Krankenhaus sein, wenn nicht zu viel Verkehr war. Sie wird sich sicher gleich melden.«

»Hoffentlich. Die Babys werden Mama bald vermissen. Wenn die alle drei gleichzeitig losheulen, so was haben Sie noch nich' gehört.« Melvil seufzte. »Also gut, ich bring Ihnen was zum Anziehen.« Die Sprechanlage verstummte.

Dave holte Kaffeebecher unter der Bartheke hervor. Er sagte zu Barker: »Mrs. Myers war zur Arbeit.« Er schaute in die Becher. Staubig. Er wusch sie im kleinen Spülbecken der Bar aus. »Aber ihr Bruder war zu Hause. Ordentlich Fleisch auf den Rippen und Mumm in den Knochen. Und genug Grips, um zu merken, dass Smithers log. Aber nicht genug Grips, um das für sich zu behalten. Nein, er musste Smithers meine Visitenkarte zeigen.«

»Und hat Smithers damit abhauen lassen«, ergänzte Cecil.

»Pinnacle hat natürlich nie von ihm gehört«, sagte Barker.

»An Ihnen ist ein Detektiv verloren gegangen.« Dave trocknete die Becher mit einem gestärkten kleinen Geschirrtuch ab und stellte sie auf die Theke. Sie sahen schön aus – handgetöpfert, mit einer hauchdünnen braunen Glasur. Teuer. Natürlich hatte Amanda sie ausgesucht. »Der Kaffee ist gleich fertig.«

»Gut.« Barker lehnte sich gegen die Theke. »Ist Ihre Freundin sicher, dass er herkam, um Sie zu töten? Oder hat sie vielleicht vorschnelle Schlüsse gezogen, als sie seine Kanone sah?«

»Lassen Sie mich erklären, wie es gelaufen ist.« Dave nahm das Zigarettenpäckchen aus der Brusttasche von Barkers Kordjackett. »Ich habe einen Klienten, der zur Zeit hier wohnt.« Er zündete sich eine Zigarette an und nickte in Richtung Sprechanlage. »Der Junge, dessen Stimme Sie gerade gehört haben. Und seine drei kleinen Brüder.«

»Mit Namen Bishop«, sagte Barker, nahm sein Zigarettenpäckchen wieder an sich und steckte es zurück in die Tasche. »Ich habe den Bericht gelesen.«

»Dann wissen Sie, dass Amanda als Babysitterin hier war,

während Cecil und ich zusammen mit Melvil zu dieser Überwachungsaktion unterwegs waren.«

»Zu dieser Überwachungsaktion möchte ich gleich Genaueres wissen.«

Dave schüttelte den Kopf. »Nein, wollen Sie nicht. Das ist nicht Ihre Sache. Das gehört zum Mordfall Myers, der ist im County passiert, nicht im Stadtgebiet, also sind die Leute vom Sheriff zuständig, nicht Ihre Leute. Ich habe Salazar schon versprochen, ihm die Fakten auf den Tisch zu legen. Und das werde ich noch heute Vormittag tun – was auch immer es nützen mag.«

»Smithers war hier.« Barker drückte seine Zigarette in einem braunen Keramik-Aschenbecher aus, der auf der Theke stand. »Hier ist Stadtgebiet.«

»Amanda hatte die Kinder zu Bett gebracht.« Dave neigte den Kopf. »Sie waren doch schon mal hier. Sie kennen die Wohnung.«

Barker nickte. »Das Bett unterm Dach im Hinterhaus.«

»Sie dachte, sie könnte zur Entspannung noch ein bisschen fernsehen«, sagte Dave, »und wollte die Kinder nicht damit aufwecken, also hat sie die Lampen hinten heruntergedimmt, ihren Regenmantel übergezogen und sich auf den Weg hierher gemacht.«

»Dabei hat sie einen Kerl draußen herumschleichen sehen, mit einem Revolver in der Hand«, sagte Barker, »und war inzwischen schon näher an diesem Gebäude, also lief sie hierher.«

»Und er hat sie gesehen«, sagte Cecil, »und ist ihr hinterhergerannt.«

»Er hat nicht auf sie geschossen«, bemerkte Barker.

»Er wollte ja mich erschießen.« Dave nahm die Glaskanne und füllte die Kaffeebecher. »Amanda kann man nicht mit mir verwechseln. Nicht mal im Dunkeln.« Er stellte die Kanne wieder in die Kaffeemaschine.

»Sie hat die Tür verschlossen und verriegelt.« Barkers schwermütige Augen musterten die Tür, beunruhigt angesichts all der Glasscheiben, so dick sie auch sein mochten und so massiv und stabil das alte Holz um sie herum auch war. »Und vernünftigerweise auch das Licht nicht eingeschaltet.«

Dave schob ihm einen der Becher hin. »Sie wollte zum Telefon, um Ihre Leute zu rufen.«

»Aber er hat an die Tür gehämmert.« Cecil kam an die Bar, noch immer in seine Decke gehüllt. »Und hat seinen Namen genannt – falls das sein Name ist.« Er reichte mit seiner Größe weit über die Theke und beugte sich suchend darüber. »Zucker?«, fragte er Dave. »Sahne?«

Dave nahm eine braune Keramik-Zuckerdose, in der ein kalter Löffel steckte, aus dem kleinen Kühlschrank. »Du musst ihn wohl schwarz trinken.« Er deutete auf eine blaue Halblitertüte. »Die Sahne ist zwei Monate alt.«

Cecil verzog das Gesicht und löffelte Zucker in seinen Kaffee.

Barker wandte sich an Dave: »Er hat also durch die Tür gebrüllt, dass er Sie sprechen will. Es sei dringend. Er wüsste, dass Sie da sind, weil Ihr Wagen draußen steht. Er meinte damit den Kastenwagen mit dem auflackierten Flammenmuster.« Barker zeigte einen Anflug von Lächeln. »Er scheint Sie nicht besonders gut zu kennen.«

»Das ist Cecils Kastenwagen.« Dave probierte seinen Kaffee und fühlte sich gleich viel besser. »Zur Zeit fahre ich einen braunen Jaguar. Er ist gerade in der Werkstatt.«

»Sie hat beteuert, dass Sie nicht hier wären, und ihn aufgefordert zu gehen, also ist er gegangen«, fuhr Barker fort, »aber nur bis zu seinem Wagen, um zu warten, bis Sie hier auftauchen. Und das gibt mir zu denken. Er musste doch damit rechnen, dass sie die Polizei rufen würde.«

»Er war ja auch nicht mehr hier, als sie dann kam«, sagte Cecil.

Barker nickte, legte die Stirn in Falten, trank von seinem Kaffee. »Als hätte er wirklich warten wollen. Zunächst jedenfalls. Und es sich dann anders überlegt. Merkwürdig.« Mit seinen dicken Fingern angelte Barker das Zigarettenpäckchen aus der Brusttasche und hielt es erst Dave, dann Cecil hin. Daves Zigarette brannte noch. Cecil schüttelte bedauernd den Kopf.

Barkers Feuerzeug war ein altes Zippo, verziert mit einer kleinen Polizeimarke in abgewetztem Gold und Silber. Er zündete sich eine Zigarette an und steckte Päckchen und Feuerzeug wieder ein. Über den Rand seines Kaffeebechers hinweg schaute er Dave nachdenklich an. »Haben Sie schon mal daran gedacht, dass Smithers vielleicht selbst ein Ermittler ist? Vom FBI, oder vom Staat Kalifornien? Oder gar vom County? Es gibt derzeit eine Grand Jury, die sich mit dem Problem der wilden Giftmülldeponien befasst.«

»Wenn die Grand Jury mich vorladen will«, sagte Dave, »wird sie wohl kaum jemanden schicken, der mitten in der Nacht mit einer Kanone um mein Haus schleicht.«

»Und das ist noch nicht alles«, sagte Cecil. »Derselbe Mann –«

Dave hatte schon den Arm ausgestreckt, um Cecil den Mund zuzuhalten, als die Tür aufging und Melvil hereinkam, mit einem Arm voll Kleidungsstücken, die noch in Plastikhüllen von der chemischen Reinigung steckten. »Ich hab nich' genau gewusst, was Sie brauchen, also hab ich einfach alles gebracht, was mir eingefallen ist.« Melvil sah sich in dem großen, gemütlichen Raum mit den verschiedenen Wohnebenen um. »Wo soll ich die Sachen hinlegen?«

»Am besten auf die Couch«, sagte Dave. »Danke.«

Barker drehte sich um und beobachtete Melvil, der die Kleidung zur Couch hinübertrug und dort ablegte. Hinter Barkers muskulösem Rücken warf Dave Cecil einen warnenden Blick zu und legte einen Finger auf seine Lippen. Cecil machte ein erstauntes Gesicht, zuckte aber zum Zeichen des Einverständnisses mit den Schultern. Erneut verrutschte ihm dabei die Decke, und er zog sie wieder hoch.

»Das Plastik ist nass«, sagte Melvil und begann, die Kleidungsstücke auszupacken. »Hören Sie, die Babys wollen Frühstück. Haben Sie was dagegen, wenn ich –« Das Telefon klingelte. Es stand auf einem Tischchen am Ende der Couch. Melvil wartete nicht, bis Dave abnahm. Er ging zum Telefon, nahm den Hörer ab, wollte sich schon mit »Hutchings« melden, sagte dann aber: »Hier bei Bannister.« Danach hörte er zu.

Es war still im Zimmer. Der Regen prasselte auf das Dach, klatschte auf das Pflaster im Hof, trommelte auf das Blech der parkenden Autos. Melvils Gesicht begann zu strahlen. Er legte eine Hand auf die Sprechmuschel und sagte: »Sie wird gesund. Meine Mama wird wieder gesund.« Er sprach in den Hörer: »Mama? Wie geht's dir? Nee, denen geht's prima. Alles okay. Mr. Bannister kümmert sich um uns. Ja, mach ich. Klar bedank ich mich bei ihm. Ich will dich auch so bald wie möglich sehn. Wenn alles vorbei ist. Dauert jetz' nich' mehr lang. Und du mach dir keine Sorgen, ja? Ich ruf dich wieder an.« Er gab den Hörer an Dave weiter.

»Amanda?«, fragte Dave.

»Sie hat den Mann gesehen, der auf sie geschossen hat«, sagte Amanda. »Er hat hinter dem Laden gestanden. Es war Smithers.«

17

Nachdem er den Film bei Salazar abgegeben hatte, zusammen mit einem ungelenk getippten Bericht über seine nächtlichen Beobachtungen – verschmiert mit fettigen Fingerabdrücken, weil er zu hungrig gewesen war, um das Frühstück auszulassen, und zu sehr in Eile, um nicht während des Essens zu arbeiten –, nachdem dies also erledigt war, hielt er sich nicht weiter dort auf. Der Jaguar war repariert. Die Werkstatt hatte angerufen, als er gerade das hintere Gebäude im Horseshoe Canyon verließ, beziehungsweise auf dem Weg zur Tür gerade Melvils kleine Brüder abschüttelte, die sich kichernd an seine Beine klammerten. Also fuhr er vom Büro des Sheriffs über den Santa Monica Freeway nach Beverly Hills, wobei die Schrottkarre mit jeder Meile Fahrt durch die Nässe schlimmer hustete. Der hochnäsigen Jaguar-Vertretung überließ er die peinliche Aufgabe, den Valiant zu seinem Haus zurückzufahren, und er selbst fuhr mit dem Jaguar zu einem Waffengeschäft.

Es befand sich in einer der stillen Straßen von West Los Angeles, in einer Ladenzeile, die von wildem Wein überwuchert war, was ihr etwas Heimeliges gab. Hier hätte man Strickwolle verkaufen sollen, oder Puppen. Das Geschäft war mit dickem Teppichboden ausgelegt. Die Wandvertäfelung sah beinahe echt aus. Man wollte Gediegenheit ausstrahlen. Der Verkäufer trug einen dezenten, edlen Anzug mit Weste, einen gepflegten weißen Schnurrbart und einen englischen Akzent zur Schau. Sein Teint erinnerte an den alten Reim über Englands gutes Roastbeef. Er war umgänglich und zu Scherzen aufgelegt. Er verkaufte Tod.

Dave ließ sich verschiedene Marken Tod zeigen, die bald nebeneinander auf einer Glasvitrine lagen – Colt, Smith & Wesson, Browning, stupsnäsige 38er Detective Specials und die von den Polizisten im Fernsehen bevorzugten 45er.

Dave wägte sie gegeneinander ab, fühlte, wie sie sich kalt gegen seine Hand schmiegten. Zu jedem Modell wusste der Mann Gutes und Schlechtes zu sagen, wobei er Dave mit seinen blutunterlaufenen blauen Augen scharf beobachtete, empfänglich für leiseste Anzeichen von Zustimmung oder Ablehnung. Um ihm die Sache zu erleichtern, sagte Dave, die Waffe solle einfach und zuverlässig sein und ohne Nachladen möglichst oft schießen können. Der Preis sei Nebensache.

Als er wieder auf die Straße mit ihren tropfenden Bäumen trat, schmiegte sich eine Sig Sauer Neunmillimeter-Automatik, der Stolz der Schweizer Armee, in einem Bianchi-Holster an seine linke Brust. Sie feuerte erfahrungsgemäß achttausend Mal ohne die kleinste Panne, das Magazin fasste dreizehn Patronen, und eine steckte in der Kammer. Das Ganze hatte ihn fünfhundertfünfzig Dollar gekostet. Ihm war nicht ganz wohl dabei, und das würde sich auch nie ändern. Nie hatte er eine Schusswaffe tragen wollen. Jahrzehntelang war er ohne ausgekommen. Aber die Zeiten hatten sich geändert. Das Spiel, das er so gern spielte, hatte sich in ein tödliches Spiel verwandelt. Immer wieder versuchte man, ihn und die Seinen zu töten.

Er schloss den Jaguar auf, versank in dessen Behaglichkeit, startete den ruhigen, kraftvollen Motor. Als er dem sanften Schnurren lauschte, kam ihm, wie schon öfter in letzter Zeit, der überraschende Gedanke, dass er vielleicht aufhören sollte. Es wäre das Vernünftigste. Er wurde nicht jünger. Auch das Geld brauchte er nicht; sein Vater hatte ihm einen beträchtlichen Anteil der Medallion-Aktien vermacht. Aber das Vernünftige war langweilig. Womit, zum Teufel, sollte er dann seine Tage und Nächte verbringen? Er verzog das Gesicht, schaute auf die Uhr, dann im Seitenspiegel nach einer Lücke im Verkehr, wendete scharf und trieb den Jaguar zurück zum Horseshoe Canyon, um Melvil abzuholen.

Die Abzweigung im Torcido Canyon, die Melvil ihm zeigte, war leicht zu übersehen. Nur ein schmales Asphaltband, vom Regen ausgewaschen. Die Straße folgte dem gewundenen Lauf eines Creeks am Grund eines Canyons, dessen Wände steil aufragten, bewachsen mit trockenem Buschwerk, das jetzt erste Spitzen von jungem Grün zeigte und nur gelegentlich unterbrochen wurde von gruppenweise beieinander stehenden Kalifornia-Eichen oder schroffen Felsnasen. Der Kamm des Canyons war hoch über ihnen, und der vom Regen angeschwollene Creek rauschte tosend zwischen Felsblöcken und verwachsenen weißen Platanen mit gelben Blättern dahin.

»Kaum vorstellbar, dass ein Sattelschlepper diese Straße hochkommt«, sagte Dave. »Wie weit ist es noch bis zu der Müllhalde?«

»Dad ist ganz langsam gefahren und hat oft geschaltet.« Melvil blickte mit gerunzelter Stirn voraus in den Nachmittagsregen. »Nich' mehr so weit. Sieht bisschen anders aus jetz' am Tag.«

»Bist du sicher, dass du sie findest?«

»Glaub schon. Ja. Da. Sehn Sie die Abzweigung?«

Der Jaguar setzte mehrmals auf, als er den Spurrillen folgte, die die riesigen Reifen von Sattelschleppern hinterlassen hatten. Sehr alte Eichen wuchsen hier dicht und hoch. Die Räder des Jaguars drehten im Morast und im nassen Gras immer wieder durch. Schließlich sahen sie die Müllhalde, an einem Abhang, der von totem Farn umrandet war. Eine Anhäufung von Stahlfässern wie die, deren Abtransport bei Millex sie erst letzte Nacht, erst heute am frühen Morgen beobachtet hatten. Die Fässer lagen durcheinander, rosteten im Regen vor sich hin, ihre Etiketten wellten sich und lösten sich allmählich ab.

»Riechen Sie das?« Melvil hielt sich eine Hand vor Mund und Nase. »Macht krank, wenn man's zu lang einatmet.« Seine Augen wurden feucht. Er wandte sich ab. »Schlimmer als krank. Bringt ein' um.« Er flüsterte: »Hat mein' Dad umgebracht.«

»Ich brauche die Kamera«, sagte Dave und stieg aus dem Wagen. Der strenge Geruch kratzte ihm im Hals, brannte in seinen Augen. Melvil nahm die Kamera aus dem Handschuhfach, beugte sich über den Fahrersitz und reichte sie Dave hinaus. »Danke. Ich bin gleich fertig.« Er hantierte mit der Kamera, unsicher, hoffend, dass er sie für das schwache Licht richtig einstellte. Er machte zwanzig Aufnahmen, stieg wieder in den Wagen, gab die Kamera an Melvil weiter. Knallte die Tür zu, ließ den Motor an. »Was für ein Alptraum«, sagte er und drückte aufs Gaspedal. Die Hinterräder drehten durch.

Melvil seufzte. »Schon wieder«, sagte er und trat in den Regen hinaus, um nachzusehen.

Dave stieg ebenfalls aus. »Ich habe nichts dazugelernt.«

»Macht nix«, meinte Melvil und schaute sich um. »Wenn wir was finden, was wir unter die Reifen legen können.« Er verzog das Gesicht. »Aber ich will hier nix anfassen.« Er rieb die Hände an den Hosenbeinen. »Vielleich' das da?« Er ging ein paar Schritte, leicht im Schlamm rutschend, bückte sich dann und zerrte das Ende eines Balkens von einem Meter achtzig Länge aus dem rostbraunen, raschelnden Farngebüsch. Er musste ihn erst von Schlinggewächsen befreien. Auch sie waren tot und vertrocknet. Das andere Ende des Balkens löste sich mit einem reißenden Geräusch.

Es war das Ende, an dem das Schild befestigt war. Melvil schleppte das Ganze zum Wagen. »*Schutt und Müll abladen verboten.* Was sagt man dazu?« Mit einem verächtlichen Lachen ließ Melvil den Balken hinter dem Wagen fallen. Dave kam ihm zu Hilfe. Mit matschigen Händen gelang es ihnen schließlich, den Balken unter die Hinterräder zu bugsieren. Auf halbem Weg zur Straße zurück kam der Wagen ins Schleudern und die Räder drehten noch einmal durch. Sie trabten zurück und holten den Balken. Am unteren Rand des Schildes standen die kleinen Ziffern einer County-Verordnung. Und darunter HAUSBESITZER-VEREINIGUNG TORCIDO CANYON.

Als sie wieder im Wagen saßen und vorsichtig zentimeterweise den schlammigen Spurrillen folgten, sagte Dave: »In diesem Teil des Canyons gibt es keine Hausbesitzer.«

»Da oben.« Melvil beugte sich vor und spähte durch die Windschutzscheibe nach oben. »Da ist eins. Sieht ganz neu aus.«

Es ragte siebzig Meter über ihnen aus dem Gestrüpp der Canyon-Wand, einsam, aus rohem Zedernholz, mit großen

Fensterflächen, spitzwinkeligen Dächern und Terrassen wie gespreizte knochige Flügel. Hohe Kalifornia-Eichen umstanden das Haus. Es sah schön aus zwischen den Regenschleiern – ein Bild für eine Architektur-Zeitschrift. Aber es wirkte irgendwie verloren.

Dave schaute auf seine Armbanduhr. Keine Zeit, um dort hinaufzufahren. Salazar erwartete ihn um vier. Er würde ohnehin schon zu spät kommen. Der Jaguar bog schwankend auf die mit Schlaglöchern übersäte Asphaltstraße. Dave fuhr so schnell er sich traute, und an den Stellen, wo der Creek die Straße überflutete, spritzten die Reifen das Wasser zur Seite. Der Wagen schlingerte, als Dave bei der Abzweigung auf die Torcido Canyon Road abbremste. Dabei entdeckte er, dass das kleine Seitental einen Namen hatte – Concho Canyon.

Wieder brach die Dämmerung früh herein. Es war gerade Schichtwechsel – Männer in trockenen Regenmänteln verließen den Bereitschaftsraum, Männer in nassen Mänteln kamen vom Dienst. Sie brachten den Geruch von feuchter Luft mit, den Geruch von Regen auf Gehsteigen. Telefone klingelten. Stimmengewirr, Lachen, Fluchen. Schreibmaschinen klapperten. Und draußen das eintönige Brummen des Feierabendverkehrs, übertönt von anschwellendem oder abklingendem Sirenengeheul.

»Wie sind Sie da bloß reingeraten?« Salazar klang bekümmert und sah auch so aus. Er schlug mit der flachen Hand auf einen Stapel Papier, der vor ihm lag. »Ist Ihnen klar, wie groß diese Sache ist? Und wie gefährlich?« Dave blinzelte ihn an. Salazar sagte: »Was hat Sie darauf gestoßen? Und erzählen Sie mir nicht, der Fall Myers.«

»Ein Informant.« Dave hängte seinen Regenmantel an einen Haken neben der Glastür, die am Ende des Bereitschaftsraums in den Glaskasten führte, der Salazars Büro darstellte. »Mit dem ich vereinbart habe, dass ich seinen Namen und alles, was mit ihm zusammenhängt, außen vor lasse.« Er setzte sich Salazar gegenüber und sah ihn über den Schreibtisch hinweg an. »Dann sind die Fotos also was geworden?«

»Die Fotos sind lausig. Ohne Stativ kann man mit dem Tele nicht fotografieren. Kein Mensch kann die Kamera so ruhig halten.« Mit säuerlicher Miene schob ihm Salazar die Bilder zu. Sie sahen aus, als wären sie in einer regnerischen Nacht aufgenommen worden. »Aber eins davon ist ganz brauchbar. Trotz Hut.«

»Von der Herzogin.« Dave betrachtete es.

»Wir haben aus dem ganzen Bundesstaat, aus dem ganzen Land Reaktionen darauf bekommen. Clara Blodgett, geborene Leopardi. Elf Festnahmen in den letzten fünfundzwanzig Jahren, keine Verurteilung.«

Dave gab ihm die Fotos zurück. »Wie das? In ihre Geschäfte sind so viele Menschen verwickelt, die sie unmöglich alle gut genug kennen kann, um ihnen zu trauen.«

»Sie traut ihnen nicht – sie schüchtert sie ein.«

»Hat sie früher schon mal jemanden in die Luft gesprengt?«, fragte Dave.

»Vielleicht.« Salazar blätterte die Papiere durch. »Ihr Autokennzeichen hat uns nicht weitergebracht. Gehört zu einem Wagen, der vor Jahren verschrottet wurde. Keine Verbindung zum früheren Besitzer.«

Dave lachte ironisch. »Mein Zeuge meinte, der Besitzer wäre bestimmt tot.«

»Dann scheint er die Herzogin zu kennen«, sagte Salazar. »Machen Sie sich nichts draus. Selbst wenn wir sie finden und vor Gericht bringen würden, würde kein Mensch gegen sie aussagen. Einmal hatte man einen Zeugen in – wo war das noch? Florida? Texas? Hab's vergessen.« Er schaute düster auf die Akten, lehnte sich zurück, schüttelte den Kopf. »Egal. Der Zeuge wurde unter falschem Namen in einem Motel einquartiert. Rund um die Uhr bewacht. Die Polizisten haben mit ihm gegessen, bei ihm geschlafen. Nur aufs Klo sind sie nicht mitgegangen. Er wurde durchs Klofenster erschossen. Aber meistens sind die Zeugen, wenn unsere Behörden sie ausfindig machen, schon tot – Unfall, Selbstmord. Sie wissen schon.«

Dave streckte den Arm aus und legte eine Hand auf die Akten. »Sind Sie in alldem auf einen Komplizen von ihr gestoßen, möglicherweise ein Killer, namens Smithers? Auf jemanden, der diesen Namen benutzt?«

»Ich habe den ganzen heutigen Tag mit diesen Akten verbracht.« Salazar zog eine dünne braune Zigarette aus einer flachen Schachtel auf seinem Schreibtisch und zündete sie an. »Das wäre mir aufgefallen.« Er schob die Akten hin und her, betrachtete Dave durch eine bläuliche Rauchwolke. »Smithers? Smith? Ein blöder Deckname.«

Dave zündete sich eine von seinen eigenen Zigaretten an. »Wollen Sie damit sagen, dass ich sinnlos eine Nacht vergeudet und eine Lungenentzündung riskiert habe? Dass wir nicht an sie rankommen?«

»Bringen Sie Ihren Zeugen dazu, dass er mit einem Truck dorthin fährt, sich einen Auftrag von der Herzogin verschafft, mitsamt den Firmenschildern und Warnschildern und den gefälschten Dokumenten, und dass man ihm den Auflieger mit Chemikalien belädt, und dann soll er alles zu uns bringen, und …«

»Er steht jetzt schon auf ihrer Abschussliste«, sagte Dave. »Seine Mutter wurde angeschossen. Ich habe Amanda zu ihr ins Krankenhaus geschickt. Die Frau hat ihr gesagt, es sei Smithers gewesen. Jetzt wird sie von Deputys vom San Diego County bewacht.«

Salazar fuhr unbeirrt fort: »Und selbst dann – wenn wir die dicke Clara einbuchten würden, hätte sie gleich den bestmöglichen Anwalt, der sie innerhalb einer Stunde freibekommen würde, und wenn es nach Jahren endlich zum Prozess käme, hätte sie zehn Zeugen dafür, dass sie gar nicht dort gewesen ist. Keiner der Trucker vom Rastplatz würde den Mund aufmachen. Wer möchte schon als drahtumwickeltes Päckchen enden? Und was die Firmen betrifft, die ihr Zeug auf diese Weise loswerden – die müssten vielleicht ein paar Tausender Strafe zahlen wegen illegaler Müllbeseitigung. Und eine Woche später würden sie damit weitermachen.«

»Mein Zeuge hörte Paul Myers sagen, er sei bereit, die Herzogin zu entlarven.« Dave streckte sich, um an den Aschenbecher heranzukommen. »Sie wissen, was dann passiert ist.

Die Frau von Myers wurde zusammengeschlagen, und als das nichts half, hat man Myers ermordet.«

Salazar drehte seinen Sessel zum Fenster und starrte auf den Regen, der an den Fensterscheiben herunterlief. »Den Zeugen, Dave.«

»Geben Sie mir meinen Bericht zurück.« Dave erhob sich schwerfällig. »Und die Fotos. Ich werde sie der Grand Jury vorlegen. Ich werde vor der Grand Jury aussagen.«

Salazar schwenkte wieder herum und schaute Dave mitleidig an. »Man wird Sie einsperren, weil Sie sich weigern, Ihre Quelle zu nennen. Und wenn Sie lebend wieder rauskommen, drehen Sie den Zündschlüssel Ihres Wagens um, und wumm! Sofort-Einäscherung. Ohne Wartezeit.« Er zog den Umschlag mit den Fotos aus dem Stapel hervor, dazu die zusammengehefteten Seiten von Daves maschinengeschriebenem Bericht. »Bitte schön.« Er schob es Dave zu. »Tun Sie's nicht. Das ist es nicht wert.«

»Es könnte Leben retten«, sagte Dave. »Im ganzen Land läuft die Sache so ab, und das seit Jahrzehnten. Dabei werden mehr und mehr Gesetze dagegen erlassen, auf Bundesebene, in den einzelnen Staaten, von lokalen Behörden. Ständig wird darüber geredet, darüber geschrieben, aber es wird immer schlimmer.« Er nahm seinen Mantel. »Die Luft ist vergiftet, unsere Teiche, Seen, Flüsse, ganze Ozeane. Das Grundwasser. Der Boden. Die Felder, die Nutztiere auf den Weiden. Menschen. Man wird ganze Ortschaften umsiedeln müssen. Jemand muss dem ein Ende machen.« Er schlüpfte in seinen Mantel.

Salazar kam ebenfalls zur Tür und nahm seinen Mantel vom Haken. »Haben Sie die Demonstration an der Müllkippe von Foothill Springs gesehen? Es kam im Fernsehen.« Er zog den Mantel an.

»Ich habe sie live gesehen.« Dave stopfte die nutzlosen Fotos und den wertlosen Bericht zusammengefaltet in eine Manteltasche.

»Ja, richtig«, sagte Salazar. »Die werden dem ein Ende machen. Nicht Sie. Nicht die Grand Jury. Die Grand Jury hat schon seit Monaten einen Abschlussbericht versprochen.

Da wird nie was draus.« Salazar öffnete seine Bürotür. Die Geräusche des großen Raums – Telefone, Schreibmaschinen, Stimmen – waren plötzlich sehr laut. Er ging voran, zwischen Schreibtischen hindurch, an denen mit Hochdruck gearbeitet wurde. »Warum vergessen Sie die Sache nicht und tun etwas, was Sie auch schaffen? Unterschreiben Sie die Papiere im Fall Myers, und die Witwe bekommt wenigstens ihren Scheck.« Er öffnete eine weitere Tür, und sie kamen in einen hell erleuchteten Korridor. »Wer ihn auch umgebracht hat, die Herzogin oder Silencio oder Kilgore – er wird nicht wieder lebendig. Sie kann das Geld gebrauchen. Sie hat Kinder.«

»Und einen kranken alten Vater«, sagte Dave. »Verdammt, ich wollte, der Mann hätte kein Gefahrgut transportiert. Wenn Pinnacle sich auf die Zweijahresklausel beruft, zahlen sie ihr keinen Cent.«

»Der Sattelschlepper war leer.« Salazar drückte auf den Rufknopf eines Lifts. »Reicht das nicht? Sie brauchen ihnen doch nicht alles zu erzählen, was Sie wissen?« Die Türen des Lifts glitten auf. Zwei Frauen in Uniform traten heraus. Salazar stieg ein, wartete auf Dave, drückte einen Knopf. Die Türen glitten zu. Der Lift setzte sich in Bewegung. »So viel wissen Sie eigentlich gar nicht, wenn ich es recht bedenke. Nicht viel, was Sie beweisen können.«

Dave lächelte niedergeschlagen. »Ich habe einer Menge Leute eine Menge Schwierigkeiten bereitet. Es wäre ziemlich traurig, wenn es am Ende völlig umsonst gewesen wäre.«

»Sie werden nicht aufhören. Stimmt's?«

»Ich wüsste gar nicht, wie«, sagte Dave.

18

Die kleinen Bishops schliefen wieder im großen Bett auf der Galerie. Cecil hatte sie mit Lasagne Bolognese gefüttert, bis sie nicht mehr konnten. »Das mochten sie lieber als Spaghetti mit Fertigsoße«, sagte Melvil. Er blieb bei ihnen im hinteren Gebäude. Cecil lieh ihm ein großes Kofferradio mit Kassettenrekorder, und Melvil setzte sich den Kopfhörer auf, wickelte sich in Decken, weil es wieder eine kühle, feuchte Nacht wurde, legte sich auf die lange, kordbezogene Couch vor dem offenen Kamin, wo die Scheite nur noch schwach flackerten, und hörte Blondie. Von der Couch aus konnte er die Tür im Auge behalten. Sie war zwar verriegelt, die Sperrkette eingehängt, doch er hatte trotzdem Angst. Vor Smithers.

Im vorderen Haus saß Dave, einen Drink neben sich, entspannt auf einer anderen Couch und schaute in ein anderes offenes Feuer. Cecil hatte sich auf der Couch lang ausgestreckt und seinen Kopf in Daves Schoß gelegt. Auf dem Plattenteller lagen Glenn Goulds *Goldberg-Variationen,* die er kurz vor seinem Tod eingespielt und bei denen er wie üblich mitgesummt hatte. Der Raum wurde nur vom Licht des Kaminfeuers erhellt. Die Lautstärke der Stereoanlage war niedrig eingestellt. Dave wollte alle Fahrzeuge hören, die auf der Canyon-Straße fuhren. Alle am Haus vorbei, hoffentlich. Falls Smithers zurückkam, würde man natürlich auch das Licht seiner Scheinwerfer über die Oberlichter streichen sehen. Aber nur, wenn er die Scheinwerfer eingeschaltet ließ. Womit nicht unbedingt zu rechnen war.

Die Sig Sauer Automatik lag auf Cecils Bauch. Ihr bronzenes Metall schimmerte im Licht des Feuers. Cecils Hände lagen darauf. Er knurrte, rührte sich, legte die Pistole auf den Boden, außer Sicht. »Soll ich jetzt sagen, dass es ein schönes Stück Feinmechanik ist?« Dave gab keine Antwort. Cecil schwieg lange

Zeit, nippte nur hin und wieder am Whiskey in einem massiven Glas, dessen Eiswürfel die Farben der Flammen widerspiegelten. »Muss es auch sein«, sagte er schließlich. »War schließlich teuer genug.« Dave gab einen unverständlichen Laut von sich und strich geistesabwesend mit einer Fingerspitze über die feinen Unebenheiten von Cecils zierlichem Ohr. »Der Typ vom LAPD, der mir das Schießen beigebracht hat«, sagte Cecil, »hat erzählt, dass nach Auskunft unserer Strafverfolgungsbehörden eine 45er am besten geeignet ist, einen Mann auszuschalten. In Europa dagegen ist es eine Neunmillimeter. Stellst du dir auch so gern die Forschung vor, die zu solchen Erkenntnissen führt?« Er hielt sich das Glas an die Lippen. »Man hätte mich glatt dazu verwenden können – wenn ich nur ein bisschen toter gewesen wäre.«

Dave legte seine Finger auf Cecils Mund. »Bitte«, sagte er.

»Ich will nie jemanden abknallen«, sagte Cecil.

Das Telefon klingelte. Es stand neben Daves Ellbogen. Er nahm den Hörer ab, froh, dass er daran gedacht hatte, die beiden Apparate im hinteren Gebäude auszustecken. So konnten die kleinen Bishops in Ruhe weiterschlafen. »Brandstetter«, sagte er.

»Sie brechen bei mir ein.« Die Stimme war rau, leise, zittrig und klang verzerrt, weil der Mund zu nahe am Hörer war. »Sie haben den Strom unterbrochen. Die Alarmanlage funktioniert nicht, der Elektrozaun auch nicht.«

»Gifford?« Dave zog die Stirn in Falten. »Wovon sprechen Sie? Wer bricht bei Ihnen ein?«

»*The Edge* natürlich«, zischte Gifford. »Diese Schwarzen-Gang. Ich weiß nicht, was mit den Hunden passiert ist. Sie haben getobt und gebellt, aber jetzt ist es ganz still draußen.«

»Was will denn *The Edge* von Ihnen?« Dave hätte nicht fragen müssen. »Es geht nicht um Sie. Es geht um Silencio, nicht wahr? Ruiz. Er ist bei Ihnen.«

»Natürlich. Das wissen Sie doch. Sie haben es die ganze Zeit gewusst. Sie haben ihn genauso geschützt wie ich. Wir hatten eine stillschweigende Übereinkunft, oder etwa nicht? Zwischen uns waren keine Worte nötig. Und jetzt werden Sie mir auch helfen. Ich weiß, dass Sie mir helfen werden.« Etwas krachte im Hintergrund. »Nein, warte! Silencio!« Eine Stimme antwortete, aber sie war zu weit entfernt, als dass Dave das Gesagte hätte verstehen können. Dann sprach Gifford wieder in den Hörer. »Sie sind auf der Veranda. Sie brechen die Tür auf.«

»Rufen Sie den Sheriff«, sagte Dave.

»Wie können Sie so was sagen? Sie wissen doch, was der Sheriff mit Silencio vorhat. Kommen Sie mir nun zu Hilfe oder nicht?«

»Ich komme«, sagte Dave und legte auf. »Muss weg«, sagte er und hob Cecils Kopf an. »Ruf die Zweigstelle des Sheriffs in Gifford Gardens an, oder die, die Gifford Gardens am nächsten ist.« Dave durchquerte den langen, dunklen Raum. »Schick sie zu De Witt Gifford. Jemand versucht, bei ihm einzubrechen.« Dave schlüpfte in seinen Regenmantel und schob den Türriegel zurück. »Er glaubt, dass es die *Edge*-Bande ist. Da Silencio bei ihm ist, würde mich das nicht wundern.« Cecil kam auf ihn zu und hielt ihm die Sig Sauer hin. Dave schüttelte den Kopf. »Die brauche ich nicht. Besser, du hast sie in Reichweite.« Er öffnete die Tür zu Regen und Kälte und Finsternis. »Melvil könnte Recht haben. Vielleicht taucht Smithers noch mal hier auf.«

Die großen Flügel des Eisentors mit den zusätzlichen Ketten standen weit offen. Suchscheinwerfer von Streifenwagen des Sheriffs tauchten sie in helles Licht. Die Wagen parkten auf der Straße außerhalb der hohen Mauern mit den Geißblattranken, deren Blätter im Licht funkelnd tropften. Weitere Streifenwagen standen am Ende der Auffahrt, neben der Veranda mit der kunstvoll geschnitzten Balustrade. Sie waren größtenteils verdeckt von den ausgewachsenen Büschen und Bäumen, aber ihre Lichter verrieten, wo sie standen. Dave stieg aus dem Jaguar, überquerte die Straße, zeigte einem japanischen Deputy seinen Ausweis und begann den Grund für seine Anwesenheit zu erklären.

Der Deputy sagte: »Lieutenant Salazar erwartet Sie bereits.« Er saß in seinem Streifenwagen und sprach in ein Funkgerät.

Dann ließ sein Daumen den Mikrofonschalter los. Der Lautsprecher im Wagen knisterte und knackte. Dave konnte die Worte nicht verstehen, aber der Deputy sagte »Zehn-vier« ins Mikrofon und hängte es an den Haken. Dann beugte er sich aus dem Wagen und sagte zu einem anderen Deputy, der im Regen neben dem Tor stand: »Lass den Mann durch.«

Männer mit Handscheinwerfern bewegten sich über das Grundstück. Hier und da fiel das Licht auf einen glänzenden gelben Regenmantel. Stimmen riefen durch die Dunkelheit. Irgendwo heulte eine Sirene. Die kunstvoll verzierten Glasscheiben der Haustür waren zerschmettert. Beide Türflügel standen offen. Salazar wartete dahinter in der Halle. Dave ging die hohen, breiten Eingangsstufen zu ihm hinauf. Salazar schaute entnervt drein.

»Er ist wieder entwischt«, sagte er.

»Was ist mit Gifford?«, fragte Dave.

Salazar schnaubte und wandte sich zur Seite. »Er hat versucht, mit seiner 30-30er zu schießen. Das Gewehr ist explodiert. Wahrscheinlich zwanzig Jahre nicht gereinigt. Ein Wunder« – Salazar folgte dem Lichtstrahl seiner starken Taschenlampe die Freitreppe hinauf – »dass es überhaupt gefeuert hat. Ihm hat es den halben Kopf abgerissen.«

»Mein Gott«, sagte Dave.

»Er hat versucht, seinen Liebling zu retten.« Salazar fand eine Treppe, die hinauf in den ersten Stock führte, und ging nach oben. Dave folgte. »Und vielleicht ist ihm das gelungen.«

»Was ist mit *The Edge*? Sind Ihre Leute rechtzeitig hier gewesen?«

»Wir können ihnen nicht allzu viel nachweisen.« Salazar ging über einen Korridor auf eine Tür zu, die offen stand. Die Tür zum Dachgeschoss. »Einbruch.« Salazar stieg die Treppe hoch. »Tragen versteckter Waffen. Tötung der Hunde.«

»Schöne Tiere.« Dave ging hinter Salazar her. »Aber nicht grausam genug. Nicht im Vergleich zum Homo sapiens.« Sie erreichten den Speicher. Dave hielt inne, um Atem zu schöpfen. Er sollte mit dem Rauchen aufhören. Er fragte Salazar: »Wieso sind Sie eigentlich schon vor mir hier?«

»Weil ich ungefähr zehn Meilen näher wohne.« Salazar ließ das Licht seiner Lampe über die gestapelten Kisten, Kartons und Koffer streichen. »Ich habe die hiesige Zweigstelle angewiesen, mich zu Hause anzurufen, falls sich beim Gifford-Besitz etwas tut. Sie hatten doch gesagt, Silencio könnte sich noch hier aufhalten. Das ging mir nicht aus dem Kopf. Schauen Sie sich dieses Durcheinander an. Hier oben könnte sich King Kong verstecken.« Kopfschüttelnd durchquerte er den schmalen, gewundenen Gang zwischen den Mauern staubigen Gerümpels, das De Witt Gifford einer gleichgültigen Welt hinterließ. Dave folgte ihm. Salazar blieb abrupt stehen. »Der Gerichtsmediziner ist noch nicht da«, sagte er.

Der alte Mann, oder was von ihm übrig war, saß noch immer in seinem motorisierten Rollstuhl. Salazar richtete das Licht seiner Stablampe nur eine Sekunde auf ihn, dann schwenkte er es rasch wieder weg. Blut war auf das Porträt des nackten, ewig jungen Ramon Novarro an der Wand über dem Bett gespritzt. Waren er und Gifford jetzt wieder vereint? Dave glaubte nicht daran, aber Gifford hätte diese Vorstellung sicher gefallen.

Schuhe trampelten über die Treppenstufen weiter unten. Stimmen. Jemand lachte. In der Tür am anderen Ende des Gerümpels bewegten sich helle Lichter. Die Umrisse von Männern füllten die Tür. Jemand rief: »Leiche da oben?«

»Hier herüber.« Salazar richtete seine Taschenlampe auf den Durchgang, trat dann zurück, um die Männer vorbeizulassen. Es waren große, junge Burschen. Einer von ihnen trug eine zusammengelegte Bahre mit Rädern, deren Metallteile klapperten. Um den anderen nicht im Weg zu stehen, trat Dave am schauerlichen Leichnam des alten Mannes vorbei und ging ins Turmzimmer, wo die Scheiben des großen Bogenfensters schmutzig gelb schimmerten, weil sich das Licht der Streifenwagen weit unten in ihnen brach. Das Hauptbuch des Alten lag wie ein großer toter weißer Vogel offen auf dem Couchtisch.

Dave nahm die Lesebrille und die Minitaschenlampe aus seinem Jackett. Er setzte sich auf die knisternde alte Empire-Couch, beugte sich über das Buch und begann, im dünnen

Lichtstrahl seines Lämpchens die Zeilen von Giffords pedantischer, altjüngferlicher Handschrift zu entziffern, um Daten und Zeiten zu überprüfen. Er runzelte die Stirn, blätterte eine Seite zurück. Und hätte beinahe laut gesprochen. Gifford hatte ihn belogen, was den Mercedes betraf. Dave las die Eintragung zweimal, klappte das Buch zu, steckte Brille und Taschenlämpchen wieder ein und erhob sich grimmig lächelnd von der Couch.

Drüben im Speicher hielt Salazar das Licht, während die bulligen jungen Kerle den zerbrechlichen alten Körper auf die Bahre legten. Dann steuerten sie sie auf Rädern den Gang entlang zur Tür. Daves Fuß stieß gegen etwas Weiches, Zusammengesunkenes auf dem Boden. Er bückte sich und hob es auf. Salazar richtete das Licht darauf. Ein Damenhut aus kirschrotem Samt im Turbanstil, mit einer zerknitterten Satinschleife an der Rückseite. Von 1920? Ungefähr, ja. Dave war mit drei Schritten hinter dem gebeugten Rücken des Gerichtsmediziner-Gehilfen, streckte den Arm vor und ließ den Hut auf Giffords zugedeckten Leichnam fallen.

»Das soll wohl 'n Witz sein«, sagte der Mann.

»Für ihn war es Ernst«, sagte Dave und schaute zu, wie die Bahre in dem engen Gang halb gefahren und halb getragen wurde. Wieder spielte das Licht von Salazars Stablampe auf den Kisten, Koffern und Fässern. Dave runzelte die Stirn, wandte sich um, ließ sich von Salazar die Lampe geben und leuchtete damit in die Spinnweben. »Großer Gott«, sagte er und gab Salazar die Lampe zurück.

»Was haben Sie entdeckt?«

»Ich habe etwas *nicht* entdeckt. Da oben war ein Rettungsfloß aus dem Zweiten Weltkrieg. Es ist weg. Das heißt, dass Sie Silencio flussabwärts suchen müssen.«

»Der Creek? Haben Sie gesehen, wie viel Wasser der führt?«

»Die Leute fahren doch dauernd zum Spaß mit dem Schlauchboot da runter«, sagte Dave. »Warum sollte er nicht versuchen, so dem sicheren Tod zu entkommen?«

»Es ist nur eine andere Art sicherer Tod«, sagte Salazar. »Wir haben schon vier Ertrunkene seit Beginn dieser Regenfälle. Teenager, Erwachsene. Die Leute sind verrückt geworden, Dave.«

»Fragt sich, warum sie es werden«, sagte Dave. »Können Sie ein Autokennzeichen für mich überprüfen lassen?«

»Ein vierzig Jahre altes Rettungsfloß? Das die ganze Zeit hier oben gelegen hat? Das muss vollkommen verrottet sein.«

»Wahrscheinlich«, sagte Dave. »Ich brauche unbedingt die Daten zu diesem Kennzeichen.«

»Morgen früh«, sagte Salazar.

19

Während der Nacht hörte es auf zu regnen. Am frühen Morgen hing ein sehr blauer, wolkenloser Himmel über dem kühlen kleinen Seitental namens Concho Canyon. Das Hochwasser des Creeks toste noch immer neben der kurvenreichen Straße, überschwemmte aber an deren tiefsten Stellen nicht mehr den Asphalt. Innerhalb weniger Stunden würde der Wildbach zum Rinnsal abebben, die Felsen und die Stämme der Platanen würden wieder trocken sein.

Er stellte den Jaguar dort ab, wo nachts die Trucks von der befestigten Straße abbogen. Nach dem Aussteigen schaute er den Spurrillen nach, die zwischen den Eichenstämmen hindurch bis zum Abladeplatz mit den verrosteten Fässern und den toten Farnpflanzen führten. Abgesehen vom Rauschen und Grollen des Creeks war es im Canyon totenstill. Nach einem Regen hörte man morgens Vögel singen. Hier nicht. Eine leichte Brise strich ihm durchs Haar. Sie brachte den Gestank der Müllkippe mit.

Er wandte sich ab und schaute, die Augen gegen die Helligkeit zusammengekniffen, hinauf zu dem Haus, das hoch oben an der Wand des Canyons hing. Kein Lebenszeichen. Wer auch immer dort wohnte, schlief vielleicht noch. Er war so früh hergekommen, um die Bewohner noch anzutreffen, bevor sie aus dem Haus gingen. Zur Arbeit? Bei einem solchen Haus? In einer solchen Umgebung? Warum nicht? Jemand musste es ja bezahlen. Man musste für alles bezahlen.

Er stieg wieder in den Jaguar und fuhr weiter, auf der Suche nach einem Weg dort hinauf. Er fand jedoch lediglich Brücken an Stellen, wo der Creek eine Biegung machte und die andere Seite besseren Untergrund für die Straße bot. Nach einigen Meilen lief die Straße endgültig aus, als der Canyon sich verengte und ein zwischen Felsen und Farnen herabrauschender

Wasserfall den Anfang des Creeks markierte. Dave fuhr denselben Weg wieder zurück. In seinem Straßenatlas war keine Straße verzeichnet, die zum Kamm des Concho Canyon hinaufführte, doch er forschte weiter, denn es musste eine geben. Er brauchte eine weitere Viertelstunde, dann hatte er sie gefunden.

Die Straße war nicht mehr als eine Zufahrt mit recht neuer Asphaltdecke, gerade breit genug für einen Wagen. Sie endete an einer knapp zwei Meter hohen Einfriedung aus Zedernholzplanken. Dave parkte neben dem Zaun und stieg aus. Stille. Das Rauschen des Creeks war hier oben kaum noch zu hören. Leise drückte er die schwere Tür des Jaguars zu, und ebenso leise näherte er sich dem Doppeltor aus Zedernholzplanken, das geschlossen und mit einem Vorhängeschloss gesichert war. Er spähte durch den Spalt zwischen den Torflügeln. Ein Winnebago-Wohnmobil stand einsam auf einem Abstellplatz für zwei Wagen. Es sah nagelneu aus, bereit, überallhin zu fahren, doch war es noch nirgends gewesen. Vielleicht war ihm dies hier schon Wildnis genug. Weiter unten am Zaun befand sich noch ein Tor. Daneben hing in halber Höhe ein Lederriemen. Er zog daran und hörte Schlittenglocken läuten.

Aber niemand erschien. »Hallo!«, rief er. »Jemand zu Hause?« Seine Stimme hallte in der Stille des Canyons nach. Keine andere Stimme antwortete ihm. Er wartete. Zog wieder am Klingelriemen. Rief erneut. Dann holte er seine Brieftasche heraus, entnahm ihr einen glänzenden kleinen Dietrich und bearbeitete feinfühlig das runde Türschloss aus Messing, das im rohen Zedernholz glänzte. Das Tor öffnete sich, und Dave betrat eine schmale Terrasse, auf deren Geländer Kletterpflanzen und Sukkulenten in Töpfen standen. Einige der Sukkulenten trugen winzige, leuchtend orangefarbene Blüten. Unterhalb der Terrasse erstreckte sich das Hausdach mit seinen spitzen Winkeln und Giebeln. Als Dave gegen das Tor drückte, um es zu schließen, schabte die Unterkante über Briefumschläge. Im Tor befand sich ein Briefschlitz. Er sammelte die Umschläge ein und schloss das Tor.

Eine schwarze Fertigbau-Wendeltreppe aus Eisen führte von

der Terrasse hinab. Er stieg die Stufen hinunter, und trotz seiner weichen Sohlen hallten seine Schritte dröhnend wider. Falls die Hausbewohner noch schliefen, würden diese Geräusche sie vielleicht wecken. Die untere Terrasse war weitläufiger, und in ihren vier Ecken standen Bäume in hölzernen Kübeln. Die angrenzende Hauswand bestand ganz aus Glas. Schiebetüren, geschlossen, die Vorhänge dahinter zugezogen. Dave betrachtete sie und glättete gedankenverloren die Kanten der Briefumschläge in seinen Händen. Auf der Suche nach der Haustür schlenderte er über die Terrasse. Er fand sie, eine Doppeltür. Verschlossen. Mit diesem Typ von Schloss kannte er sich nicht aus.

Das Haus war umgeben von einem ausgeklügelten System aus Zedernholztreppen und Terrassen. Vielleicht gab es irgendwo ein offenes Fenster oder eine Tür mit einem einfacheren Schloss. Er ging von einer Ebene zur anderen, immer weiter nach unten, wo sich im Schatten der hohen Bäume noch die Kühle der Nacht hielt. Der Raum, in den er mühelos eindringen konnte, war holzvertäfelt und funktionell eingerichtet, mit einer Werkbank unter einem ordentlich aufgeräumten Werkzeugregal auf der einen Seite und einem leeren Schreibtisch, einem Heimcomputer und einem Aktenschrank auf der anderen. Durch eine Fensterfront blickte man direkt in die Wipfel der Bäume, die am steilen Abhang zum Canyon standen. Er schaute hinunter. Die Straße am Creek war von hier oben einzusehen, die Müllkippe jedoch lag unter dem Laub der Eichenkronen versteckt. Hatte das heisere Brüllen der schweren Dieselmotoren nachts die Stille des Canyons durchbrochen und die Leute hier oben aus dem Schlaf gerissen? Hatten sie das umgeworfene Schild aufstellen lassen? Er würde es wohl nicht herausfinden. Nicht heute.

Der Schreibtisch schien ihm der sinnvollste Platz für die Post. Er legte sie dort ab, drehte sich um, wandte sich noch einmal der Post zu. Nahm seine Lesebrille aus dem Jackett, setzte sie auf, blinzelte beim Anblick der Adresse auf dem obersten Umschlag. *Mr. Lorin Shields.* Er runzelte die Stirn. Kannte er den Namen nicht? Er schaute die anderen Umschläge durch.

Mr. & Mrs. Lorin Shields. Jennifer & Lorin Shields. Lorin Shields. Er ließ die Umschläge auf die Schreibtischplatte fallen. Verdammt, natürlich! Lorin Shields war der stellvertretende Geschäftsführer, auf den er vorgestern Vormittag bei Tech-Rite gewartet und den er dann nur kurz getroffen hatte, als der Mann ihm mit Riesenschritten vom Chefparkplatz her entgegengekommen war. Groß und dünn, ein Mann unter Hochdruck.

Doch Tech-Rite war dreißig, vierzig Meilen entfernt von hier. Er starrte auf die Umschläge. In Gedanken sah er Shields' gepflegte orientalische Sekretärin vor sich: *Er kommt eigentlich nie zu spät. Es muss am Regen liegen. Er hat einen langen Weg hierher.* Wie hatte der Knabe mit den rosigen Wangen dort geheißen? Jochim. Den die Demonstranten von Foothill Springs so aus dem Konzept gebracht hatten. Er hatte etwas über Shields' Frau gesagt. *Er hat ihr ein wundervolles neues Haus gebaut.* Dave sah wieder Shields' Gesicht unter dem tropfenden Schirm seiner irischen Tweedmütze – verhärmt, gequält, Kummer in den Augen. Und noch etwas. Erschrecken, vielleicht sogar Angst, als Jochim ihm Daves Namen genannt hatte. Dave hatte sich gefragt, ob er es sich bloß einbildete. Denn was für einen Sinn hätte es ergeben?

Über glänzende Innentreppen gelangte er auf Wohnebenen mit auf Hochglanz poliertem Holzboden, auf dem nur spärlich Möbel arrangiert waren, nirgends mehr als drei oder vier Stück. Es erinnerte ihn an die großen, ungenutzten Räume im Haus des alten De Witt Gifford. Jene allerdings hatte das Leben verlassen. Hier dagegen sah es aus, als hätte das Leben nie Einzug gehalten. Die schönen, hoch aufstrebenden Lichtschächte, die riesigen Glasflächen mit Blick auf die Bäume, die freischwebenden Galerien und stillen Winkel des leeren Holzhauses atmeten nicht den Geist irgendeiner Vergangenheit oder Zukunft. Oder auch nur einer Gegenwart. In einem Schlafzimmer, das den Eindruck vermittelte, als ruhe man inmitten der Baumwipfel, war nur die eine Hälfte des breiten Betts benutzt, Decke und Laken zurückgeschlagen, Kopfkissen eingedrückt. Ein Bild der Einsamkeit. An der Garderobe im Hauseingang nahm Dave eine irische Tweedmütze von einem der dicken, hölzernen Haken.

Irgendwo klingelte ein Telefon, und das Geräusch verhallte in der hölzernen Leere. Er stand da, hielt die Mütze in der Hand, lauschte und zählte mit, wie oft es klingelte. Bedeutete der Anruf, dass normalerweise um diese Zeit – er schaute auf seine Armbanduhr: halb neun – jemand hier war? Wenn ja, würde derjenige demnächst auftauchen? Shields konnte es nicht sein, oder? Heute war Werktag. Um Tech-Rite zu normalen Geschäftszeiten zu erreichen, musste er längst losgefahren sein. Seine Frau? Die Jennifer von den Briefumschlägen? Nein. *Er hat kürzlich seine Frau verloren,* hatte Jochim gesagt. *Ganz plötzlich. Es war ein Schock für ihn. Sie war jung.* Dave hängte die Mütze wieder an den Holzhaken. Das Telefon verstummte mitten im zehnten Klingelzeichen.

Wieder unten im Arbeitszimmer, zog er die oberste Schublade des Aktenschranks auf. Es war, wie der Schreibtisch, ein schönes Stück aus dunklem Teakholz, dänisches Fabrikat. Aber, wie das ganze Haus, kaum benutzt. Die wenigen Ordner standen nicht aufrecht, sondern lagen auf einem losen Stapel, als wären sie eilig hineingeworfen und vergessen worden. Er setzte die Lesebrille auf und nahm einen der Ordner heraus. TECH-RITE. *Versandabteilung. Nicht verstellen!*

Er ließ sich am Schreibtisch nieder und blätterte die Papiere durch. Es waren dünne gelbe Durchschläge von Frachtbriefen. Zwei trugen die Unterschrift von Paul Myers. Dave konnte den getippten Zahlen- und Buchstabenreihen nicht entnehmen, was er transportiert hatte. Am neunten, als er getötet wurde, war er jedenfalls nicht für Tech-Rite gefahren. Aber ein anderes Datum war interessant. Und zwar das Datum des letzten Frachtbriefs in diesen Ordnern. Es war das Datum, an dem die Nachricht veröffentlicht wurde, dass Myers mit seinem Truck nicht verunglückt, sondern in die Luft gesprengt worden war. An jenem Tag hatte Lorin Shields diese Unterlagen mit nach Hause genommen.

Dave nahm die Lesebrille ab und schaute zur anderen Seite des Zimmers, zur Werkbank hin. Er klappte die Lesebrille zusammen, steckte sie ein, stand auf, legte die Ordner wieder in die Schublade und schob diese zu. Er durchquerte den Raum und bückte sich unter die Werkbank. Bisher hatte sich darunter noch nicht viel Abfall ansammeln können, nur ein paar kleine, leere Kartons. Und ein Schuhkarton, der nicht leer war. Er hob ihn hoch, stellte ihn auf die Werkbank, nahm den Deckel ab. Er enthielt ein Knäuel dünner Drähte in verschiedenen Farben, außerdem Schalter und andere Kleinteile, deren Bezeichnungen Dave nicht kannte. Aber darunter, in Form ordentlicher flacher Rechtecke, einzeln in Zellophan verpackt, war etwas, das er kannte. Weich, leichengrau, klebrig. Plastiksprengstoff.

»Ganz ruhig stehen bleiben«, sagte eine Stimme. Ein Mann stand in der Tür, von der aus man über eine Treppe in die Küche gelangte. Lorin Shields. Groß und dünn. Und glatzköpfig. Kariertes Sporthemd, am Hals offen, Hose aus grobem Wollstoff, Kordjacke, Schuhe mit Kreppsohlen. Und in der Hand ein Revolver. Ein 45er. Das Kaliber, das nach Auskunft der US-Strafverfolgungsbehörden am besten geeignet war, einen Mann auszuschalten. »Brandstetter«, sagte Shields. »Dachte ich's mir doch. Ich habe viel über Sie in den Zeitungen gelesen.«

»Die übertreiben«, sagte Dave. »Und stellen Dinge falsch dar.«

»Eines haben sie richtig dargestellt«, sagte Shields. »Sie geben nie auf.«

»Wenn Sie sich rausgehalten hätten«, sagte Dave, »dann wäre ich Ihnen nie auf die Spur gekommen.«

»Ich war überzeugt, dass jemand wusste, wohin Paul Myers in jener Nacht gefahren war. Und warum. Es war so nah an diesem Haus. Ich musste diejenigen finden und ihnen das Maul stopfen.«

»Was hatten Sie gegen Myers? Außer, dass er Ihnen den Müll in die Landschaft gekippt hat?«

»Er hat meine Frau getötet«, sagte Shields. »Ein zauberhaftes junges Mädchen. Wissen Sie, was sie sich vom Leben wünschte? Nur Liebliches und Schönes. Ein Haus mitten im Wald. Ruhe. Einsamkeit. Natur. Fernab der Welt.«

»Das haben Sie ihr gegeben«, sagte Dave.

»Sie ist spazieren gegangen, verstehen Sie?« Shields' Stimme klang bitter.

»Und über diese Müllkippe gestolpert«, sagte Dave. »Und dann ist sie an unkontrollierbarer Diarrhö, Husten, Zwerchfelllähmung gestorben. Genau wie Ossie Bishop.«

Shields' Mundwinkel zuckte. »Wer hat erkannt, wer Smithers ist? Sie doch nicht. Er kam zu Ihrem Haus, um Sie zu töten. Ihre Frau hat ihn gesehen. Selbst danach haben Sie es nicht erkannt. Wer hat es Ihnen verraten?«

»Ein kranker alter Mann, von dem Sie nie gehört haben«, sagte Dave. »Ein Krüppel. In einem Rollstuhl. Sie haben sich um die falschen Dinge gekümmert, Shields. Wissen Sie, wie H.L. Mencken *Gewissen* definiert hat? Als die leise Stimme, die uns sagt, dass jemand uns beobachtet.«

»Jetzt nicht«, sagte Shields. »Jetzt beobachtet uns niemand.«

»Aber Ihr Gewissen funktioniert schon seit langem nicht mehr. Ihr Angestellter, Jochim, hat mir erzählt, dass die Fabrik Ihnen einmal alles bedeutet hat.« Dave ließ seinen Blick in dem schönen Raum umherschweifen, betrachtete das wunderbare Panorama hinter der breiten Fensterfront. »Es hat sich ausgezahlt, nicht wahr? Sie konnten sich alles kaufen, was ein Mann sich nur wünschen kann. Ein schönes Haus, teure Autos, eine zauberhafte Frau. Es war Ihnen egal, dass dieselbe Fabrik Menschen vergiftete. Bis es Ihre eigene Frau erwischt hat.«

»Wir werden einen Spaziergang machen«, sagte Shields.

»Aber dann hatten Sie nicht den Mumm, Tech-Rite in die Luft zu jagen, stimmt's? Stattdessen jagten Sie einen Mann in die Luft, von dem Sie nicht einmal den Namen kannten. Sie kannten Myers gar nicht. Oder vielleicht doch? Sie haben ja diese Frachtpapiere mit nach Hause genommen, um sie zu verstecken.«

»Ich wusste, dass wir freie Trucker beauftragen, um bestimmte Chemieabfälle loszuwerden, die wir nicht in Foothill Springs abladen dürfen. Sie können sich nicht vorstellen, wie uns diese ganzen Regierungsverordnungen das Geschäft erschweren.«

»Und dann kam Ihnen plötzlich der schreckliche Gedanke,

dass Myers in jener Nacht eine Ladung von Tech-Rite hierher gefahren haben könnte. Deshalb haben Sie die Frachtpapiere an sich genommen. Aber Sie haben sich geirrt. Er hat Ihnen keinen Müll von Tech-Rite in den Vorgarten gekippt.«

»Nicht in dieser Nacht, nein. Aber früher muss es jemand getan haben, Myers oder Bishop oder irgendwer anders. Ich habe die Fässer erkannt. Unsere Codes werden mit Schablonen auf die Deckel gesprüht.« Er schüttelte ungeduldig den Kopf. »Es ging nicht um Myers persönlich. Es ging um das, was er tat. Um das, was er und seinesgleichen meiner Jennifer angetan haben.« Seine Augen waren feucht. Er blinzelte heftig. Dann gestikulierte er mit dem Lauf seines Revolvers. »Los jetzt.« Er trat rückwärts durch die Tür. »Und zwar ganz vorsichtig.«

»Ein Spaziergang?«, fragte Dave. »Wohin? Hinunter zum Müll?«

»Er tötet alles, was mit ihm in Berührung kommt«, sagte Shields.

Er ging rückwärts die schmale Treppe hinauf, den Revolver auf Daves Kopf gerichtet. Nach der Helligkeit im Arbeitszimmer wirkte es auf der Treppe dunkel. Dave achtete auf seine Schritte. Es wäre fatal gewesen, jetzt zu stolpern. Ein Geräusch aus der Küche oben ließ ihn aufblicken. Er kannte das Geräusch. Er hatte es in letzter Zeit oft genug selbst verursacht. Es war das leise Schieben des Schlittens, zurück und wieder vor, an der Sig Sauer Automatik – die Bewegung, mit der eine Patrone vom Magazin in die Kammer transportiert wurde.

Cecil stand am oberen Ende der Treppe im hellen Sonnenlicht und hielt die Pistole mit beiden Händen und korrekt ausgestreckten Armen. Seine Augen waren weit aufgerissen. Seine Haut schien aschfahl. Shields hörte das Geräusch im selben Augenblick wie Dave. Versuchte, sich umzudrehen. Zu schnell. Trat neben die Treppe, verlor das Gleichgewicht. Sein Revolver ging los. Die Sig Sauer ging los. Das Geschoss schlug in Shields' Brustkorb ein und fetzte am Rücken wieder heraus. Shields' Blut spritzte Dave ins Gesicht. Er schmeckte das Salz auf den Lippen. Shields stürzte rückwärts auf ihn, und das

Gewicht des toten Körpers war zu viel für Dave. Er brach darunter zusammen und landete mit dem Rücken auf dem Boden im Arbeitszimmer. Verzweifelt versuchte er, seine Beine freizubekommen. Er wollte zu Cecil. Denn oben in der Küche hörte er Cecil schluchzen. Etwas Traurigeres hatte Dave noch nie gehört.

Kerzen schimmerten in der Stille von *Romano's Restaurant.* Die weißen Tische mit ihren glitzernden Gläsern und Silberbestecken waren längst verlassen. Schattenhafte Gestalten tranken an der kleinen Bar, wo Max Gläser polierte. Dave saß zurückgelehnt am Ecktisch, rauchte eine Zigarette, hielt einen Cognacschwenker in der sanft kreisenden Hand und beobachtete Cecil. Cecil erzählte Amanda gerade, wie es dazu gekommen war. Er hatte die Geschichte im Lauf des Tages bereits mehrmals erzählt. Dave hoffte, wenn er oft genug davon erzählte, würde ihn das von Trauer und Schuldgefühlen befreien. Er bezweifelte es, aber zugleich hoffte er es.

»Also, dann hat Lieutenant Salazar angerufen. Er hatte die Daten zu dem Autokennzeichen, um die Dave ihn gebeten hatte. Dem aus De Witt Giffords Tagebuch. Smithers' Mercedes, ja? Und ich hab alles aufgeschrieben. Am Schreibtisch, im hinteren Haus, wo die kleinen Bishops um mich rumgehüpft sind.«

»Ich mag sie sehr«, sagte Amanda, »aber sie hüpfen wirklich viel herum.«

Dave warf einen Blick auf seine Armbanduhr. »Inzwischen dürften sie im Haus der Hutchings in Halcon tief und fest schlafen. Und Melvil genauso. Er hat in letzter Zeit bestimmt nicht viel Schlaf bekommen.«

»Diese Herzogin war für ihn ein wandelnder Alptraum«, sagte Cecil. »Melvil hat gehört, wie ich die Adresse beim Aufschreiben wiederholt hab. Und nachdem ich aufgelegt hatte, ist er gekommen und hat gelesen, was ich auf den Zettel geschrieben hab. Concho Canyon. Und er hat gesagt, zum Concho Canyon wär er mit Dave gefahren. Um ihm die Müllhalde zu zeigen. Eine Abzweigung vom Torcido Canyon. Wo Dave heute Morgen hingefahren ist. Um mit den Leuten zu reden, die da oben in dem Haus wohnen.«

»Shields«, sagte Amanda, »der sich Smithers nannte.«

»Wie sich herausstellte, war es der Mädchenname seiner Frau«, sagte Dave. »Salazar hatte Recht. Wer würde sich hinter einem Decknamen wie Smithers verstecken?«

»Also hab ich versucht«, fuhr Cecil fort, »Salazar zurückzurufen, um ihm zu sagen, dass er sofort dorthin fahren muss. Aber da war er schon aus dem Büro. Auf dem Weg zum Strand. Das LAPD hat die Leiche von Silencio Ruiz gefunden. Der ist geradewegs in den Ozean gespült worden. Aber das hab ich erst später erfahren. Alles, was ich jetzt wusste, war, dass Dave dort auf Shields treffen würde und gar nicht damit rechnete.«

»Ich dachte, ich würde mit den Leuten dort reden, die mir vielleicht etwas Neues über die wilde Müllkippe erzählen könnten. Etwas, das mir vielleicht geholfen hätte, die Herzogin festzunageln. Sie hatten ja einen fabelhaften Beobachtungsposten da oben an der Steilwand über dem Canyon.«

»Salazar hatte mir auch die Telefonnummer von Shields gegeben«, sagte Cecil, »und ich hab versucht anzurufen. Keine Ahnung, was ich mir dabei gedacht hab. Was hätte das nützen sollen?«

»Es hätte sehr viel genützt«, sagte Dave, »aber ich konnte ja schlecht ans Telefon gehen, oder?«

»Jedenfalls hast du's nicht gemacht.« Und zu Amanda: »Ich hatte also keine Wahl. Er hatte ja nicht mal die Pistole dabei. Hatte sie mir dagelassen für den Fall, dass Smithers noch mal bei uns auftauchen würde.«

»Er hat mit Vorliebe frühmorgens geschossen«, sagte Dave. »Auf Louella Bishop hat er geschossen, während ich bei Tech-Rite auf ihn gewartet habe.«

»Also bin ich dorthin gefahren«, sagte Cecil. »Und tatsächlich, da stand der Mercedes. Und es war ganz still. So still.« Er blickte über die Kerzenflamme hinweg zu Dave, die Augen groß und bereit für weitere Tränen. »Und da hab ich gedacht: *Er ist tot. Shields hat ihn erschossen.* Aber diesmal war ich schlau genug, keine Geräusche zu machen. Das letzte Mal – wisst ihr noch? – bin ich auf die Tür von dieser Hütte zugegangen und hab allen da drin laut verkündet, dass ich komme, und sie haben mir einen Haufen Kugeln verpasst. Diesmal nicht.«

»Zum Glück«, sagte Amanda.

»Ich bin über den Zaun geklettert. Dann durchs Klofenster. Das vergessen immer alle zuzumachen. Und im Haus drin, da hab ich dann gehört, wie sie miteinander reden. Und ...« Er stellte seinen Cognacschwenker ab, schob den mit schwarzem Samt bezogenen Stuhl zurück und stand auf. »Können wir jetzt bitte heimgehen?«, sagte er zu Dave.

»Armes Kind«, sagte Amanda. »Du musst völlig erschöpft sein.«

»Ich geh zurück zu den Fernsehnachrichten«, sagte Cecil. »Wenn dort was passiert, passiert es wenigstens immer nur anderen.«

Michael Nava bei Pink Plot

»Henry Rios hat alles, was einen perfekten Krimihelden ausmacht. Gesellschaftskritik und Selbsterkenntnis, Krimiplot und literarische Form fügen sich bei Nava zu einem organischen Ganzen.« *Süddeutsche Zeitung*

Der kleine Tod
Henry Rios Band 1
Pink Plot 2001 · ISBN 3-88619-901-0

Anwalt Henry Rios gerät im Auftrag eines Mandanten in die Welt einer der großen Kapitaldynastien der USA, die mit der Eisenbahn ihr Vermögen gemacht und mit einer Stiftung ihr Gewissen beruhigt hat. Wie kann ein Schwuler es wagen, den Namen alten Geldes zu beschmutzen?

Goldjunge
Henry Rios Band 2
Pink Plot 2003 · ISBN 3-88619-903-7

Jim Pears wird mit der Tatwaffe in der Faust bewusstlos neben einem Ermordeten gefunden. Doch angeklagt, bekommt Pears unerwartet Rückendeckung: Der schwule Jet-Set setzt sich für ihn ein, was Henry Rios Unbehagen bereitet …

Stadt der Ehre
Henry Rios Band 3
Pink Plot 2011 · ISBN 3-88619-911-8

Öffentliche Meinung und Gerichtsbarkeit sind sich längst einig: Paul Windsor, ein stadtbekannter Kinderschänder, hat die Moral eines Schuldigen. Doch Henry Rios bezweifelt die Ordentlichkeit der Ermittlungen …

Das innere Gesetz
Henry Rios Band 4
Pink Plot 2018 · ISBN 3-88619-918-5

Senator Peña ist betrunken, als er den alten Mann in Sacramento totfährt. Sein Traum, als erster Chicano Oberbürgermeister von Los Angeles zu werden, scheint ausgeträumt. Es sei denn, die Inszenierung stimmt …

Michael Nava bei Pink Plot

»Die schwule Welt hat einen neuen Helden, der eigentlich gar keiner ist: zerrüttet, melancholisch, immer auf der Suche.« *Männer aktuell*

Todes Nähe

Henry Rios Band 5

Pink Plot 2030 · ISBN 3-88619-930-4

Ein ehemaliger Kommilitone und Freund von Strafverteidiger Henry Rios hat es bis zum Richter gebracht. Als er ermordet wird, steht für die Polizei der Tatverdächtige schon fest: ein ehemaliger Stricher, der behauptet, mit dem Toten ein Verhältnis gehabt zu haben …

Verbrannte Erde

Henry Rios Band 6

Pink Plot 2056 · ISBN 3-88619-956-8

Ein Mordfall, bei dem man Henry Rios Motiv, Mittel und Gelegenheit nachweisen kann, reißt den Anwalt aus seiner Trauer – doch das ist erst der Anfang einer infernalischen Achterbahnfahrt im Schatten der mächtigen Traumfabrik Hollywood.

Die lange Nacht

Henry Rios Band 7

Pink Plot 2068 · ISBN 3-88619-968-1

Mit dem siebten Henry-Rios-Roman beendet Michael Nava seinen Zyklus um den berühmten schwulen Latino-Anwalt. In seinem letzten Fall sammelt der schwer kranke Jurist die Scherben seines Lebens zusammen und tritt noch einmal gegen das Schicksal an.

Ein wunderbarer, literarischer Kriminalroman über die Liebe, das Leben mit Kindern und das Altern.

Joseph Hansen

»Joseph Hansen ist ein genauer Beobachter mit seismologischem Gespür für die Risse im amerikanischen Glamour, was man erst in der neuen Übersetzung richtig genießen kann.« *Tobias Gohlis, Die Zeit*

»Beste Hardboiled-Schule mit einer Unterströmung und einem Vergeblichkeitston, den so niemand anders hat: Die komplette Neuausgabe der Brandstetter-Romane ist eine verlegerische Großtat.« *Der Tagesspiegel*

»Hansen ist ein radikaler Hierarchien-Abbauer mit einer so gepflegten Prosa, dass einem richtig familiär ums Herz wird.« *Thomas Wörtche, Freitag*

Fadeout

Dave Brandstetters erster Fall

Pink Plot 2051 · ISBN 3-88619-951-7

Mit *Fadeout* begann Pink Plot die vollständige Herausgabe eines vielfach ausgezeichneten Klassikers: Dave Brandstetter ist der schwule Marlowe. Zwischen 1969 und 1990 schrieb Joseph Hansen 12 Brandstetter-Krimis – die spannende Geschichte schwulen Aufbruchs in den USA.

Totengeld

Dave Brandstetters zweiter Fall

Pink Plot 2062 · ISBN 3-88619-962-2

Totengeld entführt uns in jene Ära Amerikas, wo die Protestbewegung im Niedergang ist und das Establishment zum Gegenschlag ausholt. Unter der brennenden Sonne Kaliforniens entsteht ein düsteres, melancholisches Panorama.

Feindschaftsdienst

Dave Brandstetters dritter Fall

Pink Plot 2067 · ISBN 3-88619-967-3

Feindschaftsdienst spielt mit den sozialen und moralischen Umbrüchen im Bar-Milieu der neu entstandenen offenen Schwulenszene von L.A.

Tyrannenmord

Dave Brandstetters vierter Fall

Pink Plot 2071 · ISBN 3-88619-971-1

Tyrannenmord bewegt sich im Spannungsfeld zwischen erstarkendem schwulem Selbstbewusstsein und reaktionären Tendenzen im Amerika der 70er.

Pink Plot Argument

www.pinkplot.de